Les aventures d'Arthur Gordon Pym

J'AI LU

Edgar Allan Poe

Les aventures d'Arthur Gordon Pym

Traduction
de Charles Baudelaire

Éditions J'ai lu

(Document Roger Viollet.)

Edgar Allan Poe
l'ange du bizarre

Le 18 janvier 1809, entre deux représentations à Boston, une jeune comédienne de la troupe des Virginia Players met au monde un garçon qu'elle prénomme Edgar. C'est son second fils. Veuve à dix-huit ans, Elisabeth Arnold a épousé un autre acteur de la troupe, David Poe. Leur mariage ne semble guère avoir été heureux : David n'a aucun talent, en outre il est alcoolique et tuberculeux. En 1810, il disparaît, abandonnant sa femme enceinte et leurs enfants. On apprendra sa mort quelques mois plus tard.

La troupe continue sa tournée dans le sud des Etats-Unis. En août 1811, elle donne une série de représentations à Richmond, en Virginie. C'est là qu'Elisabeth Poe va mourir à son tour de phtisie, dans une chambre misérable, le 8 décembre. Elle avait vingt-quatre ans. Quelques jours plus tard, le théâtre de Richmond est ravagé par un incendie qui fait soixante-treize morts.

(Document Roger Viollet.)

Elisabeth Poe, mère d'Edgar Poe.

Edgar Allan

Misère, alcoolisme, phtisie, puis le feu : la vie d'Edgar Poe commence sous de mauvais auspices !

Henry, le fils aîné, est confié à ses grands-parents et les deux autres enfants restent à Richmond : Edgar est recueilli par un riche négociant, John Allan, dont la femme ne peut avoir d'enfants, et sa petite sœur Rosalie par une autre famille aisée de la ville.

Une nouvelle existence commence alors pour Edgar dans une de ces luxueuses demeures du sud des Etats-Unis, où « flottent le parfum du tabac, du punch et la senteur musquée des esclaves ». John Allan est un homme austère, formaliste et conservateur, qui ne s'intéresse guère au petit garçon. Ayant déjà deux enfants illégitimes, il n'a nulle envie de l'adopter bien qu'il lui donne son nom. Edgar s'appellera désormais Edgar Allan Poe, double identité dans laquelle il va se perdre. France Allan, sa nouvelle mère, s'occupe de lui avec tendresse et douceur ; sa nounou noire le gâte. Pendant quelques années, il est parfaitement heureux.

En 1815, M. Allan, qui veut développer ses affaires, embarque sa famille pour l'Angleterre, où il veut ouvrir une succursale. Après un bref séjour en Ecosse, les Allan s'installent à Londres et Edgar, alors âgé de six ans, entre comme pensionnaire dans une coûteuse pension de Stoke Newington. Il va rester quatre ans dans cette énorme bâtisse aux pièces innombrables et aux couloirs tortueux, qu'il évoquera dans *William Wilson,* un conte aux résonances autobiographiques.

Cependant l'équipée anglaise tourne court : les affaires de M. Allan se gâtent et Mme Allan tombe malade. En 1820, la famille Allan retourne aux Etats-Unis. Edgar reprend ses études à Richmond.

Premiers drames

Les soucis financiers qui assaillent M. Allan vont contribuer à dégrader l'ambiance familiale. Edgar devient un adolescent difficile, taciturne et solitaire. Père et fils s'affrontent de plus en plus souvent et Mme Allan, dont la santé décline, ne parvient plus à maintenir entre eux la relative sérénité d'antan.

A quinze ans, Edgar tombe amoureux de la mère d'un de ses condisciples. Jane Stanard est belle et écoute volontiers les vers qu'écrit pour elle cet ombrageux jeune homme. Mais un jour il trouve la porte close : Mme Stanard est malade. Quelques mois plus tard, elle meurt, folle et tuberculeuse. Ce drame impressionne profondément Edgar, qui se replie davantage encore sur lui-même.

En 1826, il s'inscrit à l'université de Carlottesville, « l'Oxford du Nouveau Monde », dans l'intention d'y faire son droit. La plupart des étudiants sont de riches fils de famille, qui mènent une vie dissipée. L'atmosphère est plus au jeu et aux beuveries qu'à l'étude. Edgar, qui vient de subir un nouvel échec amoureux, commence à boire. L'argent de poche que lui donne M. Allan est insuffisant ; il joue aux cartes, perd et s'endette. Furieux, M. Allan refuse de lui venir en aide. Edgar rentre à Richmond, mais la rupture est proche. En mars 1827, il reçoit un ultimatum : ou bien il entre dans la firme de son père, ou bien il quitte la maison. Edgar claque la porte. Sans que l'on sache comment, il gagne Boston. C'est là qu'il

(Document Roger Viollet.)

France Allan, mère adoptive et bien-aimée d'Edgar Poe. Sa mort prématurée bouleversera le jeune homme.

(Document Roger Viollet.)

John Allan, père adoptif d'Edgar Poe. Les relations entre les deux hommes ne cessèrent de se dégrader. Edgar ne sera même pas mentionné dans le testament de John Allan.

Maria Clemm, sœur du père de Poe et mère de sa femme. Aimante et dévouée, Edgar l'appellera Maman.

fait imprimer sa première œuvre, une plaquette anonyme de vers, intitulée *Tamerlan et autres poèmes,* qui n'a aucun succès.

A bout de ressources, il s'enrôle alors dans l'armée sous un nom d'emprunt, et fait courir le bruit qu'il est parti à Saint-Pétersbourg.

Curieusement, il s'accommode assez bien de la discipline militaire et décide d'entrer à West Point, l'académie militaire américaine. Il écrit à son père pour obtenir son autorisation mais ne reçoit aucune réponse. Mme Allan est au plus mal et supplie en vain son mari de prévenir Edgar. Lorsque enfin il se décide, il est trop tard : Edgar arrive à Richmond le lendemain des obsèques.

Très affecté, Edgar éprouve alors le besoin de retrouver sa véritable famille et se rend à Baltimore, en attendant son entrée à West Point. Les Poe l'accueillent chaleureusement et il s'installe pour quelques mois chez Maria Clemm, la sœur de son père.

Admis à West Point en juin 1830, Edgar se retrouve confronté aux mêmes difficultés qu'à l'Université. Sans argent, il fait des dettes et recommence à boire. Ses relations avec M. Allan, qui vient de se remarier, s'enveniment et, en représailles, Edgar se fait casser de son grade et renvoyer pour indiscipline.

Un étrange mariage

C'est chez Mme Clemm qu'il va chercher refuge. Sans ressources, Edgar est une charge supplémentaire pour cette femme d'un dévouement admirable, qui subvient déjà aux besoins de sa fille Virginia et du frère aîné d'Edgar, Henry. Alcoolique et poitrinaire, celui-ci meurt en août 1831. Poe et les siens vivent dans un dénuement extrême : les travaux de couture de Mme Clemm sont aussi mal payés que les quelques contes qu'Edgar parvient à vendre au *Philadelphia Saturday Courier*. Le désespoir s'empare de lui : ses crises d'éthylisme sont de plus en plus fréquentes et de plus en plus violentes. En 1834, il apprend que M. Allan est très malade et il se précipite à Richmond, dans l'espoir d'obtenir quelques subsides. En vain. M. Allan meurt le 27 mars 1834 sans mentionner Edgar dans son testament. Très abattu, celui-ci regagne Baltimore où l'attendent Mme Clemm et Virginia, alors âgée de douze ans. Que se passe-t-il en lui pour que prenne corps l'étrange projet d'épouser sa cousine ? Il est probable que cette union semi-incestueuse — et vraisemblablement jamais consommée — confortait son sentiment d'appartenance familiale. Mais comment parvint-il à convaincre Mme Clemm ? Ceci reste inexpliqué. Toujours est-il que le 22 septembre 1835, il épouse clandestinement Virginia et réitère l'année suivante, le 16 mai 1836, où cette fois le mariage est public ! Bien entendu, il faut tricher sur l'âge de la mariée, qui n'a, lors de la seconde cérémonie, que quatorze ans...

Errances

Après une période de noire misère, Poe obtient un poste de directeur adjoint au *Southern Literary Messenger,* une revue de Richmond, qui vient de publier quatre de ses contes. Ce retour au pays de son enfance s'avère difficile et il alterne des périodes de travail acharné et d'autres où il erre interminablement de taverne en taverne, ivre mort. Pourtant, il réussit

(Document Roger Viollet.)

Virginia Clemm, épouse et cousine germaine de Poe. Tuberculeuse, elle mourra à 24 ans.

à faire du *Southern Literary Messenger* l'un des meilleurs magazines littéraires de la région. Les tirages ayant augmenté considérablement, il est nommé rédacteur en chef. Mme Clemm et Virginia viennent le rejoindre, mais rapidement il se fait congédier pour éthylisme. Ce scénario va se répéter inlassablement.

Poe et sa famille repartent vers le nord. Après un an de misère à New York, où personne ne s'intéresse aux *Aventures d'Arthur Gordon Pym,* ils s'installent à Philadelphie, et Poe commence à travailler à la rédaction du *Gentleman's Magazine.* Il y publie de nombreux articles critiques ainsi que des nouvelles, dont *La Chute de la Maison Usher* et *William Wilson.* Toutefois, son recueil de *Contes grotesques et fantastiques* est un échec.

En 1840, le *Gentleman's Magazine* est vendu et devient le *Graham's Magazine,* dont Poe prend la direction littéraire. Mais l'idée de fonder sa propre revue commence à le hanter. Il n'y parviendra jamais.

C'est dans le *Graham's* que paraît *Double Assassinat dans la rue Morgue*. Poe vient d'inventer les *detective stories,* un genre fructueux... Le nombre des abonnés du journal quadruple, mais en 1842, c'est à nouveau le drame : Virginia, atteinte de tuberculose à son tour, commence à cracher du sang. Son mari, qui l'adore, noie son chagrin dans l'alcool. Ses fugues alcooliques se multiplient et, un matin, il trouve sa place au journal occupée. La misère se réinstalle au foyer des Poe.

Au début 1844, Edgar repart avec Virginia pour New York, où le *New York Sun* publie *Le Canard au ballon* comme une information. Le public s'y laisse prendre et croit que l'Atlantique vient vraiment d'être traversé en ballon : les éditions du journal s'arrachent ! Pourtant la situation des Poe ne s'améliore pas. Edgar, qui travaille d'arrache-pied, collabore à plusieurs journaux pour un salaire ridiculement bas.

New York au début du siècle dernier.

« Voici deux ans, ma femme que j'aimais comme jamais homme n'aima auparavant, se rompit un vaisseau en chantant... Sa vie fut condamnée. Je devins fou avec de longs intervalles d'horrible lucidité. Pendant ces accès d'inconscience absolue, je buvais. Dieu sait combien et combien souvent. Bien entendu, mes ennemis rapportèrent la folie à la boisson, plutôt que la boisson à la folie... » (Correspondance.)

Le cauchemar

L'année suivante, la publication du *Corbeau* lui apporte une réelle célébrité littéraire, à laquelle il se laisse prendre. On le sollicite pour des conférences, on lui réclame des autographes, les salons littéraires lui ouvrent leurs portes. Il délaisse Virginia dont l'état empire de jour en jour, pour des femmes de lettres médiocres. Le 30 janvier 1847, Virginia s'éteint, au terme d'une longue agonie. La

(Document Roger Viollet.)

vie d'Edgar bascule dans le cauchemar : il est pris de crises de delirium tremens. Mme Clemm ne l'a pas abandonné, mais elle ne peut plus rien pour lui. Pendant deux ans encore, il erre de ville en ville, de femme en femme. Il boit, se drogue et tente à deux reprises de se suicider. Le 27 septembre 1849, il débarque à Baltimore, où il disparaît pendant cinq jours au terme desquels on le retrouve errant, prostré, ses vêtements en lambeaux. Transporté à l'hôpital, il meurt d'une nouvelle crise de delirium tremens, le 7 octobre, dans la salle commune.

(Document Roger Viollet.)

A gauche, portrait d'Edgar Poe par Manet. A droite, gravure de Gustave Doré pour Le Corbeau.

Scrutant
profondément
les ténèbres,
je me tins longtemps
à m'étonner et
à craindre,
à douter,
à rêver des rêves
qu'aucun mortel
n'a jamais osé
rêver auparavant.
(Le Corbeau.)

Edgar Poe vu par Baudelaire

C'est une bien lamentable tragédie que la vie d'Edgar Poe, et qui eut un dénouement dont l'horrible est augmenté par le trivial. Les divers documents que je viens de lire ont créé en moi cette persuasion que les Etats-Unis furent pour Poe une vaste cage, un grand établissement de comptabilité, et qu'il fit toute sa vie de sinistres efforts pour échapper à l'influence de cette atmosphère antipathique. Dans l'une de ces biographies il est dit que, si M. Poe avait voulu régulariser son génie et appliquer ses facultés créatrices d'une manière plus appropriée au sol américain, il aurait été un auteur à argent, *a making-money author* ; qu'après tout, les temps ne sont pas si durs pour l'homme de talent, qu'il trouve toujours de quoi vivre, pourvu qu'il ait de l'ordre et de l'économie, et qu'il use avec modération des biens matériels. Ailleurs, un critique affirme sans vergogne que, quelque beau que soit le génie de M. Poe, il eût mieux valu pour lui n'avoir que du talent, parce que le talent s'escompte plus facilement que le génie. Dans une note que nous verrons tout à l'heure, et qui fut écrite par un de ses amis, il est avoué qu'il est difficile d'employer M. Poe dans une revue, et qu'on était obligé de le payer moins que d'autres, parce qu'il écrivait dans un style trop au-dessus du vulgaire. Tout cela me rappelle l'odieux proverbe paternel : *make money, my son, honestly, if you can,* BUT MAKE MONEY. *Quelle odeur de magasin !* comme disait J. de Maistre, à propos de Locke.

Si vous causez avec un Américain, et si vous lui parlez de M. Poe, il vous avouera son génie ; volontiers même, peut-être en sera-t-il fier, mais il finira par vous dire avec un ton supérieur : mais moi, je suis un homme positif ; puis avec un petit air sardonique, il vous parlera de ces grands esprits qui ne savent rien conserver ; il vous parlera de la vie débraillée de M. Poe, de son haleine alcoolisée, qui aurait pris feu à la flamme d'une chandelle, de ses habitudes errantes ; il vous dira que c'était un être *erratique,* une planète *désorbitée,* qu'il roulait sans cesse de New York à Philadelphie, de Boston à Baltimore, de Baltimore à Richmond.

[...]

Quant à avoir pitié d'un poète que la douleur et l'isolement pouvaient rendre fou, il n'en a pas le temps. Il est si fier de sa jeune grandeur, il a une foi si naïve dans la toute-puissance de l'industrie, il est tellement convaincu qu'elle finira par manger le Diable, qu'il a une certaine pitié pour toutes ces rêvasseries. En avant, dit-il, en avant, et négligeons nos morts. Il passerait volontiers sur les âmes solitaires et libres, et les foulerait aux pieds avec autant d'insouciance que ses immenses lignes de fer les forêts abattues, et ses bateaux monstres les débris d'un bateau incendié la veille. Il est si pressé d'arriver. Le temps et l'argent, tout est là.

Extrait de la notice *Edgar Allan Poe, sa vie et ses ouvrages,* publiée en 1852 dans la *Revue de Paris.*

Portrait de Baudelaire par Gustave Courbet. Baudelaire fut non seulement le traducteur de Poe, mais aussi son plus ardent apologiste.

(Document Giraudon.)

Vie d'Edgar Poe

1809 Naissance à Boston, le 19 janvier.
1811 Mort de sa mère. Edgar est adopté par les Allan.
1815-1820 Séjour en Angleterre.
1822 Naissance de Virginia Clemm.
1826 Université de Virginie.
1827 Il quitte les Allan et s'engage dans l'armée.
1829 Mort de France Allan. Il va habiter chez Mme Clemm à Baltimore.
1830-1831 West Point.
1834 Mort de John Allan.
1835 Il épouse secrètement Virginia Clemm.
1836 Mariage officiel.
1837 New York. *Les Aventures d'Arthur Gordon Pym*.
1838 Philadelphie.
1840 *Histoires grotesques et sérieuses*.
1843 *Le Scarabée d'or*.
1844 New York. *Le Canard au ballon* fait sensation.
1845 Succès du *Corbeau*.
1847 Mort de Virginia Poe.
1848 Tentatives de suicide. *Eurêka*.
1849 Il meurt le 7 octobre à Baltimore.

Vie politique

1809 Election de James Madison, 4e président des U.S.A.
1812-1814 Seconde guerre d'indépendance anglo-américaine.
1815 Chute de Napoléon. Congrès de Vienne.
1817 Election de Monroe.
1819 Les Américains achètent la Floride aux Espagnols.
1820 Révolte des esclaves en Virginie.
1822 L'Amérique latine échappe à la domination hispano-portugaise.
1825 Election de Adams.
1829 Election de Jackson.
1830 Fondation de la secte des Mormons.
1832 Renforcement du protectionnisme américain.
1836 Bataille de Fort Alamo. Indépendance du Texas.
1842 Fixation de la frontière avec le Canada.
1846 Annexion du Texas aux U.S.A. Début de la guerre avec le Mexique. Exode des Mormons vers le lac Salé.
1847 Début de la mise en valeur du Far West
1848 Achèvement de l'unité territoriale : le Mexique cède aux U.S.A. le Texas, le Nouveau-Mexique et la Californie. Début de la ruée vers l'or.

Vie littéraire

1810 Mme de Staël : *De l'Allemagne.*
1812 Byron : *Le Chevalier Harold.*
1816 Hoffmann : *Les Elixirs du diable.*
1818 Mary Shelley : *Frankenstein.*
Collin de Plancy : *Dictionnaire infernal.*
1819 Polidori : *Le Vampire.*
1820 Walter Scott : *Ivanhoé.*
Rev. Maturin : *Melmoth ou l'Homme errant.*
1821 Ch. Nodier : *Smarra.*
1822 De Quincey : *Confessions d'un opiomane anglais.*
1826 F. Cooper : *Le Dernier des Mohicans.*
1827 F. Cooper : *La Prairie.*
1831 V. Hugo : *Notre-Dame de Paris.*
1833 Goethe : *Second Faust.*
1835 Tocqueville : *De la démocratie en Amérique.*
1837 Mérimée : *La Vénus d'Ille.*
1838 Ch. Dickens : *Olivier Twist.*
1842 Aloysius Bertrand : *Gaspard de la nuit.*
1847 Emily Brontë : *Les Hauts de Hurlevent.*
1848 Lewis Carroll : *Alice au pays des merveilles.*
1849 H. Thoreau : *La Désobéissance civile.*

Vie culturelle

1809 Goya : *Le Colosse.*
1813 Caspar David Friedrich : *Le Tombeau des héros.*
1818 Géricault : *Le Radeau de la Méduse.*
1819 Goya commence les fresques de la *Casa del Sordo.*
1822 Champollion déchiffre les hiéroglyphes.
Delacroix : *Les Massacres de Scio.*
1823 Beethoven : *9e Symphonie.*
1828 Berlioz : *Symphonie fantastique.*
1829 Rossini : *Guillaume Tell.*
1834 Turner : *Incendie en mer.*
1837 Premier daguerréotype.
1841 Wagner : *Le Vaisseau fantôme.*
1848 Première manifestation pré-raphaélite.

L'œuvre d'Edgar Poe

Grâce à deux traducteurs de première qualité, Baudelaire et Mallarmé, l'œuvre d'Edgar Poe est plus connue en France qu'aux Etats-Unis.

Edgar Poe a commencé à publier régulièrement ses contes dans la presse à partir de 1832. Un seul recueil a été édité de son vivant, *Tales of the grotesque and arabesque,* qui paraîtra en France en 1856, dans la traduction de Baudelaire, sous le titre d'*Histoires extraordinaires.*

Tous les autres contes ont été regroupés de façon arbitraire lors des éditions posthumes de son œuvre.

Les traductions de Baudelaire ont été regroupées en cinq volumes :

- *Histoires extraordinaires,*
- *Nouvelles Histoires extraordinaires,*
- *Histoires grotesques,*
- *Histoires grotesques et sérieuses,*
- *Les Aventures d'Arthur Gordon Pym.*

Cet unique roman de Poe est paru en librairie à New York en juillet 1837.

Edgar Poe est, en outre, l'auteur d'une importante œuvre critique, également parue sous forme d'articles, et de poèmes qui seront traduits par Mallarmé et, pour *Eurêka,* par Baudelaire. Son poème le plus célèbre est *Le Corbeau,* paru en 1845.

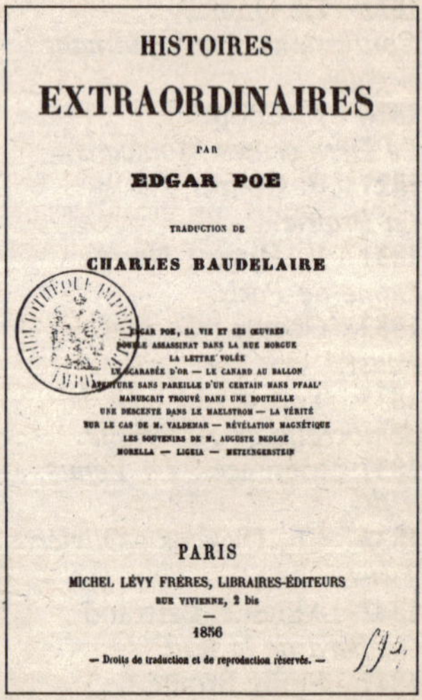

HISTOIRES

EXTRAORDINAIRES

PAR

EDGAR POE

TRADUCTION DE

CHARLES BAUDELAIRE

EDGAR POE, SA VIE ET SES ŒUVRES
DOUBLE ASSASSINAT DANS LA RUE MORGUE
LA LETTRE VOLÉE
LE SCARABÉE D'OR — LE CANARD AU BALLON
AVENTURE SANS PAREILLE D'UN CERTAIN HANS PFAAL
MANUSCRIT TROUVÉ DANS UNE BOUTEILLE
UNE DESCENTE DANS LE MAELSTROM — LA VÉRITÉ
SUR LE CAS DE M. VALDEMAR — RÉVÉLATION MAGNÉTIQUE
LES SOUVENIRS DE M. AUGUSTE BEDLOE
MORELLA — LIGEIA — METZENGERSTEIN

PARIS

MICHEL LÉVY FRÈRES, LIBRAIRES-ÉDITEURS

RUE VIVIENNE, 2 bis

1856

— Droits de traduction et de reproduction réservés. —

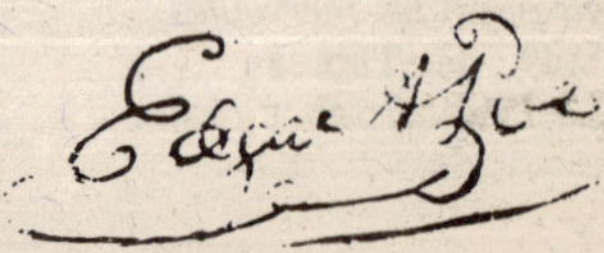

(Document Roger Viollet.)

Edgar Poe aujourd'hui

• Les livres à lire

Jacques Cabau : *Edgar Poe par lui-même* (Seuil-Ecrivains de toujours).
Claude Delarue : *Edgar Poe* (Points-Seuil).
Cahiers de l'Herne : *Edgar Allan Poe.*

• Edgar Poe et le cinéma

Très tôt, l'industrie cinématographique américaine s'est aperçue que l'œuvre de Poe recelait une mine de scénarios : la première adaptation, réalisée par D.W. Griffith, date de 1909. Depuis, un grand nombre de films ont été tournés aux Etats-Unis, en France et en Allemagne. Il existe ainsi au moins cinq versions de *La Chute de la Maison Usher*, sept du *Cœur révélateur*, quatre du *Chat noir* et trois du *Double Assassinat dans la rue Morgue.* C'est au cinéaste Roger Corman que le nom de Poe a été le plus souvent associé. Corman a tourné huit adaptations des nouvelles de Poe, avec pour acteurs principaux Vincent Price, Peter Lorre, Basil Rathbone et Boris Karloff, tous spécialistes des films d'horreur. Il faut également citer le film à sketches réalisé en 1967 par Louis Malle, Vadim et Fellini, intitulé *Histoires extraordinaires.*

Ci-dessous, une des adaptations de l'œuvre d'Edgar Poe en bandes dessinées : La Chute de la Maison Usher *par Richard Corben (Albin-Michel).*

Les aventures d'Arthur Gordon Pym

AVENTURES
D'ARTHUR GORDON PYM
DE NANTUCKET,

CONTENANT LES DÉTAILS D'UNE RÉVOLTE
ET D'UN AFFREUX MASSACRE
A BORD DU BRICK AMÉRICAIN LE *Grampus*,
FAISANT ROUTE VERS LES MERS DU SUD,
EN JUIN 1827 ;

PLUS, L'HISTOIRE DE LA REPRISE DU NAVIRE
PAR LES SURVIVANTS ; LEUR NAUFRAGE
ET LEURS HORRIBLES SOUFFRANCES
PAR SUITE DE LA FAMINE ;
LEUR DÉLIVRANCE PAR LA GOÉLETTE ANGLAISE
LA *Jane Guy* ; COURTE EXPLORATION DE CE NAVIRE
DANS L'OCÉAN ANTARCTIQUE ;
PRISE DE LA GOÉLETTE ET MASSACRE DE L'ÉQUIPAGE
DANS UN GROUPE D'ILES

AU QUATRE-VINGT-QUATRIÈME
PARALLÈLE DE LATITUDE SUD ;

CONJOINTEMENT, LES INCROYABLES AVENTURES
ET DÉCOUVERTES

DANS L'EXTRÊME SUD

DONT CE DÉPLORABLE DÉSASTRE A ÉTÉ L'ORIGINE.

PRÉFACE

Lors de mon retour aux Etats-Unis, il y a quelques mois, après l'extraordinaire série d'aventures dans les mers du Sud et ailleurs, dont je donne le récit dans les pages suivantes, le hasard me fit faire la connaissance de plusieurs gentlemen de Richmond (Virginie), qui, prenant un profond intérêt à tout ce qui se rattache aux parages que j'avais visités, me pressaient incessamment et me faisaient un devoir de livrer ma relation au public. J'avais, toutefois, plusieurs raisons pour refuser d'agir ainsi : les unes, d'une nature tout à fait personnelle et ne concernant que moi ; les autres, il est vrai, un peu différentes. Une considération qui particulièrement me faisait reculer était que, n'ayant pas tenu de journal durant la plus grande partie de mon absence, je craignais de ne pouvoir rédiger de pure mémoire un compte rendu assez minutieux, assez lié pour avoir toute la physionomie de la vérité, – dont il serait cependant l'expression réelle, – ne portant avec lui que l'exagération naturelle, inévitable, à laquelle nous sommes tous portés quand nous relatons des événements dont l'influence a été puissante et active sur les facultés de l'imagination. Une autre raison, c'était que les incidents à raconter se trouvaient d'une nature si positivement merveilleuse, que mes assertions n'ayant nécessairement d'autre support qu'elles-mêmes (je ne parle pas du témoignage d'un seul individu, et celui-là à moitié Indien), je ne pouvais espérer de créance que dans ma famille et chez ceux de mes amis qui, dans le cours de la vie, avaient eu occasion de se louer de ma véracité ; – mais, selon toute probabilité, le grand public regarderait mes assertions comme un impudent et ingénieux mensonge. Je dois dire aussi que ma défiance de mes talents d'écrivain était une des causes principales qui m'empêchaient de céder aux suggestions de mes conseillers.

Parmi ces gentlemen de la Virginie que ma relation intéressait si vivement, particulièrement toute la partie ayant trait à l'océan Antarctique, se trouvait M. Poe, naguère éditeur du *Southern Literary Messenger*[1], revue mensuelle publiée à Richmond par M. Thomas W. White. Il m'engagea fortement, lui entre autres, à rédiger tout de suite un récit complet de tout ce que j'avais vu et enduré, et à me fier à la sagacité et au sens commun du public, affirmant, non sans raison, que, si grossièrement venu que fût mon livre au point de vue littéraire, son étrangeté même, si toutefois il y en avait, serait pour lui la meilleure chance d'être accepté comme vérité.

Malgré cet avis, je ne pus me résoudre à obéir à ses conseils. Il me proposa ensuite, voyant que je n'en voulais pas démordre, de lui permettre de rédiger à sa manière un récit de la première partie de mes aventures, d'après les faits rapportés par moi, et de la publier *sous le manteau de la fiction* dans le *Messager*

1. *Edgar Poe fut le premier éditeur, pour ainsi dire le fondateur, du* Southern Literary Messenger. *Il était alors très jeune. Voir la préface du premier volume des* Histoires extraordinaires. (C. B.).

du Sud. Je ne vis pas d'objection à faire à cela, j'y consentis et je stipulai seulement que mon nom véritable serait conservé. Deux morceaux de la prétendue fiction parurent conséquemment dans le *Messager* (numéros de janvier et février 1837), et, dans le but de bien établir que c'était une pure fiction, le nom de M. Poe fut placé en regard des articles à la table des matières du *Magazine*.

La façon dont cette supercherie fut accueillie m'induisit enfin à entreprendre une compilation régulière et une publication desdites aventures ; car je vis qu'en dépit de l'air de fable dont avait été si ingénieusement revêtue cette partie de mon récit imprimée dans le *Messager* (où d'ailleurs pas un seul fait n'avait été altéré ou défiguré), le public n'était pas du tout disposé à l'accepter comme une pure fable, et plusieurs lettres furent adressées à M. Poe, qui témoignaient d'une conviction tout à fait contraire. J'en conclus que les faits de ma relation étaient de telle nature qu'ils portaient avec eux la preuve suffisante de leur authenticité, et que je n'avais conséquemment pas grand-chose à redouter du côté de l'incrédulité populaire.

Après cet exposé, on verra tout d'abord ce qui m'appartient, ce qui est bien de ma main dans le récit qui suit, et l'on comprendra aussi qu'aucun fait n'a été travesti dans les quelques pages écrites par M. Poe. Même pour les lecteurs qui n'ont point vu les numéros du *Messager*, il serait superflu de marquer où finit sa part et où la mienne commence ; la différence du style se fera bien sentir.

A. G. Pym.

New York, juillet 1838.

1

AVENTURIERS PRÉCOCES

Mon nom est Arthur Gordon Pym. Mon père était un respectable commerçant dans les fournitures de la marine, à Nantucket, où je suis né. Mon aïeul maternel était attorney, avec une belle clientèle. Il avait de la chance en toutes choses, et il fit plusieurs spéculations très heureuses sur les fonds de l'*Edgarton New Bank*, lors de sa création. Par ces moyens et par d'autres, il réussit à se faire une fortune assez passable. Il avait plus d'affection pour moi, je crois, que pour toute autre personne au monde, et j'avais lieu d'espérer la plus grosse part de cette fortune à sa mort. Il m'envoya, à l'âge de six ans, à l'école du vieux M. Ricketts, brave gentleman qui n'avait qu'un bras, et de manières assez excentriques ; – il est bien connu de presque toutes les personnes qui ont visité New Bedford. Je restai à son école jusqu'à l'âge de seize ans, et je la quittai alors pour l'académie de M. E. Ronald, sur la montagne. Là je me liai intimement avec le fils de M. Barnard, capitaine de navire, qui voyageait ordinairement pour la maison Lloyd et Vredenburg ; – M. Barnard est bien connu aussi à

New Bedford, et il a, j'en suis sûr, plusieurs parents à Edgarton. Son fils s'appelait Auguste, et il était plus âgé que moi de deux ans à peu près. Il avait fait un voyage avec son père sur le baleinier le *John Donaldson*, et il me parlait sans cesse de ses aventures dans l'océan Pacifique du Sud. J'allais fréquemment avec lui dans sa famille, j'y passais la journée et quelquefois toute la nuit. Nous couchions dans le même lit, et il était bien sûr de me tenir éveillé presque jusqu'au jour en me racontant une foule d'histoires sur les naturels de l'île de Tinian, et autres lieux qu'il avait visités dans ses voyages. Je finis par prendre un intérêt particulier à tout ce qu'il me disait, et peu à peu je conçus le plus violent désir d'aller sur mer. Je possédais un canot à voiles qui s'appelait l'*Ariel*, et qui valait bien soixante-quinze dollars environ. Il avait un pont coupé, avec un coqueron, et il était gréé en sloop ; – j'ai oublié son tonnage, mais il aurait pu tenir dix personnes sans trop de peine. C'était avec ce bateau que nous avions l'habitude de faire les plus folles équipées du monde ; et maintenant, quand j'y pense, c'est pour moi le plus parfait des miracles que je sois encore vivant.

Je raconterai l'une de ces aventures, en manière d'introduction à un récit plus long et plus important. Un soir, il y avait du monde chez M. Barnard, et à la fin de la soirée, Auguste et moi, nous étions passablement gris. Comme je faisais d'ordinaire en pareil cas, au lieu de retourner chez moi, je préférai partager son lit. Il s'endormit fort tranquillement, – je le crus du moins (il était à peu près une heure du matin quand la société se sépara), – et sans dire un mot sur son sujet favori. Il pouvait bien s'être écoulé une demi-heure depuis que nous étions au lit, et j'allais justement m'assoupir, quand il se réveilla soudainement et jura, avec un terrible juron, qu'il ne consentirait pas à dormir, pour tous les Arthur Pym de la chrétienté, quand soufflait une si belle brise du sud-ouest. Jamais de ma vie je ne fus si étonné, ne sachant pas ce qu'il voulait dire, et pensant que les vins et les liqueurs qu'il avait absorbés l'avaient mis absolument hors de lui. Il se mit néanmoins à causer très tranquillement, disant qu'il savait bien que je le croyais ivre, mais qu'au contraire il n'avait jamais de sa vie été plus calme. Il était seulement fatigué, ajouta-t-il, de rester au lit comme un chien par une nuit aussi belle, et il était résolu à se lever, à s'habiller, et à faire une partie en canot. Je ne saurais dire ce qui s'empara de moi ; mais à peine ces mots étaient-ils sortis de sa bouche, que je sentis le frisson de l'excitation, la plus grande ardeur au plaisir, et je trouvai que sa folle idée était une des plus délicieuses et des plus raisonnables choses du monde. La brise qui soufflait était presque une tempête, et le temps était très froid ; – nous étions déjà assez avant en octobre. Je sautai du lit, toutefois, dans une espèce de démence, et je lui dis que j'étais aussi brave que lui, aussi fatigué que lui de rester au lit comme un chien, et aussi prêt à faire toutes les parties de plaisir du monde que tous les Auguste Barnard de Nantucket.

Nous mîmes nos habits en toute hâte, et nous nous précipitâmes vers le canot. Il était amarré au vieux quai ruiné près du chantier de construction de Pankey et Compagnie, battant affreusement de son bordage les solives raboteuses. Auguste entra dedans et se mit à le vider, car il était à moitié plein d'eau. Cela fait, nous hissâmes le foc et la grand-voile, nous portâmes plein, et nous nous élançâmes avec audace vers le large.

Le vent, comme je l'ai dit, soufflait frais du sud-ouest. La nuit était claire et froide. Auguste avait pris la barre, et je m'étais installé près du mât sur le pont de la cabine. Nous filions tout droit avec une grande vitesse, et nous n'avions ni l'un ni l'autre soufflé un mot depuis que nous avions détaché le canot du quai. Je demandai alors à mon camarade quelle route il prétendait tenir, et à quel moment il croyait que nous reviendrions à terre. Il siffla pendant quelques minutes, et puis dit d'un ton hargneux :

– *Moi*, je vais en mer ; – quant à *vous*, vous pouvez bien aller à la maison si vous le jugez à propos !

Tournant mes yeux vers lui, je m'aperçus tout de suite que, malgré son insouciance affectée, il était en proie à une forte agitation. Je pouvais le voir distinctement à la clarté de la lune : son visage était plus pâle que du marbre, et sa main tremblait si fort qu'à peine pouvait-elle retenir la barre. Je vis qu'il était arrivé quelque chose de grave, et je devins sérieusement inquiet. A cette époque, je n'étais pas très fort sur la manœuvre, et je me trouvais complètement à la merci de la science nautique de mon ami. Le vent venait aussi de fraîchir tout à coup, car nous étions vigoureusement poussés loin de la côte ; cependant, j'étais honteux de laisser voir la moindre crainte, et pendant près d'une heure je gardai résolument le silence. Toutefois, je ne pus pas supporter cette situation plus longtemps, et je parlai à Auguste de la nécessité de revenir à terre. Comme précédemment, il resta près d'une minute sans me répondre et sans faire attention à mon conseil.

– Tout à l'heure, – dit-il enfin, – ... nous avons le temps... chez nous... tout à l'heure.

Je m'attendais bien à une réponse de ce genre, mais il y avait dans l'accent de ses paroles quelque chose qui me remplit d'une sensation de crainte inexprimable. Je le considérai de nouveau attentivement. Ses lèvres étaient absolument livides, et ses genoux tremblaient si fort l'un contre l'autre qu'il semblait ne pouvoir qu'à peine se tenir debout.

– Pour l'amour de Dieu ! Auguste, – criai-je, complètement effrayé cette fois, – qu'avez-vous ? – qu'y a-t-il ? – que décidez-vous ?

– Qu'y a-t-il ! – balbutia Auguste avec toute l'apparence d'un grand étonnement, lâchant en même temps la barre du gouvernail et se laissant tomber en avant dans le fond du canot, – qu'y a-t-il ! mais rien... rien du tout... à la maison... nous y allons, que diable !... ne le voyez-vous pas ?

Alors toute la vérité m'apparut. Je m'élançai vers lui et le relevai. Il était ivre, bestialement ivre ; – il ne pouvait plus ni se tenir, ni parler, ni voir. Ses yeux étaient absolument vitreux. Dans l'excès de mon désespoir, je le lâchai, et il roula comme une bûche dans l'eau du fond du canot d'où je l'avais tiré. Il était évident que, pendant la soirée, il avait bu beaucoup plus que je ne l'avais soupçonné, et que sa conduite au lit était le résultat d'une de ces ivresses profondément concentrées, qui, comme la folie, donnent souvent à la victime la faculté d'imiter l'allure des gens en parfaite possession de leurs sens. L'atmosphère froide de la nuit avait produit bientôt son effet accoutumé ; l'énergie spirituelle avait cédé à son influence, et la perception confuse que sans aucun doute il avait eue alors de notre périlleuse situation n'avait servi qu'à hâter la catastrophe. Maintenant il était absolument inerte, et il n'y avait aucune probabilité pour qu'il fût autrement avant quelques heures.

Il n'est guère possible de se figurer toute l'étendue de mon effroi. Les fumées du vin s'étaient évaporées, et me laissaient doublement timide et irrésolu. Je savais que j'étais absolument incapable de manœuvrer le bateau et qu'une brise furieuse avec un fort reflux nous précipitait vers la mort. Une tempête s'amassait évidemment derrière nous ; nous n'avions ni boussole, ni provisions, et il était clair que, si nous tenions notre route actuelle, nous perdrions la terre de vue avant le point du jour. Ces pensées et une foule d'autres, également terribles, traversèrent mon esprit avec une éblouissante rapidité, et pendant quelques instants elles me paralysèrent au point de m'ôter la possibilité de faire le moindre effort. Le canot fuyait en plein devant le vent : – il piquait dans l'eau et filait avec une terrible vitesse, – sans un ris dans le foc ni dans la grande voile, – et plongeant complètement son avant dans l'écume. C'était le miracle des miracles qu'il ne masquât pas, Auguste ayant lâché la barre, comme je l'ai dit, – et j'étais, quant à moi, trop agité pour penser à m'en emparer. Mais, par bonheur, le canot se tint devant le vent, et peu à peu je recouvrai en partie ma présence d'esprit. Le vent augmentait toujours d'une manière furieuse, et quand, après avoir plongé de l'avant, nous nous relevions, la lame retombait, écrasante, sur notre arrière, et nous inondait d'eau. Et puis j'étais si absolument glacé dans tous mes membres que je n'avais presque pas conscience de mes sensations. Enfin j'invoquai la résolution du désespoir, et, me précipitant sur la grande voile, je larguai tout. Comme je pouvais m'y attendre, elle fila par-dessus l'avant, et, submergée par l'eau, elle emporta net le mât par-dessus le bord. Ce fut ce dernier accident qui me sauva d'une destruction imminente. Avec le foc seulement, je pouvais maintenant fuir devant le vent, embarquant de temps à autre de gros paquets de mer par l'arrière, mais soulagé de la terreur d'une mort immédiate. Je me saisis de la barre, et je respirai avec un peu plus de liberté, voyant qu'il nous restait encore une dernière chance de salut. Auguste gisait toujours anéanti dans le fond du canot ; et comme il était en danger imminent d'être noyé (il y avait presque un pied d'eau à l'endroit où il était tombé), je m'ingéniai à le soulever un peu, et, pour le maintenir dans la position d'un homme assis, je lui passai autour de la taille une corde que j'attachai à un anneau sur le pont de la cabine. Ayant ainsi arrangé toutes choses du mieux que je pouvais, glacé et agité comme je l'étais, je me recommandai à Dieu, et je me résolus à supporter tout ce qui m'arriverait avec toute la bravoure dont j'étais capable.

A peine m'étais-je affermi dans ma résolution, que soudainement un grand, long cri, un hurlement, comme jaillissant des gosiers de mille démons, sembla courir à travers l'espace et passer par-dessus notre bateau. Jamais, tant que je vivrai, je n'oublierai l'intense agonie de terreur que j'éprouvai en ce moment. Mes cheveux se dressèrent roides sur ma tête, – je sentis mon sang se congeler dans mes veines, – mon cœur cessa entièrement de battre, et, sans même lever une fois les yeux pour voir la cause de ma terreur, je tombai, la tête la première, comme un poids inerte, sur le corps de mon camarade.

Je me trouvai, quand je revins à moi, dans la chambre d'un grand navire baleinier, *le Pingouin*, à destination de Nantucket. Quelques individus se penchaient sur moi, et Auguste, plus pâle que la mort, s'ingéniait activement à me frictionner les mains. Quand il me vit ouvrir les yeux, ses exclamations de gratitude et de joie excitèrent alternativement le rire et les larmes parmi les hommes au rude visage qui nous entouraient. Le mystère de notre conservation me fut bientôt expliqué.

Nous avions été coulés par le baleinier, qui gouvernait au plus près et louvoyait vers Nantucket avec toute la toile qu'il pouvait risquer par un pareil temps ; conséquemment, il courait sur nous presque à angle droit. Quelques hommes étaient de vigie à l'avant : mais ils n'aperçurent notre bateau que quand il était impossible d'éviter la rencontre : leurs cris d'alarme étaient ce qui m'avait tellement terrifié. Le vaste navire, me dit-on, avait passé sur nous avec autant de facilité que notre petit bateau aurait glissé sur une plume, et sans le moindre dérangement dans sa marche. Pas un cri ne s'éleva du pont du canot martyrisé ; – il y eut seulement un léger bruit, comme d'un déchirement, qui se mêla au mugissement du vent et de l'eau, quand la barque fragile, déjà engloutie, fut rabotée par la quille de son bourreau, – mais ce fut tout. Pensant que notre bateau (démâté, on se le rappelle) n'était qu'une épave de rebut, le capitaine (capitaine E. T. V. Block, de New London) allait continuer sa route sans s'inquiéter autrement de l'aventure. Par bonheur, deux des hommes qui étaient en vigie jurèrent positivement qu'ils avaient aperçu quelqu'un à la barre et dirent qu'il était encore possible de le sauver. Une discussion s'ensuivit ; mais Block se mit en colère et dit au bout d'un instant que « ce n'était pas son métier de veiller éternellement à toutes les coquilles d'œuf ; que le navire ne virerait certainement pas de bord pour une pareille bêtise, et que, s'il y avait un homme englouti, c'était bien sa faute ; qu'il ne s'en prît qu'à lui-même ; qu'il pouvait se noyer et s'en aller au diable ! » ou quelque autre discours dans le même sens. Henderson, le second, reprit la question, justement indigné, comme tout l'équipage d'ailleurs, d'un discours qui trahissait une telle cruauté, une telle absence de cœur. Il parla fort nettement, se sentant soutenu par les matelots, – dit au capitaine qu'il le considérait comme un sujet digne du gibet, et que, pour lui, il désobéirait à ses ordres, quand même il devrait être pendu pour cela au moment où il toucherait terre. Il courut à l'arrière en bousculant Block (qui devint très pâle et ne répondit pas un mot), et, s'emparant de la barre, cria d'une voix ferme : *La barre toute sous le vent !* Les hommes coururent à leurs postes, et le navire vira rondement. Tout cela avait pris à peu près cinq minutes, et il paraissait à peine possible maintenant de sauver l'individu qu'on croyait avoir vu à bord du canot. Cependant, comme le lecteur le sait, Auguste et moi nous avions été repêchés, et notre salut semblait être le résultat d'un de ces merveilleux bonheurs que les gens sages et pieux attribuent à l'intervention spéciale de la Providence.

Pendant que le navire était toujours en panne, le second fit amener le canot et sauta dedans, je crois, avec les deux hommes qui prétendaient m'avoir vu à la barre. Ils venaient justement de quitter le bord de dessous le vent (la lune était toujours très claire), quand le navire donna un fort et long coup de roulis du côté du vent, et Henderson, au même instant, se dressant sur son banc, cria à ses hommes de *nager à culer*. Il ne disait pas autre chose, criant toujours avec impatience : Nagez à culer ! nagez à culer ! Ils nageaient aussi vivement que possible ; mais pendant ce temps le navire avait tourné et commençait à aller de l'avant, bien que tous les bras à bord s'employassent à diminuer la toile. Malgré le danger de la tentative, le second se cramponna aux grands porte-haubans, aussitôt qu'ils furent à sa portée. Une nouvelle grosse embardée jeta alors le côté de tribord hors de l'eau presque jusqu'à la quille, et enfin la cause de son anxiété devint visible. Le corps d'un homme apparaissait, attaché de la manière la plus singulière au fond poli et brillant (*le Pingouin* était doublé et chevillé en cuivre), et battait violemment contre le navire à chaque mouvement de coque. Après quelques efforts inefficaces, renouvelés à chaque embardée du navire, au risque d'écraser le canot, je fus enfin dégagé de ma périlleuse situation et hissé à bord, – car ce corps, c'était moi. Il paraît que l'une des chevilles de la charpente, qui était ressortie et s'était frayé une voie à travers le cuivre, m'avait arrêté pendant que je passais sous le navire, et m'avait ainsi de la manière la plus singulière attaché au fond. La tête de la cheville avait percé le collet de ma veste de gros drap et la partie postérieure de mon cou, et s'était enfoncée entre deux tendons, juste sous l'oreille droite. On m'avait mis immédiatement au lit, – bien que la vie parût tout à fait éteinte en moi. Il n'y avait pas de médecin à bord. Le capitaine néanmoins me traita avec toute sorte d'attentions, – sans doute pour faire amende aux yeux de son équipage de son atroce conduite dans la première partie de l'aventure.

Cependant, Henderson s'était de nouveau éloigné du navire, bien que le vent alors tournât presque à l'ouragan. Au bout de quelques minutes, il tomba sur quelques débris de notre bateau, et peu après l'un de ses hommes lui affirma qu'il distinguait de temps en temps un cri à travers le mugissement de la tempête. Cela poussa les courageux matelots à persévérer dans leurs recherches plus d'une demi-heure, malgré les signaux répétés du capitaine Block qui leur enjoignait de revenir, et bien que chaque minute dans cette frêle embarcation fût pour eux un danger mortel et imminent. Il est vraiment difficile de concevoir comment leur petit canot a pu échapper à la destruction seulement une minute. Il était d'ailleurs construit pour le service de la pêche à la baleine et muni, comme j'ai pu le vérifier depuis lors, de cavités à air, à l'instar de quelques canots de sauvetage sur la côte du pays de Galles.

Après qu'ils eurent vainement cherché pendant tout le temps que j'ai dit, ils se déterminèrent à retourner à bord. Ils avaient à peine pris cette résolution, qu'un faible cri s'éleva d'un objet noir qui passait rapidement auprès d'eux. Ils se mirent à la poursuite de la chose et l'attrapèrent : c'était le pont de l'*Ariel* et sa cabine. Auguste se débattait auprès, comme dans sa suprême agonie. En s'emparant de lui, on vit qu'il était attaché par une corde à la charpente flottante. Cette corde, on se le rappelle, c'était moi qui la lui avais passée autour de la taille et l'avais fixée à un anneau pour le maintenir dans une bonne position ; et, en faisant ainsi, j'avais finalement, à ce qu'il paraît, pourvu au moyen de lui sauver la vie.

L'*Ariel* était légèrement construit, et toute sa charpente, en plongeant, s'était brisée ; le pont de la cabine, tout naturellement, fut soulevé par la force de l'eau qui s'y précipitait, se détacha complètement de la membrure et se mit à flotter, avec d'autres fragments sans doute, à la surface ; Auguste flottait avec, et avait ainsi échappé à une mort terrible.

Ce ne fut que plus d'une heure après avoir été déposé à bord du *Pingouin* qu'il put donner signe de vie et comprendre la nature de l'accident qui était survenu à notre bateau. A la longue, il se réveilla complètement et parla longuement de ses sensations quand il était dans l'eau. A peine avait-il repris un peu conscience de lui-même qu'il s'était trouvé au-dessous du niveau de l'eau, tournant, tournant avec une inconcevable rapidité, et se sentant une corde étroitement serrée et roulée deux ou trois fois autour du cou. Un instant après, il s'était senti remonter rapidement, quand, sa tête heurtant violemment contre une matière dure, il était retombé dans son insensibilité. En revenant à lui de nouveau, il s'était senti plus maître de sa raison ; – cependant elle était encore singulièrement confuse et obscurcie. Il comprit alors qu'il était arrivé quelque accident et qu'il était dans l'eau, bien que sa bouche fût au-dessus de la surface et qu'il pût respirer avec quelque liberté. Peut-être en ce moment la cabine filait rapidement devant le vent et l'entraînait ainsi, lui flottant et couché sur le dos. Aussi longtemps qu'il aurait pu garder cette position, il eût été presque impossible qu'il fût noyé. Un coup de lame le jeta tout à fait en travers du pont ; il s'efforça de garder cette position nouvelle, criant par intervalles : Au secours ! Juste avant d'être enfin découvert par M. Henderson, il avait été obligé de lâcher prise par suite de son épuisement, et, retombant dans la mer, il s'était cru perdu. Pendant tout le temps qu'avait duré cette lutte, il ne lui était pas revenu le plus léger souvenir de l'*Ariel* ni d'aucune chose ayant rapport à l'origine de la catastrophe. Un vague sentiment de terreur et de désespoir avait pris possession de toutes ses facultés. Quand finalement il fut repêché, toute sa raison l'avait abandonné ; et, comme je l'ai déjà dit, ce ne fut guère qu'une heure après avoir été pris à bord du *Pingouin* qu'il eut pleinement conscience de sa situation. En ce qui me concerne, je fus tiré d'un état très voisin de la mort (et seulement après trois heures et demie, pendant lesquelles tous les moyens furent employés) par de vigoureuses frictions de flanelle trempée dans l'huile chaude, – procédé qui fut suggéré par Auguste. La blessure de mon cou, quoique d'une assez affreuse apparence, n'avait pas une grande gravité, et j'en guéris bien vite.

Le *Pingouin* entra au port à neuf heures du matin, après avoir eu à lutter contre une des brises les plus carabinées qui aient jamais soufflé au large de Nantucket. Auguste et moi, nous nous arrangeâmes pour paraître chez M. Barnard à l'heure du déjeuner, – qui, heureusement, se trouvait un peu retardée à cause de la soirée précédente. Je suppose que toutes les personnes présentes à table étaient trop fatiguées elles-mêmes pour remarquer notre physionomie harassée, – car il n'eût pas fallu une bien grande attention pour s'en apercevoir. D'ailleurs les écoliers sont capables d'accomplir des miracles en fait de tromperie, et je ne crois pas qu'il soit venu à l'esprit d'un seul de nos amis de Nantucket que la terrible histoire que racontèrent en ville quelques marins : – qu'ils avaient coulé un navire en mer et noyé trente ou quarante pauvres diables, – pût avoir trait à l'*Ariel*, à mon camarade ou à moi. Lui et moi, nous avons depuis lors causé plus d'une fois de l'aventure, – mais jamais sans un frisson. Dans une de nos conversations, Auguste me confessa franchement que de toute sa vie il n'avait jamais éprouvé une si atroce sensation d'effroi que quand, sur notre petit bateau, il avait tout d'un coup découvert toute l'étendue de son ivresse, et qu'il s'était senti écrasé par elle.

2

LA CACHETTE

En toute histoire de simple dommage ou danger, nous ne pouvons tirer de conclusions certaines, pour ou contre, même des données les plus simples. On supposera peut-être qu'une catastrophe comme celle que je viens de raconter devait refroidir efficacement ma passion naissante pour la mer. Tout au contraire, je n'éprouvai jamais un si ardent désir de connaître les étranges aventures qui accidentent la vie d'un navigateur qu'une semaine après notre miraculeuse délivrance. Ce court espace de temps suffit amplement pour effacer de ma mémoire les parties ténébreuses, et pour amener en pleine lumière toutes les touches de couleur délicieusement excitantes, tout le côté pittoresque de notre périlleux accident. Mes conversations avec Auguste devenaient de jour en jour plus fréquentes et d'un intérêt toujours croissant. Il avait une manière de raconter ses histoires de mer (je soupçonne maintenant que c'étaient, pour la moitié au moins, de pures imaginations) bien faite pour agir sur un tempérament enthousiaste comme le mien, sur une imagination quelque peu sombre, mais toujours ardente. Ce qui n'est pas moins étrange, c'est que c'était surtout en me peignant les plus terribles moments de souffrance et de désespoir de la vie du marin, qu'il réussissait à enrôler toutes mes facultés et tous mes sentiments au service de cette romanesque profession. Pour le côté brillant de la peinture, je n'avais qu'une sympathie fort limitée. Toutes mes visions étaient de naufrage et de famine, de mort ou de captivité parmi les tribus barbares, d'une existence de douleurs et de larmes, traînée sur quelque rocher grisâtre et désolé, dans un océan inaccessible et inconnu. De telles rêveries, de tels désirs, – car cela montait jusqu'au désir, – sont fort communs, on me l'a affirmé depuis, parmi la très nombreuse classe des hommes mélancoliques ; – mais, à l'époque dont je parle, je les regardais comme des échappées prophétiques d'une destinée à laquelle je me sentais, pour ainsi dire, voué. Auguste entrait parfaitement dans la situation de mon esprit. Véritablement il est probable que notre intimité avait eu pour résultat un échange d'une partie de nos caractères.

Huit mois environ après le désastre de l'*Ariel*, la maison Lloyd et Vredenburg (maison liée jusqu'à un certain point avec celle de MM. Enderby, de Liverpool, je crois) imagina de réparer et d'équiper le brick le *Grampus* pour une pêche à la baleine. C'était une vieille carcasse à peine en état de tenir la mer, même après qu'on eut tout fait pour la réparer. Pourquoi fut-il choisi de préférence à d'autres bons navires appartenant aux mêmes propriétaires, je ne sais trop, – mais enfin cela fut ainsi. M. Barnard fut chargé du commandement, et Auguste devait partir avec lui. Pendant qu'on équipait le brick, il me pressait souvent avec instance de profiter de l'excellente occasion qui s'offrait pour satisfaire mon désir de voyager. Il me trouvait certes fort disposé à l'écouter ; mais la chose n'était pas si facile à arranger. Mon père ne s'y opposait pas directement, mais ma mère tombait dans des attaques de nerfs sitôt qu'il était question du projet ; et, pire que tout, mon grand-père, de qui j'attendais beaucoup, jura qu'il ne me laisserait pas un shilling si j'osais désormais entamer ce sujet avec lui. Mais ces difficultés, loin d'abattre mon désir, furent comme de l'huile sur le feu. Je résolus de partir à tout hasard ; et, quand j'eus fait part de mon intention à Auguste, nous nous ingéniâmes à trouver un plan pour la mettre à exécution. Cependant je me gardai bien de souffler désormais un mot du voyage à aucun de mes parents ; et, comme je m'occupais ostensiblement de mes études ordinaires, on supposa que j'avais abandonné le projet. Souvent, depuis lors, j'ai examiné ma conduite dans cette occasion avec autant de surprise que de déplaisir. Cette profonde hypocrisie dont j'usai pour l'accomplissement de mon projet, – hypocrisie dont, pendant un si long espace de temps, furent pénétrées toutes mes paroles et mes actions, – je n'avais pu me la rendre supportable à moi-même que grâce à l'ardente et étrange espérance avec laquelle je contemplais la réalisation de mes rêves de voyage si longuement caressés.

Pour l'accomplissement de mon stratagème, j'étais nécessairement obligé d'abandonner beaucoup de choses à Auguste, employé la plus grande partie de la journée à bord du *Grampus* et s'occupant de divers arrangements pour son père dans la cabine et dans la cale ; mais le soir nous étions sûrs de nous retrouver, et nous causions de nos espérances. Après un mois environ passé de cette façon, sans avoir pu rencontrer un plan d'une réussite vraisemblable, il me dit enfin qu'il avait pourvu à tout.

J'avais un parent qui vivait à New Bedford, un M. Ross, chez qui j'avais l'habitude de passer quelquefois deux ou trois semaines. Le brick devait mettre à la voile vers le milieu de juin (juin 1827), et il fut convenu qu'un jour ou deux avant qu'il prît la mer, mon père recevrait, comme d'habitude, un billet de M. Ross, le priant de m'envoyer vers lui pour passer une quinzaine avec Robert et Emmet, ses fils. Auguste se chargea de rédiger ce billet et de le faire parvenir. Ayant donc feint de partir pour New Bedford, je devais rejoindre mon camarade, qui me préparerait une cachette à bord du *Grampus*. Cette cachette, m'assura-t-il, serait installée d'une manière assez confortable pour y pouvoir rester quelques jours, durant lesquels je devais ne pas me montrer. Quand le brick aurait fait suffisamment de route pour qu'il ne pût pas être question de retour, alors, dit-il, je serais formellement installé dans toutes les jouissances de la cabine ; et quant à son père, il rirait de bon cœur de ce joli tour. Nous rencontrerions bien assez de navires par lesquels je pourrais faire parvenir une lettre à mes parents pour leur expliquer l'aventure.

Enfin, la mi-juin arriva, et tout était suffisamment mûri. Le billet fut écrit et envoyé, et un lundi au matin je quittai la maison, feignant de me rendre au paquebot de New Bedford. Cependant j'allai tout droit à Auguste, qui m'attendait au coin d'une rue. Il entrait dans notre plan primitif que je me tiendrais caché jusqu'à la brune, et qu'alors je me glisserais à bord du brick ; mais comme nous avions en notre faveur un brouillard épais, il fut convenu que je ne perdrais pas de temps à me cacher. Auguste prit le chemin de l'embarcadère, et je le suivis à quelque distance, enveloppé dans un gros caban de matelot qu'il avait apporté avec lui, pour rendre ma personne difficilement reconnaissable. Juste comme nous tournions au second coin, après avoir passé le puits de M. Edmund, – qui apparut, se tenant droit devant moi et me regardant en plein visage ? mon grand-père lui-même, le vieux M. Peterson !

– Eh bien ! eh bien ! – dit-il après une longue pause. – Gordon ! Dieu me pardonne ! A qui ce paletot crasseux que vous avez sur le dos ?

– Monsieur ! – répliquai-je, prenant, aussi bien que je le pouvais, pour les besoins de la circonstance, un air de surprise offensée, et parlant sur le ton le plus rude qu'on puisse imaginer, – monsieur ! vous faites erreur, que je crois ; mon nom, avant tout, n'a rien de commun avec Goddin, et je désire pour vous que vous y voyiez un peu plus clair, et que vous ne traitiez pas mon caban neuf de paletot crasseux, – drôle !

Je ne sais comment je me retins d'éclater de rire en voyant la manière bizarre dont le vieux gentleman reçut cette belle rebuffade. Il sauta en arrière de deux ou trois pas, devint d'abord très pâle, et puis excessivement rouge, releva ses lunettes, puis, les rabaissant, fondit sur moi à toute bride, en levant son parapluie. Cependant, il s'arrêta tout court dans sa carrière, comme frappé soudainement d'un souvenir : et alors il se détourna et s'en alla clopinant tout le long de la rue, frémissant toujours de rage et marmottant entre ses dents : – Ça ne va pas ! – des lunettes neuves ! – j'aurais juré que c'était Gordon ; – maudit propre à rien de matelot du diable !

Après l'avoir échappé belle, nous continuâmes notre route avec plus de prudence, et nous arrivâmes heureusement à notre destination. Il n'y avait qu'un ou deux hommes à bord, et ils étaient occupés à je ne sais quoi sur le gaillard d'avant. Le capitaine Barnard, nous le savions, avait affaire chez Lloyd et Vredenburg, et il y devait rester fort avant dans la soirée ; nous n'avions donc pas grand-chose à craindre de son côté. Auguste monta le premier à bord du navire, et je l'y suivis bien vite, sans avoir été remarqué par les hommes qui travaillaient. Nous entrâmes tout de suite dans la chambre, et nous n'y trouvâmes personne. Elle était installée de la manière la plus confortable, chose assez insolite à bord d'un baleinier. Il y avait quatre excellentes cabines d'officier avec des cadres larges et commodes. Je remarquai aussi un vaste poêle et un tapis très beau et très épais qui recouvrait le plancher de la chambre et des cabines d'officier. Le plafond était bien à une hauteur de 7 pieds, et tout était d'une apparence plus vaste et plus agréable que je ne l'avais espéré. Auguste, toutefois, n'accorda que peu de temps à ma curiosité et insista sur la nécessité de me cacher le plus promptement possible. Il me conduisit dans sa propre cabine, qui était à tribord et tout près de la cloison étanche. En entrant, il tira la porte et la ferma au verrou. Il me semble que je n'avais jamais vu une plus jolie petite chambre que celle où je me trouvai alors. Elle était longue de 10 pieds environ, et n'avait qu'un seul cadre, qui, comme je l'ai déjà dit, était large et commode. Dans la partie de la cabine contiguë à la cloison étanche, il y avait un espace de 4 pieds carrés, contenant une table, une chaise et une rangée de rayons chargés de livres, principalement de livres de voyages et de navigation. Je vis dans cette chambre une foule d'autres petites commodités, parmi lesquelles je ne dois pas oublier une espèce de garde-manger ou d'armoire aux rafraîchissements, dans laquelle Auguste me montra une collection choisie de friandises et de liqueurs.

Il pressa avec ses doigts sur un certain endroit du tapis, dans un coin de l'espace dont j'ai parlé, me faisant voir qu'une portion du parquet, de seize pouces carrés environ, avait été soigneusement détachée et rajustée. Sous la pression, cette partie s'éleva suffisamment d'un côté pour livrer en dessous passage à son doigt. De cette manière il agrandit l'ouverture de la trappe (à laquelle le tapis restait fixé par des pointes), et je vis qu'elle conduisait dans la cale d'arrière. Il alluma immédiatement une petite bougie à l'aide d'une allumette phosphorique, et, plaçant la lumière dans une lanterne sourde, il descendit à travers l'ouverture, me priant de le suivre. Je fis comme il disait, et alors il ramena la porte sur le trou au moyen d'un clou planté sur la face inférieure ; le tapis reprenait ainsi sa position primitive sur le plancher de la cabine, et toutes les traces de l'ouverture se trouvaient dissimulées.

La bougie jetait un rayon si faible que ce n'était qu'à grand-peine que je pouvais trouver ma route à travers l'amas confus d'objets dont j'étais entouré. Cependant mes yeux s'accoutumèrent par degrés à l'obscurité, et je m'avançai avec moins d'embarras, me tenant accroché aux basques de l'habit de mon camarade. Il me conduisit enfin, après avoir rampé et tourné à travers d'innombrables et étroits passages, à une caisse cerclée de fer semblable à celle dont on se sert quelquefois pour emballer la faïence de prix. Elle était haute d'environ quatre pieds et longue de six bons pieds, mais excessivement étroite. Deux vastes barriques d'huile vides étaient posées au-dessus, et par-dessus celles-ci une énorme quantité de paillassons empilés jusqu'au plafond. Tout autour et dans tous les sens, était arrimé, aussi serré que possible et jusqu'au plafond, un véritable chaos de provisions de bord, avec un mélange hétérogène de cages, de paniers, de barils et de balles, au point que c'était pour moi comme un miracle que nous eussions pu nous frayer un chemin jusqu'à la caisse en question. J'appris ensuite qu'Auguste avait disposé à dessein tout l'arrimage dans la cale, dans le but de me préparer une excellente cachette, sans avoir eu d'autre aide dans ce travail qu'un seul homme qui ne partait pas avec le brick.

Mon camarade me montra alors que l'une des parois de la caisse pouvait s'enlever à volonté. Il la fit glisser de côté et me montra l'intérieur, dont je me divertis beaucoup. Un matelas enlevé à l'un des cadres de la chambre recouvrait tout le fond, et elle contenait tous les genres de confort qui avaient pu être accumulés dans un si petit espace, me laissant toutefois une place suffisante pour me tenir à ma guise, soit sur mon séant, soit couché tout de mon long. Il y avait, entre autres choses, quelques livres, des plumes, de l'encre et du papier, trois couvertures, une grosse cruche pleine d'eau, un petit baril de biscuits, trois ou quatre énormes saucissons de Bologne, un vaste jambon, une cuisse froide de mouton rôti, et une demi-douzaine de cordiaux et de liqueurs. Je pris tout de suite possession de mon petit appartement avec un sentiment de satisfaction plus vaste, j'en suis certain, que jamais monarque n'en éprouva en entrant dans un nouveau palais. Auguste m'indiqua alors le moyen de fixer le côté mobile de la caisse ; puis, rapprochant la bougie tout contre le pont, il me montra un bout de corde noire qui y était attaché. Cette corde, me dit-il, partait de ma cachette, serpentait à travers tout l'arrimage, et aboutissait à un clou fixé dans le pont, juste au-dessous de la trappe qui conduisait dans sa cabine. Au moyen de cette corde, je pouvais facilement retrouver mon chemin sans qu'il me servît de guide, au cas où quelque accident imprévu rendrait ce voyage nécessaire. Il prit alors congé de moi, me laissant la lanterne, avec une bonne provision de bougies et de phosphore, et me promettant de me rendre visite aussi souvent qu'il le pourrait faire sans attirer l'attention. Nous étions alors au 17 juin.

Je restai dans ma cachette trois jours et trois nuits (autant, du moins, que je pus le deviner) sans en sortir, excepté deux fois, pour étirer mes membres à mon aise en me tenant debout entre deux cages, juste en face de l'ouverture. Durant tout ce temps, je n'eus aucune nouvelle d'Auguste ; mais cela ne me causa pas grande inquiétude, car je savais que le brick allait prendre la mer d'un moment à l'autre, et, dans toute cette agitation, mon ami ne devait pas trouver facilement l'occasion de descendre me voir. Enfin j'entendis la trappe s'ouvrir et se fermer, et il m'appela alors d'une voix sourde, me demandant si tout allait bien pour moi, et si j'avais besoin de quelque chose.

– De rien, – répondis-je ; – je suis aussi bien que je puis être. Quand le brick met-il à la voile ?

– Il lèvera l'ancre dans moins d'une demi-heure, – me répondit-il ; – j'étais venu pour vous le faire savoir, et je craignais que vous ne fussiez inquiet de mon absence. Je n'aurai pas la chance de redescendre avant quelque temps, – peut-être bien avant trois ou quatre bons jours. Tout va bien là-haut. Après que je serai remonté et que j'aurai fermé la trappe, glissez-vous en suivant le filin jusqu'à l'endroit du clou. Vous y trouverez ma montre ; – elle peut vous être utile, car vous n'avez pas la lumière du jour pour apprécier le temps. Je parie que vous ne pourriez pas dire depuis combien de temps vous êtes enterré ici : – il n'y a que trois jours ; nous sommes aujourd'hui le 20 du mois. Je porterais bien la montre jusqu'à votre caisse ; mais je crains qu'on n'ait besoin de moi.

Et puis il remonta.

Une heure environ après son départ, je sentis distinctement le brick se mettre en marche, et je me félicitai de commencer un voyage pour de bon. Tout plein de cette idée, je résolus de me tenir en joie et d'attendre tranquillement la suite des événements, jusqu'à ce qu'il me fût permis d'échanger mon étroite caisse pour les commodités plus vastes, mais à peine plus recherchées, de la cabine. Mon premier soin fut d'aller chercher la montre. Je laissai la bougie allumée, et je m'avançai à tâtons dans les ténèbres, tout en suivant la corde à travers ses détours, tellement compliqués, que je m'apercevais quelquefois que, malgré tout mon travail et tout le chemin parcouru, j'étais ramené à un ou deux pieds d'une position précédente. A la longue cependant, j'atteignis le clou, et, m'assurant de l'objet d'un si long voyage, je m'en revins heureusement. J'examinai alors les livres dont Auguste m'avait pourvu avec une si charmante sollicitude, et je choisis l'*Expédition de Lewis et Clarke à l'embouchure de la Columbia*. Je m'en amusai pendant quelque temps, et puis, sentant mes yeux s'assoupir, j'éteignis soigneusement la bougie, et je tombai bientôt dans un profond sommeil.

En m'éveillant, je me sentis l'esprit singulièrement brouillé, et il s'écoula quelque temps avant que je pusse me rappeler les diverses circonstances de ma situation. Peu à peu, toutefois, je me souvins de tout. Je fis de la lumière et je regardai la montre ; mais elle s'était arrêtée ; je n'avais donc aucun moyen d'apprécier combien de temps avait duré mon sommeil. Mes membres étaient brisés par des crampes, et je fus obligé, pour les soulager, de me tenir debout entre les cages. Comme je me sentis alors pris d'une faim presque dévorante, je pensai au mouton froid dont j'avais mangé un morceau avant de m'endormir, et que j'avais trouvé excellent. Mais quel fut mon étonnement en découvrant qu'il était dans un état de complète putréfaction ! Cette circonstance me causa une grande inquiétude ; car, rapprochant ceci du désordre d'esprit que j'avais senti en m'éveillant, je commençai à croire que j'avais dû dormir pendant une période de temps tout à fait insolite. L'atmosphère épaisse de la cale y était peut-être bien pour quelque chose, et pouvait, à la longue, amener les plus déplorables résultats. Ma tête me faisait excessivement souffrir : il me semblait que je ne pouvais tirer ma respiration qu'avec difficulté, et enfin j'étais comme oppressé par une foule de sensations mélancoliques. Cependant je n'osais pas me hasarder à ouvrir la trappe ou à tenter quelque autre moyen qui aurait pu causer du trouble, et, ayant simplement remonté la montre, je fis mon possible pour me résigner.

Pendant le long espace de vingt-quatre insupportables heures, personne ne vint à mon secours, et je ne pouvais m'empêcher d'accuser Auguste de la plus grossière indifférence. Ce qui m'alarmait principalement, c'était que l'eau de ma cruche était réduite à presque une demi-pinte, et que je souffrais beaucoup de la soif, ayant copieusement mangé du saucisson de Bologne après la perte de mon mouton. Je devins excessivement inquiet, et je ne pris plus aucun intérêt à mes livres. J'étais dominé aussi par un désir étonnant de sommeil, et je tremblais à l'idée de m'y abandonner, de peur qu'il n'existât dans l'air renfermé de la cale quelque influence pernicieuse, comme celle du charbon en ignition. Cependant le roulis du brick me prouvait que nous étions en plein océan, et un bruit sourd, un ronflement, qui arrivait à mes oreilles comme d'une immense distance, me convainquait que la brise qui soufflait n'était pas une brise ordinaire. Je ne pouvais imaginer aucune raison pour expliquer l'absence d'Auguste. Nous étions certainement assez avancés dans la route pour me permettre de monter sur le pont. Il pouvait lui être arrivé quelque accident ; – mais je n'en conjecturais aucun qui m'expliquât comment il me laissait si longtemps prisonnier, sauf qu'il fût mort subitement ou qu'il fût tombé par-dessus bord ; et m'appesantir sur une pareille idée, quelques secondes seulement, était pour moi chose insupportable. Il était encore possible que nous eussions été battus par des vents debout, et que nous fussions encore à proximité de Nantucket. Mais je fus bientôt obligé de renoncer à cette idée : car, si tel eût été le cas, le brick aurait souvent viré de bord, et j'étais parfaitement convaincu, d'après mon inclinaison continuelle sur bâbord, qu'il avait fait route tout le temps avec une brise faite à tribord. D'ailleurs, en accordant que nous fussions toujours dans le voisinage de l'île, Auguste n'aurait-il pas dû me rendre visite et m'informer de la situation ?

Tout en réfléchissant ainsi sur les embarras de ma situation déplorable et solitaire, je résolus d'attendre encore vingt-quatre autres heures, après lesquelles, si je ne recevais pas de secours, je me dirigerais vers la trappe et je m'efforcerais, soit d'obtenir une entrevue avec mon ami, soit du moins de respirer un peu d'air frais à travers l'ouverture et d'emporter de sa cabine une nouvelle provision d'eau. Pendant que je m'occupais de cette idée, je tombai, malgré toute ma résistance, dans un profond sommeil ou plutôt dans une espèce de torpeur. Mes rêves étaient de la nature la plus terrible. Tous les genres de calamité et d'horreur s'abattaient sur moi. Entre autres misères, je me sentais étouffé jusqu'à la mort, sous d'énormes oreillers, par des démons de l'aspect le plus sinistre et le plus féroce. D'immenses serpents me tenaient dans leurs étreintes et me regardaient ardemment au visage avec des yeux affreusement brillants. Et puis des déserts sans limites et du caractère le plus désespéré, le plus chargé d'effroi, se projetaient devant moi. De gigantesques troncs d'arbres grisâtres, sans feuilles, se dressaient, comme une procession sans fin, aussi loin que mon œil pouvait atteindre. Leurs racines étaient noyées dans d'immenses marécages dont les eaux s'étalaient au loin, affreusement noires, sinistres et terribles dans leur immobilité. Et les étranges arbres semblaient doués d'une vitalité humaine, et, agitant çà et là leurs bras de squelette, demandaient grâce aux eaux silencieuses et criaient miséricorde avec l'accent vibrant, perçant du désespoir et de l'agonie la plus aiguë. Et puis la scène changeait, et je me trouvais debout, nu et seul, dans les sables brûlants du Sahara. A mes pieds gisait, blotti et ramassé, un lion féroce des tropiques. Soudainement ses yeux effarés s'ouvraient et tombaient sur moi. D'un bond convulsif, il se dressait sur ses pieds et il découvrait l'horrible rangée de ses dents. Aussitôt, de son rouge gosier jaillissait un rugissement semblable au tonnerre du firmament, et je me jetais impétueusement à terre. Suffoqué par le paroxysme de la terreur, je me sentis enfin éveillé à moitié. Et mon rêve n'était pas tout à fait un rêve. Maintenant, au moins, j'étais en possession de mes sens. Les pattes de quelque énorme et véritable monstre s'appuyaient lourdement sur ma poitrine, – sa chaude haleine soufflait dans mon oreille, – et ses crocs blancs et sinistres brillaient sur moi à travers l'obscurité.

Quand, pour sauver mille fois ma vie, je n'aurais eu qu'à remuer un membre ou qu'à prononcer une syllabe, je n'aurais pu ni bouger ni parler. La bête, quelle qu'elle fût, gardait toujours sa position, sans tenter aucune attaque immédiate, et, moi, je restais couché au-dessous d'elle dans un état complet d'impuissance, que je croyais tout proche de la mort. Je sentais que mes facultés physiques et spirituelles m'abandonnaient rapidement, – en un mot, que je me mourais, et que je me mourais de pure terreur. Ma cervelle flottait, – la mortelle nausée du vertige m'envahissait, – mes yeux me trahissaient, et les globes étincelants dardés sur moi semblaient eux-mêmes s'obscurcir. Faisant un suprême et violent effort, je lançai enfin vers Dieu une faible prière, et je me résignai à mourir. Le son de ma voix sembla réveiller toute la furie latente de l'animal ; il se précipita tout de son long sur mon corps. Mais quelle fut ma stupéfaction quand, poussant un long et sourd gémissement, il commença à lécher mon visage et mes mains avec la plus grande pétulance et les plus extravagantes démonstrations d'affection et de joie ! J'étais comme étourdi, perdu d'étonnement, – mais je ne pouvais pas avoir oublié le geignement particulier de Tigre, mon terre-neuve, et je connaissais bien la manière bizarre de ses caresses. C'était lui. Je sentis comme un torrent de sang se ruer vers mes tempes, – comme une sensation vertigineuse, écrasante, de délivrance et de résurrection. Je me dressai précipitamment sur le matelas de mon agonie, et, me jetant au cou de mon fidèle compagnon et ami, je soulageai la longue oppression de mon cœur par un flot de larmes des plus passionnées.

Comme dans une circonstance précédente, mon cerveau, quand j'eus quitté mon matelas, se trouvait dans une singulière confusion, dans un parfait désordre. Pendant assez longtemps, il me sembla presque impossible de lier deux idées ; mais, lentement et graduellement, la faculté de penser me revint, et je me rappelai enfin les différentes circonstances de ma situation. Quant à la présence de Tigre, je m'efforçai en vain de me l'expliquer, et, après m'être perdu en mille conjectures diverses à son sujet, je me réjouis simplement, et sans plus de recherches, de ce qu'il était venu partager ma lugubre solitude et me réconforter de ses caresses. Bien des gens aiment leurs chiens ; mais moi, j'avais pour Tigre une affection de beaucoup plus ardente que l'affection commune, et jamais sans doute aucune créature ne la mérita mieux. Pendant sept ans, il avait été mon inséparable compagnon et, dans une multitude de cas, il m'avait donné la preuve de toutes les nobles qualités qui nous font estimer l'animal. Je l'avais arraché, quand il était tout petit, des griffes d'un méchant polisson de Nantucket qui le traînait à l'eau avec une corde au cou ; et le chien, devenu grand, m'avait payé sa dette, trois ans plus tard à peu près, en me sauvant du gourdin d'un voleur de rue.

Je pris alors la montre et je m'aperçus, en l'appliquant à mon oreille, qu'elle s'était arrêtée de nouveau ; mais je n'en fus nullement étonné, étant convaincu, d'après l'état particulier de mes sens, que j'avais dormi, comme cela m'était déjà arrivé, pendant une très longue période de temps. Combien de temps ? c'est ce qu'il m'était impossible de dire. J'étais consumé par la fièvre, et ma soif était presque intolérable. Je cherchai à tâtons à travers ma caisse le peu qui devait me rester de ma provision d'eau ; car je n'avais pas de lumière, la bougie ayant brûlé jusqu'au ras du chandelier de la lanterne, et je ne pouvais pas mettre pour le moment la main sur le briquet. Enfin, trouvant la cruche, je m'aperçus qu'elle était vide ; – Tigre, sans nul doute, n'avait pas résisté au désir de boire, aussi bien que de dévorer tout le restant du mouton dont l'os se promenait, admirablement nettoyé, à l'entrée de ma caisse. Je pouvais faire bon marché de la viande gâtée, mais je sentais le cœur me manquer rien qu'à l'idée de l'eau. J'étais excessivement faible, si bien qu'au moindre mouvement, au plus léger effort, je tremblais de tout mon corps, comme dans un violent accès de fièvre. Pour ajouter à mes embarras, le brick tanguait et roulait avec une grande violence, et les barriques d'huile placées au-dessus de ma caisse menaçaient à chaque instant de dégringoler et de boucher ainsi l'unique issue de ma cachette. J'éprouvais aussi d'horribles souffrances par suite du mal de mer. Toutes ces considérations me déterminèrent à me diriger à tout hasard vers la trappe et à chercher immédiatement du secours, avant que j'en fusse devenu tout à fait incapable. Cette résolution prise, je cherchai de nouveau à tâtons le phosphore et les bougies. Je découvris le briquet phosphorique, non sans quelque peine ; mais, ne trouvant pas les bougies aussi vite que je l'espérais (car je me rappelais à peu près l'endroit où je les avais placées), j'abandonnai cette recherche pour le moment, et, recommandant à Tigre de se tenir tranquille, je commençai décidément mon voyage vers la trappe.

Dans cette tentative, mon extrême faiblesse devint encore plus manifeste. Ce n'était qu'avec la plus grande difficulté que je pouvais me traîner, et très souvent mes membres se dérobaient soudainement sous moi ; puis, tombant prosterné sur le visage, je restais pendant quelques minutes dans un état voisin de l'insensibilité. Cependant, je luttais toujours et j'avançais lentement, tremblant à tout moment de m'évanouir dans le labyrinthe étroit et compliqué de l'arrimage, auquel cas je n'avais d'autre dénouement à attendre que la mort. A la longue, faisant une poussée en avant avec toute l'énergie dont je pouvais disposer, je donnai violemment du front contre l'angle aigu d'une caisse bordée de fer. L'accident ne me causa qu'un étourdissement de quelques instants ; mais je découvris avec un inexprimable chagrin que le roulis sec et violent du navire avait jeté la caisse juste en travers de mon chemin, de manière à barricader complètement le passage. En y mettant toute ma force, je ne pus pas la déranger seulement d'un pouce, car elle était très solidement calée entre les caisses environnantes et tous les équipements de bord. Il me fallait donc, faible comme je l'étais, ou lâcher le filin conducteur et chercher un autre passage, ou grimper par-dessus l'obstacle et reprendre ma route de l'autre côté. Le premier parti présentait trop de difficultés et de dangers ; je n'y pouvais penser sans un frisson. Epuisé de corps et d'esprit, je devais infailliblement me perdre si je tentais une pareille imprudence, et périr misérablement dans ce lugubre et dégoûtant labyrinthe de la cale. Je commençai donc, sans hésitation, à rassembler tout ce qui me restait de force et de courage pour tâcher, si faire se pouvait, de grimper par-dessus la caisse.

Comme je me relevais dans ce but, je m'aperçus que l'entreprise dépassait mes prévisions et impliquait une besogne encore plus sérieuse que je ne l'avais imaginé. De chaque côté de l'étroit passage, se dressait un véritable mur fait d'une foule de matériaux des plus lourds ; la moindre bévue de ma part pouvait les faire dégringoler sur ma tête ; ou, si j'échappais à ce malheur, le retour pouvait m'être absolument fermé par la masse écroulée, et je me trouvais ainsi en face d'un nouvel obstacle. Quant à la caisse, elle était très haute et très massive, et le pied n'y pouvait trouver aucune prise. Enfin j'essayai, par tous les moyens possibles, d'attraper le haut, espérant pouvoir me soulever ainsi à la force des bras. Si j'avais réussi à l'atteindre, il est certain que ma force eût été tout à fait insuffisante pour me soulever, et somme toute, il valait mieux que je n'y eusse pas réussi. A la longue, comme je faisais un effort désespéré pour déranger la caisse de sa place, je sentis comme une vibration sensible du côté qui me faisait face. Je glissai vivement ma main sur les interstices des planches, et je m'aperçus que l'une d'elles, une très large, branlait. Avec mon couteau, que j'avais sur moi par bonheur, je réussis, mais non sans peine, à la détacher entièrement ; et, passant à travers l'ouverture, je découvris, à ma grande joie, qu'il n'y avait pas de planches du côté opposé, – en d'autres termes que le couvercle manquait, et que c'était à travers le fond que je m'étais frayé une voie. Dès lors, je suivis ma ligne sans trop de difficultés, jusqu'à ce qu'enfin j'atteignisse le clou. Je me redressai avec un battement de cœur, et je soulevai doucement la porte de la trappe. Elle ne s'éleva pas avec autant de promptitude que je l'avais espéré, et je la poussai avec un peu plus de décision, craignant toujours que quelque autre personne qu'Auguste ne se trouvât en ce moment dans sa cabine. Cependant, la porte, à mon grand étonnement, resta ferme et je devins passablement inquiet, car je savais que primitivement elle cédait sans effort et à la moindre pression. Je la poussai vigoureusement, – elle ne bougea pas ; de toute ma force, – elle ne voulut pas céder ; avec rage, avec furie, avec désespoir, – elle défia tous mes efforts ; et il était évident, à en juger par l'inflexibilité de la résistance, que le trou avait été découvert et solidement condamné, ou bien que quelque énorme poids avait été placé dessus, qu'il ne fallait pas songer à soulever.

Ce que j'éprouvai fut une sensation extrême d'horreur et d'effroi. J'essayai en vain de raisonner sur la cause probable qui me murait ainsi dans ma tombe. Je ne pouvais attraper aucune chaîne logique de réflexions ; je me laissai tomber sur le plancher, et je m'abandonnai sans résistance aux imaginations les plus noires, parmi lesquelles se dressaient principalement, écrasants et terribles, la mort par la soif, la mort par la faim, l'asphyxie et l'enterrement prématuré. A la longue cependant, une partie de ma présence d'esprit me revint. Je me relevai, et je cherchai avec mes doigts les joints et les fissures de la trappe. Les ayant trouvés, je les examinai scrupuleusement, pour vérifier s'ils laissaient filtrer quelque lumière de la cabine ; mais il n'y avait aucune lueur appréciable. J'introduisis alors la lame à tailler les plumes à travers les fentes, jusqu'à ce que j'eusse rencontré un obstacle dur. En raclant, je découvris que c'était une masse énorme de fer, et, à la sensation particulière d'ondulation que me rendit ma lame en frôlant tout le long, je conclus que ce devait être une chaîne. Le seul parti qui me restât à suivre maintenant était de reprendre ma route vers ma caisse, et, là, de me résigner à mon triste destin, ou de m'appliquer à pacifier mon esprit pour le rendre capable de combiner quelque plan de salut. J'entrepris immédiatement la chose, et je réussis, après d'innombrables difficultés, à effectuer mon retour. Comme je me laissais tomber entièrement épuisé sur mon matelas, Tigre s'étendit tout de son long à mon côté, comme désirant, par ses caresses, me consoler de toutes mes peines et m'exhorter à les supporter avec courage.

A la longue, la singularité de sa conduite arrêta fortement mon attention. Après avoir léché mon visage et mes mains pendant quelques minutes, il s'arrêtait tout à coup et poussait un sourd gémissement. Quand j'étendais ma main vers lui, je le trouvais invariablement couché sur le dos, avec ses pattes en l'air. Cette conduite, si fréquemment répétée, me paraissait étrange, et je ne pouvais en aucune façon m'en rendre compte. Comme le pauvre chien semblait désolé, je conclus qu'il avait reçu quelque coup ; et, prenant ses pattes dans mes mains, je les tâtai une à une, mais je n'y trouvai aucun symptôme de mal. Je supposai alors qu'il avait faim, et je lui donnai un gros morceau de jambon qu'il dévora avidement, – et puis il recommença son extraordinaire manœuvre. J'imaginai alors qu'il souffrait comme moi des tortures de la soif, et j'allais adopter cette conclusion comme la seule vraie, quand l'idée me vint que je n'avais jusqu'alors examiné que ses pattes, et qu'il pouvait bien avoir une blessure en quelque endroit du corps ou de la tête. Je tâtai soigneusement la tête, mais je n'y trouvai rien. Mais, en passant ma main le long du dos, je sentis comme une légère érection du poil qui le traversait dans toute sa largeur. En sondant le poil avec mon doigt, je découvris une ficelle que je suivis et qui passait tout autour du corps. Grâce à un examen plus soigneux, je rencontrai une petite bande qui me causa la sensation du papier à lettres ; la ficelle traversait cette bande et avait été assujettie de façon à la fixer juste sous l'épaule gauche de l'animal.

3

TIGRE ENRAGÉ

L'idée me vint tout de suite que ce papier était un billet d'Auguste, et que, quelque accident inconcevable l'ayant empêché de venir me tirer de ma prison, il avait avisé ce moyen pour me mettre au courant du véritable état des choses. Tout palpitant d'impatience, je me mis de nouveau à la recherche de mes allumettes phosphoriques et de mes bougies. J'avais comme un souvenir confus de les avoir soigneusement serrées quelque part, juste avant de m'assoupir, et je crois bien qu'avant ma dernière expédition vers la trappe j'étais parfaitement capable de me rappeler l'endroit précis où je les avais déposées. Mais maintenant c'était en vain que je m'efforçais de me le rappeler, et je perdis bien une bonne heure dans une recherche inutile et irritante de ces maudits objets ; jamais, certainement, je ne me trouvai dans un état plus douloureux d'anxiété et d'incertitude. Enfin, comme je tâtais partout, ma tête appuyée presque contre le lest, près de l'ouverture de ma caisse et un peu en dehors, j'entrevis comme une faible lueur dans la direction du poste. Très étonné, je m'efforçai de me diriger vers cette lueur, qui me semblait n'être qu'à quelques pieds de moi. A peine avais-je commencé à me remuer dans ce but, que je l'avais entièrement perdue de vue ; et, pour l'apercevoir de nouveau, je fus obligé de tâtonner le long de ma caisse jusqu'à ce que j'eusse exactement retrouvé ma position première. Alors, tâtonnant prudemment avec ma tête, deçà et delà, je découvris qu'en m'avançant lentement, avec la plus grande précaution, dans un sens opposé à celui que j'avais adopté d'abord, je pourrais arriver auprès de la lumière sans la perdre de vue. Enfin donc, j'y parvins, non sans avoir suivi une route péniblement brisée par une foule de détours, et je découvris que cette lumière provenait de quelques fragments de mes allumettes éparpillées dans un baril vide et couché sur le côté. Je m'étonnais fort de les retrouver en pareil lieu, quand ma main tomba sur deux ou trois morceaux de cire qui avaient été évidemment mâchonnés par le chien. J'en conclus tout de suite qu'il avait dévoré toute ma provision de bougies, et je désespérai de pouvoir jamais lire le billet d'Auguste. Les bribes de cire étaient si bien amalgamées avec d'autres débris dans le baril, que je renonçai à en tirer le moindre secours, et je les laissai où elles étaient. Quant au phosphore, dont il restait encore une ou deux miettes lumineuses, je le récoltai du mieux que je pus, et je retournai avec beaucoup de peine jusqu'à ma caisse, où Tigre était resté pendant tout ce temps.

Je ne savais, en vérité, que faire maintenant. La cale était si profondément sombre, que je ne pouvais pas voir ma main, même en l'approchant tout près de mon visage. Quant à la bande blanche de papier, je pouvais à peine la distinguer, et encore ce n'était pas en la regardant directement, mais en tournant vers elle la partie extérieure de la rétine, c'est-à-dire en l'observant un peu de travers, que je parvenais à la rendre légèrement sensible à mon œil. On peut ainsi se figurer combien était noire la nuit de ma prison ; et le billet de mon ami, si toutefois c'était un billet de lui, semblait ne devoir servir qu'à augmenter mon trouble, en tourmentant sans utilité mon pauvre esprit déjà si agité et si affaibli. En vain je roulais dans mon cerveau une foule d'expédients absurdes pour me procurer de la lumière, – des expédients analogues à ceux qu'imaginerait, pour un but semblable, un homme enveloppé du sommeil troublant de l'opium ; chacun apparaissait tour à tour au songeur comme la plus raisonnable et la plus absurde des inventions, selon que les lueurs de la raison ou celles de l'imagination dominent dans son esprit vacillant. A la fin, une idée se présenta à moi, qui me parut rationnelle, et je ne m'étonnai que d'une chose, c'était de ne pas l'avoir trouvée tout de suite. Je plaçai la bande de papier sur le dos d'un livre, et, ramassant les débris d'allumettes chimiques que j'avais rapportés du baril, je les mis tous ensemble sur le papier ; puis, avec la paume de ma main, je frottai le tout vivement, mais solidement. Une lumière claire se répandit immédiatement à la surface, et, s'il y avait eu quelque chose d'écrit dessus, je suis sûr que je n'aurais pas eu la moindre difficulté à le lire. Il n'y avait pas une syllabe, rien qu'une triste et désolante blancheur ; la clarté s'éteignit en quelques secondes, et je sentis mon cœur s'évanouir avec elle.

J'ai déjà dit que, pendant une période précédente, mon esprit s'était trouvé dans un état voisin de l'imbécillité. Il y eut, il est vrai, quelques intervalles de parfaite lucidité et même, de temps à autre, d'énergie ; mais ils avaient été peu nombreux. On doit se rappeler que je respirais, depuis plusieurs jours certainement, l'atmosphère presque pestilentielle d'un étroit cachot dans un navire baleinier, et, pendant une bonne partie de ce temps, je n'avais joui que d'une quantité d'eau très insuffisante. Pendant les dernières quatorze ou quinze heures, j'en avais été totalement privé, – aussi bien que de sommeil. Des provisions salées de la nature la plus irritante avaient été ma principale et même, depuis la perte de mon mouton, mon unique nourriture, à l'exception du biscuit de mer ; et encore ce dernier m'était devenu d'un usage tout à fait impossible, beaucoup trop sec et trop dur pour que ma gorge pût l'avaler, enflée et desséchée comme elle l'était. J'avais alors une fièvre très intense, et j'étais à tous égards excessivement mal. Cela expliquera comment de longues misérables heures d'abattement aient pu s'écouler depuis l'aventure du phosphore, avant que l'idée me vînt que je n'avais encore examiné qu'un des côtés du papier. Je n'essayerai pas de décrire toutes mes sensations de rage (car je crois que la colère dominait toutes les autres), quand le remarquable oubli que j'avais commis éclata soudainement dans mon esprit. Cette bévue n'aurait pas été très grave en elle-même, si ma folie et ma pétulance ne l'eussent pas rendue telle ; – dans mon désappointement de ne pas trouver quelques mots sur la bande de papier, je l'avais puérilement déchirée, et j'en avais jeté les morceaux ; – où ? il m'était impossible de le savoir.

Je fus, pour la partie la plus ardue du problème, tiré d'affaire par la sagacité de Tigre. Ayant trouvé, après une longue recherche, un petit morceau de billet, je le mis sous le nez du chien, m'efforçant de lui faire comprendre qu'il fallait m'apporter le reste. A mon grand étonnement (car je ne lui avais enseigné aucun des tours habituels qui font la renommée de ses pareils), il sembla entrer tout de suite dans ma pensée, et, farfouillant pendant quelques moments, il en trouva bien vite un autre morceau assez important. Il me l'apporta, fit une petite pause, et frottant son nez contre ma main, parut attendre que j'approuvasse ce qu'il avait fait. Je lui donnai une petite tape sur la tête, et il repartit immédiatement pour sa besogne. Quelques minutes s'écoulèrent avant qu'il revînt, – mais enfin il rapporta une grande bande qui complétait tout le papier perdu ; – je ne l'avais lacéré, à ce qu'il paraît, qu'en trois morceaux. Très heureusement, je n'eus pas grand-peine à retrouver le peu qui restait de phosphore, guidé par la lueur indistincte qu'émettaient toujours un ou deux petits fragments. Mes mésaventures m'avaient appris la nécessité de la prudence, et je pris alors le temps de réfléchir sur ce que j'allais faire. Très probablement, pensai-je, quelques mots avaient été écrits sur le côté du papier que je n'avais pas examiné ; – mais quel était ce côté ? L'assemblage des morceaux ne me donnait aucun renseignement à cet égard et me garantissait simplement que je trouverais tous les mots (si toutefois il y avait quelque chose) du même côté, et se suivant logiquement comme ils avaient été écrits. Vérifier le point en question et d'une manière indubitable était une chose de la plus absolue nécessité ; car les débris de phosphore eussent été tout à fait insuffisants pour une troisième épreuve, si j'échouais par malheur dans celle que j'allais tenter. Je plaçai, comme j'avais déjà fait, le papier sur un livre, et je m'assis pendant quelques minutes, mûrissant soigneusement la question dans mon esprit. A la fin, je pensai qu'il n'était pas tout à fait impossible que le côté écrit fût marqué de quelque inégalité à sa surface, inégalité qu'une vérification délicate par le toucher pouvait me révéler. Je résolus de faire l'expérience, et je passai soigneusement mon doigt sur le côté qui se présentait le premier ; – je ne sentis absolument rien, et je retournai le papier, le rajustant sur le livre. Je promenai de nouveau mon index tout le long et avec une grande précaution, quand je découvris une lueur excessivement faible, mais cependant sensible, qui accompagnait mon doigt. Ceci ne pouvait évidemment provenir que de quelques petites molécules du phosphore dont j'avais frotté le papier dans ma première tentative. L'autre côté, le verso, était donc celui où était l'écriture, si toutefois je devais enfin trouver quelque chose d'écrit. Je retournai donc encore le billet et je me mis à l'œuvre, comme j'avais fait précédemment. Je frottai le phosphore ; une lumière en résulta de nouveau ; – mais, cette fois, quelques lignes d'une grosse écriture, et qui semblaient tracées avec de l'encre rouge, devinrent très distinctement visibles. La clarté, quoique suffisamment brillante, ne fut que momentanée. Cependant, si je n'avais pas été trop fortement agité, j'aurais eu amplement le temps de déchiffrer les trois phrases entières placées sous mes yeux : – car je vis qu'il y en avait trois. Mais, dans mon impatience de tout lire d'un seul coup, je ne réussis qu'à attraper les sept mots de la fin qui étaient : *... sang, – restez caché, votre vie en dépend.*

Quand même j'aurais pu vérifier le contenu entier du billet, – le sens complet de l'avertissement que mon ami avait essayé de me donner, – cet avertissement m'eût-il révélé l'histoire d'un désastre affreux, ineffable, n'aurait pas, j'en suis fermement convaincu, pénétré mon esprit d'un dixième de la maîtrisante et indéfinissable horreur que m'inspira ce lambeau d'avis reçu de cette façon. Et ce mot, – *sang*, – ce mot suprême, ce roi des mots, – toujours si riche de mystère, de souffrance et de terreur, – comme il m'apparut alors trois fois plus gros de signifiance ! – Comme cette syllabe vague, – détachée de la série des mots précédents qui la qualifiaient et la rendaient distincte, – tombait, pesante et glacée, parmi les profondes ténèbres de ma prison, dans les régions les plus intimes de mon âme !

Auguste avait indubitablement de bonnes raisons pour désirer que je restasse caché, et je formai mille conjectures sur ce qu'elles pouvaient être ; – mais je ne pus rien trouver qui me donnât une solution satisfaisante du mystère. Quand j'étais revenu de mon dernier voyage à la trappe, et avant que mon attention eût été attirée par la singulière conduite de Tigre, j'avais pris la résolution de me faire entendre à tout hasard par les hommes du bord, ou, si je n'y pouvais pas réussir, d'essayer de me frayeA une voie à travers le faux pont. La presque certitude que j'avais d'être capable d'accomplir, à la dernière extrémité, l'une de ces deux entreprises, m'avait donné le courage (que je n'aurais pas eu autrement) d'endurer les douleurs de ma situation. Et voilà que les quelques mots que je venais de lire me coupaient ces deux ressources finales ! Alors, pour la première fois, je sentis toute la misère de ma destinée. Dans un paroxysme de désespoir, je me rejetai sur le matelas, où je restai étendu, durant tout un jour et une nuit environ, dans une espèce de stupeur que traversaient par instants quelques lueurs de raison et de mémoire.

A la longue, je me levai une fois encore, et je m'occupai à réfléchir sur les horreurs qui m'environnaient. Il m'était bien difficile de vivre encore vingt-quatre heures sans eau ; – au-delà, c'était chose impossible. Durant la première période de ma réclusion, j'avais librement usé des liqueurs dont Auguste m'avait pourvu, mais elles n'avaient servi qu'à exciter ma fièvre, sans apaiser ma soif le moins du monde. Il ne me restait plus maintenant que le quart d'une pinte, et c'était une espèce de forte liqueur de noyau qui me faisait lever le cœur. Les saucissons étaient entièrement consommés ; du jambon il ne restait qu'un petit morceau de la peau ; et, sauf quelques débris d'un seul biscuit, tout le reste avait été dévoré par Tigre. Pour ajouter à mes angoisses, je sentais que mon mal de tête augmentait à chaque instant, toujours accompagné de cette espèce de délire qui m'avait plus ou moins tourmenté depuis mon premier assoupissement. Depuis plusieurs heures déjà, je ne pouvais plus respirer qu'avec la plus grande difficulté, et, maintenant, chaque effort de respiration était suivi d'un mouvement spasmodique de la poitrine des plus alarmants. Mais j'avais encore une autre raison d'inquiétude, d'un genre tout à fait différent, et c'étaient les fatigantes terreurs qui en résultaient qui m'avaient surtout arraché à ma torpeur et m'avaient contraint à me relever sur mon matelas. Cette inquiétude me venait de la conduite du chien.

J'avais observé une altération dans sa manière d'être, pendant que je frottais le phosphore sur le papier lors de ma dernière expérience. Juste comme je frottais, il avait fourré son nez contre ma main avec un léger grognement ; mais j'étais, en ce moment, trop fortement agité pour faire grande attention à cette circonstance. Peu de temps après, on se le rappelle, je m'étais jeté sur le matelas, et j'étais tombé dans une espèce de léthargie. Je m'aperçus alors d'un singulier sifflement tout contre mon oreille, et je découvris que ce bruit provenait de Tigre, qui haletait et soufflait, comme s'il était en proie à la plus grande excitation, les globes de ses yeux étincelant furieusement à travers l'obscurité. Je lui adressai la parole, et il me répondit par un sourd grondement ; et puis il se tint tranquille. Je retombai alors dans ma torpeur, et j'en fus de nouveau tiré de la même manière. Cela se répéta trois ou quatre fois ; enfin sa conduite m'inspira une telle frayeur, que je me sentis tout à fait éveillé. Il était alors couché tout contre l'ouverture de la caisse, grognant terriblement, quoique dans une espèce de ton bas et sourd, et grinçant des dents comme s'il était tourmenté par de fortes convulsions.

Je ne doutais pas que la privation d'eau et l'atmosphère renfermée de la cale ne l'eussent rendu enragé, et je ne savais absolument quel parti prendre. Je ne pouvais pas supporter la pensée de le tuer, et cependant cela me semblait absolument nécessaire pour mon propre salut. Je distinguais parfaitement ses yeux fixés sur moi avec une expression d'animosité mortelle, et je croyais à chaque instant qu'il allait m'attaquer. A la fin, je sentis que je ne pouvais pas endurer plus longtemps cette terrible situation, et je résolus de sortir de ma caisse à tout hasard et d'en finir avec lui, si une opposition de sa part rendait cette extrémité nécessaire. Il me fallait, pour fuir, passer directement sur son corps, et l'on eût dit qu'il pressentait déjà mon dessein ; – il se dressa sur ses pattes de devant, – ce que je devinai au changement de position de ses yeux, – et déploya la rangée blanche de ses crocs que je pouvais distinguer sans peine. Je pris les restes de la peau du jambon et la bouteille qui contenait la liqueur, et je les assurai bien contre moi, ainsi qu'un grand couteau de table qu'Auguste m'avait laissé ; – puis, m'enveloppant de mon paletot, serré autant que possible, je fis un mouvement vers l'ouverture de la caisse. A peine avais-je bougé, que le chien, avec un fort hurlement, s'élança à ma gorge. L'énorme poids de son corps me frappa à l'épaule droite, et je tombai violemment à gauche, pendant que l'animal enragé passait tout entier pardessus moi. J'étais tombé sur mes genoux, ma tête ensevelie dans les couvertures, ce qui me protégeait contre les dangers d'une seconde attaque également furieuse ; car je sentais les dents aiguës qui serraient vigoureusement la laine dont mon cou se trouvait enveloppé, et qui, par grand bonheur, se trouvaient impuissantes à en pénétrer tous les plis. J'étais alors placé sous l'animal, et en peu d'instants je devais me trouver complètement en son pouvoir. Le désespoir me donna de la vigueur ; je me relevai violemment, repoussant le chien loin de moi par la simple énergie de mon mouvement, et tirant avec moi les couvertures de dessus le matelas, je les jetai alors sur lui, et, avant qu'il eût pu s'en débarrasser, j'avais franchi la porte et je l'avais heureusement fermée en cas de poursuite. Mais dans cette bataille, j'avais été forcé de lâcher le morceau de peau de jambon, et je me trouvai dès lors réduit à mon quart de pinte de liqueur pour toutes provisions. Quand cette réflexion traversa mon esprit, je me sentis emporté par un de ces accès de perversité[1] semblables au mouvement d'un enfant gâté dans un cas analogue, et, portant le flacon à mes lèvres, je le vidai jusqu'à la dernière goutte, et puis je le brisai avec fureur à mes pieds.

A peine l'écho du verre fracassé s'était-il évanoui, que j'entendis mon nom prononcé d'une voix inquiète, mais étouffée, dans la direction du logement de l'équipage. Un incident de cette nature était pour moi chose inattendue, et l'émotion qu'il me causa était si intense, que ce fut en vain que je m'efforçai de répondre. J'avais complètement perdu la faculté de parler, et, torturé par la crainte que mon ami n'en conclût que j'étais mort et ne s'en retournât sans essayer de me trouver, je me tenais debout entre les cages, près de la porte de la caisse, tremblant convulsivement, la bouche béante, et luttant pour retrouver la parole. Quand même un millier de mondes auraient dépendu d'une syllabe, je n'aurais pas pu la proférer. J'entendis alors comme un léger mouvement à travers l'arrimage, quelque part en avant de la position que j'occupais. Et puis le son devint moins distinct, – et puis encore moins, – enfin il allait toujours s'affaiblissant. Oublierai-je jamais mes sensations d'alors ? Il s'en allait, – lui, mon ami, mon compagnon, de qui j'avais le droit de tant attendre ! – il s'en allait, – il voulait m'abandonner, – il était parti ! Il voulait donc me laisser périr misérablement, expirer dans la plus horrible et la plus dégoûtante des prisons – et un mot, une seule petite syllabe pouvait me sauver ! – et cette syllabe unique, je ne pouvais pas la

1. *Voir, pour saisir toute l'étendue du terme,* le Démon de la Perversité *et* le Chat noir *dans le deuxième volume des* Histoires extraordinaires. (C. B.)

proférer ! J'éprouvai, j'en suis sûr, plus de dix mille fois les tortures de la mort. La tête me tourna, et je tombai, pris d'une faiblesse mortelle, contre l'extrémité de la caisse.

Comme je tombais, le couteau de table sortit de la ceinture de mon pantalon et coula sur le plancher avec le bruit sec du fer. Non, jamais musique délicieuse n'émut si doucement mon oreille ! Avec la plus ardente inquiétude, j'écoutai, – pour constater l'effet du bruit sur Auguste ; car je savais que la personne qui prononçait mon nom ne pouvait être que lui. Tout resta silencieux pendant quelques instants. A la longue, j'entendis de nouveau le mot *Arthur !* répété à plusieurs reprises d'un ton bas, et une fois plein d'hésitation. L'espérance renaissante délivra tout d'un coup ma parole enchaînée, et je criai de ma voix la plus forte :

– Auguste ! oh ! Auguste !

– Chut ! pour l'amour de Dieu ! taisez-vous ! – répliqua-t-il d'une voix palpitante d'agitation ! – je vais être à vous tout de suite, – aussitôt que je me serai frayé un chemin à travers la cale.

Pendant longtemps, je l'entendis remuer parmi l'arrimage, et chaque instant me semblait un siècle. Enfin je sentis sa main sur mon épaule, et il porta en même temps une bouteille d'eau à mes lèvres. Ceux-là seulement qui ont été soudainement arrachés des mâchoires de la mort, ou qui ont connu les insupportables tortures de la soif dans des circonstances aussi compliquées que celles qui m'assiégeaient dans ma lugubre prison, peuvent se faire une idée des ineffables délices que me causa ce bon coup, aspiré longuement, tout d'une haleine, – cette boisson exquise, – cette volupté, la plus parfaite de toutes !

Quand j'eus apaisé à peu près ma soif, Auguste tira de sa poche trois ou quatre pommes de terre bouillies et froides, que je dévorai avec la plus grande avidité. Il avait apporté de la lumière dans une lanterne sourde, et les délicieux rayons ne me causaient pas moins de jouissance que la nourriture et le liquide. Mais j'étais impatient d'apprendre la cause de son absence prolongée, et il commença à me raconter ce qui était arrivé à bord durant mon incarcération.

4

RÉVOLTE ET MASSACRE

Le brick avait pris la mer, ainsi que j'avais deviné, une heure environ après qu'Auguste m'eut laissé sa montre. C'était alors le 20 juin. On se rappelle que j'étais déjà dans la cale depuis trois jours ; et, pendant tout ce temps, il y avait eu à bord un si constant remue-ménage, tant d'allées et venues, particulièrement dans la chambre et les cabines d'officier, qu'il ne pouvait guère venir me voir sans courir le risque de livrer le secret de la trappe. Lorsque enfin il descendit, je lui affirmai que j'étais aussi bien que possible ; pendant les deux jours qui suivirent, il n'éprouva donc pas une bien grande inquiétude à mon endroit ; cependant il guettait toujours l'occasion de descendre. *Ce ne fut que le quatrième jour* qu'il la trouva enfin. Plusieurs fois durant cet intervalle, il avait pris la résolution d'avouer l'aventure à son père et de me faire décidément monter ; mais nous étions toujours à proximité de Nantucket, et il était à craindre, à en juger par quelques mots qui avaient échappé au capitaine Barnard, qu'il ne revînt immédiatement sur son chemin, s'il découvrait que j'étais à bord. D'ailleurs, en pesant bien les choses, Auguste, à ce qu'il me dit, ne pouvait pas imaginer que je souffrisse de quelque besoin urgent, ou que j'hésitasse, en pareil cas, à donner de mes nouvelles par la trappe. Donc, tout bien considéré, il conclut à me laisser attendre jusqu'à ce qu'il pût trouver l'occasion de me venir voir sans être observé. Ceci, comme je l'ai dit, n'eut lieu que le quatrième jour après qu'il m'eut apporté la montre, et le septième depuis mon installation dans la cale. Il descendit donc sans apporter avec lui d'eau ni de provisions, n'ayant d'abord en vue que d'attirer mon attention et de me faire venir de la caisse jusqu'à la trappe, puis alors de remonter dans sa chambre, et de là de me faire passer ce dont j'avais besoin. Quand il descendit dans ce but, il s'aperçut que je dormais ; car il paraît que je ronflais très haut. D'après toutes les conjectures que j'ai pu faire sur ce sujet, ce devait être ce malheureux assoupissement dans lequel je tombai juste après être revenu de la trappe avec la montre, sommeil qui a dû, conséquemment, durer *plus de trois nuits et trois jours entiers* pour le moins. Tout récemment, j'avais appris à connaître, par ma propre expérience et par le témoignage des autres, les puissants effets soporifiques de l'odeur de la vieille huile de poisson quand elle est étroitement renfermée ; et quand je pense à l'état de la cale dans laquelle j'étais emprisonné et au long espace de temps durant lequel le brick avait servi comme baleinier, je suis bien plus porté à m'étonner d'avoir pu me réveiller, une fois tombé dans ce dangereux sommeil, que d'avoir dormi sans interruption pendant tout le temps en question.

Auguste m'appela d'abord à voix basse et sans fermer la trappe, – mais je ne fis aucune réponse. Il ferma alors la trappe, et me parla sur un ton plus élevé, et enfin sur un diapason très haut, mais je continuais toujours à ronfler. Il se trouva alors fort empêché. Il lui fallait quelque temps pour traverser tout le pêle-mêle de la cale et arriver jusqu'à ma guérite, et, pendant ce temps-là, son absence pouvait être remarquée par le capitaine Barnard, qui avait besoin de ses services à chaque minute pour mettre en ordre et transcrire des papiers relatifs au but du voyage. Il résolut donc, toute réflexion faite, de remonter et d'attendre une autre occasion pour me rendre visite. Il fut d'autant plus incliné à prendre ce parti, que mon sommeil semblait être du caractère le plus paisible et il ne pouvait pas supposer que j'eusse éprouvé la moindre incommodité de mon emprisonnement. Il venait justement de faire toutes ces réflexions, quand son attention fut attirée par un tumulte tout à fait insolite qui semblait partir de la cabine. Il s'élança par la trappe aussi vivement que possible, la ferma, et ouvrit la porte de sa chambre. A peine avait-il mis le pied sur le seuil, qu'un coup de pistolet lui partait au visage, et qu'il était terrassé au même instant par un coup d'anspect.

Une main vigoureuse le maintenait couché sur le plancher de la chambre et le serrait étroitement à la gorge ; cependant il pouvait voir ce qui se passait autour de lui. Son père, lié par les mains et les pieds, était étendu le long des marches du capot d'échelle, la tête en bas, avec une profonde blessure dans le front, d'où le sang coulait incessamment comme un ruisseau. Il ne disait pas un mot et avait l'air expirant. Sur lui se penchait le second, le regardant au visage avec une expression de moquerie diabolique et lui fouillant tranquillement les poches, d'où il tirait en ce moment même un gros portefeuille et un chronomètre. Sept hommes de l'équipage (dont était le coq, – un nègre) fouillaient dans les cabines de bâbord pour y prendre des armes, et ils furent bien vite tous munis de fusils et de poudre. Sans compter Auguste et le capitaine Barnard, il y avait en tout neuf hommes dans la chambre, – les plus insignes coquins de tout l'équipage. Les bandits montèrent alors sur le pont, emmenant mon ami avec eux, après lui avoir lié les mains derrière le dos. Ils allèrent droit au gaillard d'avant, qui était fermé, – deux des mutins se tenant à côté avec des haches, – deux autres auprès du grand panneau. Le second cria à haute voix :

– Entendez-vous, vous autres, en bas ? allons, haut sur le pont ! – un à un, entendez-vous bien ! – et qu'on ne bougonne pas !

Il s'écoula quelques minutes avant qu'un seul osât se montrer ; à la fin, un Anglais, qui s'était embarqué comme novice, grimpa en pleurant pitoyablement et suppliant le second, de la manière la plus humble, de vouloir bien épargner sa vie. La seule réponse à sa prière fut un bon coup de hache sur le front. Le pauvre garçon roula sur le pont sans pousser un gémissement, et le coq noir l'enleva dans ses bras, comme il aurait fait d'un enfant, et le lança tranquillement à la mer. Après avoir entendu le coup et la chute du corps, les hommes d'en bas refusèrent absolument de se hasarder sur le pont ; promesses et menaces, tout fut inutile ; lorsque enfin quelqu'un proposa de les enfumer là-dedans. Ce fut un élan général, et l'on put croire un instant que le brick allait être reconquis. A la fin, cependant, les mutins parvinrent à refermer solidement le gaillard d'avant, et six de leurs adversaires seulement purent se jeter sur le pont. Ces six, se trouvant en forces si inégales et complètement privés d'armes, se soumirent après une lutte très courte. Le second leur donna de belles paroles, – sans aucun doute pour amener ceux d'en bas à se soumettre ; car ils pouvaient entendre sans peine tout ce qui se disait sur le pont. Le résultat prouva sa sagacité, aussi bien que sa scélératesse diabolique. Tous les hommes emprisonnés dans le gaillard d'avant manifestèrent alors l'intention de se soumettre ; et, montant un à un, ils furent garrottés et jetés sur le dos avec les six premiers, – en tout vingt-sept hommes d'équipage qui n'avaient pas pris part à la révolte.

Une épouvantable boucherie s'ensuivit. Les matelots garrottés furent traînés vers le passavant. Là, le coq se tenait avec une hache, frappant chaque victime à la tête au moment où les autres bandits la lui poussaient par-dessus le bord. Vingt-deux périrent de cette manière, et Auguste se considérait lui-même comme perdu, se figurant à chaque instant que son tour allait venir. Mais il paraît que les misérables étaient ou trop fatigués ou peut-être un peu dégoûtés de leur sanglante besogne ; car les quatre derniers prisonniers, avec mon ami qui avait été jeté sur le pont comme les autres, furent épargnés pour le présent, pendant que le second envoyait en bas chercher du rhum, et toute la bande assassine commença une fête d'ivrognes qui dura jusqu'au coucher du soleil. Ils se mirent alors à se disputer relativement au sort des survivants, qui étaient couchés à quatre pas d'eux tout au plus, et qui ne pouvaient pas perdre un seul mot de la discussion. Sur quelques-uns des mutins la liqueur semblait avoir produit un effet adoucissant ; car quelques voix s'élevèrent pour relâcher complètement les prisonniers, à la condition qu'ils se joindraient à la révolte et qu'ils accepteraient leur part des profits. Cependant, le coq nègre (qui, à tous égards, était un parfait démon, et qui semblait exercer autant d'influence, si ce n'est plus, que le second lui-même) ne voulait entendre à aucune proposition de cette espèce, et se levait à chaque instant pour aller reprendre son office de bourreau au passavant. Très heureusement, il était tellement affaibli par l'ivresse, qu'il put être aisément contenu par les moins sanguinaires de la bande, parmi lesquels était un maître cordier, connu sous le nom de Dirk Peters. Cet homme était le fils d'une Indienne, de la tribu des Upsarokas, qui occupe les forteresses naturelles des Montagnes Noires, près de la source du Missouri. Son père était un marchand de pelleteries, je crois, ou au moins avait des relations quelconques avec les stations de commerce des Indiens sur la rivière Lewis. Quant à ce Peters, c'était un des hommes de l'aspect le plus féroce que j'aie jamais vus. Il était de petite taille et n'avait pas plus de quatre pieds huit pouces de haut, mais ses membres étaient coulés dans un moule herculéen. Ses mains surtout étaient si monstrueusement épaisses et larges qu'elles avaient à peine conservé une forme humaine. Ses bras, comme ses jambes, étaient arqués de la façon la plus singulière et ne semblaient doués d'aucune flexibilité. Sa tête était également difforme, d'une grosseur prodigieuse, avec une dentelure au sommet, comme chez beaucoup de nègres, et entièrement chauve. Pour déguiser ce dernier défaut, il portait habituellement une perruque faite avec la première fourrure venue, – quelquefois la peau d'un épagneul ou d'un ours gris d'Amérique. A l'époque dont je parle, il portait un lambeau d'une de ces peaux d'ours, et cela ajoutait passablement à la férocité naturelle de sa physionomie, qui avait gardé le type de l'Upsaroka. La bouche s'étendait presque d'une oreille à l'autre ; les lèvres étaient minces et semblaient, comme d'autres parties de sa personne, tout à fait dépourvues d'élasticité, de sorte que leur expression dominante n'était jamais altérée par l'influence d'une émotion quelconque. Cette expression habituelle se devinera, si l'on se figure des dents excessivement longues et proéminentes, que les lèvres ne recouvraient jamais, même partiellement. En ne jetant sur l'homme qu'un coup d'œil négligent, on aurait pu le croire convulsé par le rire ; mais un meilleur examen faisait reconnaître en frissonnant que, si cette expression était le symptôme de la gaieté, cette gaieté ne pouvait être que celle d'un démon. Une foule d'anecdotes couraient sur cet être singulier parmi les marins de Nantucket. Toutes ces anecdotes tendaient à prouver sa force prodigieuse quand il était en proie à une excitation quelconque, et quelques-uns faisaient soupçonner que sa raison n'était pas parfaitement saine. Mais à bord du *Grampus* il était, à ce qu'il paraît, au moment de la révolte, considéré plutôt comme un objet de dérision qu'autrement. Si je me suis un peu étendu sur le compte de Dirk Peters, c'est parce que, malgré toute sa férocité apparente, il devint le principal instrument de salut d'Auguste, et que j'aurai de fréquentes occasions de parler de lui dans le cours de mon récit ; – récit qui, dans sa dernière partie, qu'il me soit permis de le dire, contiendra des incidents si complètement en dehors du registre de l'expérience humaine et dépassant naturellement les bornes de la crédulité des hommes, que je ne le continue qu'avec le désespoir de jamais obtenir créance pour tout ce que j'ai à raconter, n'ayant pleine confiance que dans le temps et les progrès de la science pour vérifier quelques-unes de mes plus importantes et improbables assertions.

Après beaucoup d'indécision et deux ou trois querelles violentes, il fut enfin décidé que tous les prisonniers (à l'exception d'Auguste, que Peters s'obstina, d'une manière comique, à vouloir garder comme son secrétaire) seraient abandonnés à la dérive dans une des plus petites baleinières. Le second descendit dans la chambre pour voir si le capitaine Barnard vivait encore ; – car on se rappelle que, quand les révoltés étaient montés sur le pont, ils l'avaient laissé en bas. Ils reparurent bientôt tous les deux, le capitaine pâle comme la mort, mais un peu remis des effets de sa blessure. Il parla aux hommes d'une voix à peine intelligible, les supplia de ne pas l'abandonner à la dérive, mais de rentrer dans le devoir, leur promettant de les débarquer n'importe où ils voudraient et de ne faire aucune démarche pour les livrer à la justice. Il aurait aussi bien fait de parlementer avec le vent. Deux des gredins l'empoignèrent par les bras et le jetèrent par-dessus bord dans l'embarcation, qui avait été amenée pendant que le second descendait dans la chambre. Les quatre hommes qui étaient couchés sur le pont furent alors débarrassés de leurs liens et reçurent l'ordre de descendre, ce qu'ils firent sans essayer la moindre résistance, – Auguste restant toujours dans sa douloureuse position, bien qu'il s'agitât et implorât la pauvre consolation de faire à son père ses derniers adieux. Une poignée de biscuits et une cruche d'eau furent alors passées aux malheureux, – mais point de mât, point de voile, point d'avirons, point de boussole. Puis l'embarcation fut remorquée à l'arrière pour quelques minutes pendant lesquelles les révoltés tinrent de nouveau conseil ; – enfin ils lâchèrent le canot à la dérive. Pendant ce temps, la nuit était venue, – on ne voyait ni lune ni étoiles, – et la mer devenait courte et mauvaise, bien qu'il n'y eût pas une forte brise. Le canot se trouva tout de suite hors de vue, et il ne fallut conserver que bien peu d'espoir pour les infortunés qu'il portait. Cet événement, toutefois, se passait au 35° 30' de latitude nord et 61° 20' de longitude ouest, conséquemment à une distance assez médiocre des Bermudes. Auguste s'efforça donc de se consoler en pensant que le canot réussirait peut-être à atteindre la terre, ou qu'il s'en rapprocherait suffisamment pour rencontrer quelqu'un des bâtiments de la côte.

On mit alors toutes voiles dehors, et le brick continua sa route vers le sud-ouest, – les mutins ayant en vue quelque expédition de piraterie ; il s'agissait, autant qu'Auguste avait pu comprendre, de surprendre et d'arrêter un navire qui devait faire route des îles du Cap-Vert à Porto Rico. On ne fit aucune attention à Auguste, qui fut délié et put aller librement partout en avant de l'échelle de la cabine. Dirk Peters le traita avec une certaine bonté, et dans une circonstance il le sauva de la brutalité du coq. Sa position était toujours des plus tristes et des plus difficiles, car les hommes étaient continuellement ivres, et il ne fallait pas faire grand fonds sur leur bonne humeur présente et leur insouciance relativement à lui. Cependant il me parla de son inquiétude à mon égard comme du résultat le plus douloureux de sa situation, et je n'avais vraiment aucune raison de douter de la sincérité de son amitié. Plus d'une fois il avait résolu de révéler aux mutins le secret de ma présence à bord ; mais il avait été retenu en partie par le souvenir des atrocités dont il avait été témoin, et en partie par l'espérance de pouvoir bientôt me porter secours. Pour y arriver, il était constamment aux aguets ; mais, en dépit de la plus opiniâtre vigilance, trois jours s'écoulèrent, depuis qu'on avait abandonné le canot à la dérive, avant qu'une bonne chance se présentât. Enfin, le soir du troisième jour, un fort grain arriva de l'est, et tous les hommes furent occupés à serrer la toile. Grâce à la confusion qui s'ensuivit, il put descendre sans être vu et entrer dans sa chambre. Quels furent son chagrin et son effroi en découvrant qu'on en avait fait un lieu de dépôt pour des provisions et une partie du matériel de bord, et que plusieurs brasses de vieilles chaînes, qui étaient primitivement arrimées sous l'échelle de la chambre, en avaient été retirées pour faire place à une caisse, et se trouvaient maintenant juste sur la trappe ! Les retirer sans être découvert était chose impossible ; il était donc remonté sur le pont aussi vite qu'il avait pu. Comme il arrivait, le second le saisit à la gorge, lui demanda ce qu'il était allé faire dans la cabine, et il était au moment de le jeter par-dessus le mur de bâbord, quand Dirk Peters intervint, qui lui sauva encore une fois la vie. On lui mit alors les menottes (il y en avait plusieurs paires à bord), et on lui attacha étroitement les pieds. Puis on le porta dans la chambre de l'équipage et on le jeta dans un des cadres inférieurs tout contre la cloison étanche du gaillard d'avant, en lui affirmant qu'il ne remettrait les pieds sur le pont que *quand le brick ne serait plus un brick.* Telle fut l'expression du coq, qui le jeta dans le cadre ; – quel sens précis il attachait à cette phrase, il est impossible de le dire. Cependant, l'aventure avait finalement tourné à mon avantage et à mon soulagement, comme on le verra tout à l'heure.

5

LA LETTRE DE SANG

Après que le coq eut quitté le gaillard d'avant, Auguste s'abandonna pendant quelques minutes au désespoir, ne croyant pas sortir jamais vivant de son cadre. Il prit alors le parti d'informer de ma situation le premier homme qui descendrait, pensant qu'il valait mieux me laisser courir la chance de me tirer d'affaire avec les révoltés que de mourir de soif dans la cale ; – car il y avait dix jours maintenant que j'y étais emprisonné, et ma cruche d'eau ne représentait pas une provision bien abondante, même pour quatre jours. Comme il réfléchissait à cela, l'idée lui vint tout à coup qu'il pourrait peut-être bien communiquer avec moi par la grande cale. Dans toute autre circonstance, la difficulté et les hasards de l'entreprise l'auraient empêché de la tenter ; mais actuellement il n'avait, en somme, que peu d'espérance de vivre et conséquemment peu de chose à perdre ; – il appliqua donc tout son esprit à cette nouvelle tentative.

Ses menottes étaient la première question à résoudre. D'abord il ne découvrit aucun moyen de s'en débarrasser et craignit de se trouver ainsi arrêté dès le début ; mais, à un examen plus attentif, il découvrit qu'il pouvait simplement, en comprimant ses mains, les faire glisser à son gré hors des fers, sans trop d'effort ni d'inconvénient, – cette espèce de menottes étant tout à fait insuffisante pour garrotter les membres d'un tout jeune homme, dont les os plus menus cèdent plus facilement à la pression. Il délia alors ses pieds, et, laissant la corde de telle façon qu'il pût la rajuster aisément, au cas où un homme descendrait, il se mit à examiner la cloison dans l'endroit où elle confinait au cadre. La séparation était formée d'une planche de sapin tendre, et il vit qu'il n'aurait pas grand mal à se frayer un chemin au travers. Une voix se fit alors entendre en haut de l'échelle du gaillard d'avant ; il n'eut que tout juste le temps de fourrer sa main droite dans sa menotte (la gauche n'était pas encore débarrassée de la sienne), et de serrer la corde en un nœud coulant autour de sa cheville ; c'était Dirk Peters qui descendait, suivi de Tigre, qui sauta immédiatement dans le cadre et s'y coucha. Le chien avait été mené à bord par Auguste, qui connaissait mon attachement pour l'animal, et qui avait pensé qu'il me serait agréable de l'avoir auprès de moi tout le temps du voyage. Il était venu le chercher à la maison de mon père immédiatement après m'avoir conduit dans la cale, mais il n'avait pas pensé à me faire part de cette circonstance en m'apportant la montre.

Depuis la révolte, Auguste le voyait pour la première fois faisant son apparition avec Dirk Peters, et il croyait l'animal perdu, supposant qu'il avait été jeté par-dessus bord par un des méchants drôles qui faisaient partie de la bande du second. Il se trouva qu'il s'était traîné dans un trou sous une baleinière, d'où il ne pouvait plus se dégager, n'ayant pas suffisamment de place pour se retourner. Enfin Peters le délivra, et, avec une espèce de bon sentiment que mon ami sut apprécier, il le lui amenait dans le gaillard d'avant pour lui tenir compagnie, lui laissant en même temps une petite réserve de viande salée et des pommes de terre, avec un pot d'eau ; puis il remonta sur le pont, promettant de descendre encore le lendemain, avec quelque chose à manger.

Quand il fut parti, Auguste délivra ses deux mains de ses menottes et délia ses pieds ; puis il rabattit le haut du matelas sur lequel il était couché, et, avec son canif (car les brigands avaient jugé superflu de le fouiller), il commenca à entamer vigoureusement l'une des planches de la cloison, aussi près que possible du plancher qui faisait le fond du cadre. Ce fut l'endroit qu'il choisit, parce que, s'il se trouvait soudainement interrompu, il pouvait cacher la besogne commencée en laissant simplement retomber le haut du matelas à sa place ordinaire. Mais, pendant tout le reste du jour, il ne fut pas dérangé, et, à la nuit, il avait complètement coupé la planche. Il faut remarquer qu'aucun des hommes de l'équipage ne se servait du gaillard d'avant comme de lieu de repos, et que, depuis la révolte, ils vivaient complètement dans la chambre de l'arrière, buvant les vins, festoyant avec les provisions du capitaine Barnard, et ne donnant à la manœuvre du bâtiment que l'attention strictement nécessaire.

Ces circonstances tournèrent à l'avantage d'Auguste et au mien ; car autrement il lui eût été impossible d'arriver jusqu'à moi. Dans cette conjoncture, il poursuivit son projet avec confiance. Cependant, le point du jour arriva qu'il n'avait pas encore achevé la seconde partie de son travail, c'est-à-dire la fente à un pied environ au-dessus de la première ; car il s'agissait de faire une ouverture suffisante pour lui livrer un passage facile vers le faux pont. Une fois arrivé là, il parvint sans trop de peine à la grande écoutille inférieure, bien que dans cette opération il lui fallût grimper par-dessus des rangées de barriques d'huile empilées presque jusqu'au second pont, et lui laissant à peine un passage libre pour son corps. Quand il eut atteint l'écoutille, il s'aperçut que Tigre l'avait suivi en se faufilant entre deux rangées de barriques. Mais il était alors trop tard pour espérer arriver jusqu'à moi avant le jour, la principale difficulté consistant à passer à travers tout l'arrimage dans la seconde cale.

Il résolut donc de remonter et d'attendre jusqu'à la nuit. Dans ce but, il commença à lever l'écoutille ; c'était autant de temps économisé pour le moment où il devait revenir. Mais à peine l'eut-il levée que Tigre bondit sur l'entrebâillement, flaira avec impatience pendant un instant, et puis poussa un long gémissement, tout en grattant avec ses pattes, comme s'il voulait arracher la trappe. Il était évident, d'après sa conduite, qu'il avait conscience de ma présence dans la cale, et Auguste pensa que la bête pourrait bien venir jusqu'à moi, s'il la laissait descendre. Il s'avisa alors de l'expédient du billet ; car il était avant tout à désirer que je ne fisse aucune tentative pour sortir de ma cachette, au moins dans les circonstances présentes, et, en somme, il n'avait aucune certitude de pouvoir me venir trouver le matin suivant, comme il en avait l'intention. Les événements qui suivirent prouvèrent combien était heureuse l'idée qui lui vint alors ; car si je n'avais pas reçu le billet, je me serais indubitablement arrêté à quelque plan désespéré pour donner l'alarme à l'équipage, et la conséquence très probable eût été l'immolation de nos deux existences.

Ayant donc résolu d'écrire, la difficulté maintenant était de se procurer les moyens de le faire. Un vieux cure-dent fut bientôt transformé en plume ; encore fit-il l'opération au juger, par sentiment ; car l'entrepont était aussi noir que de la poix. Le feuillet extérieur d'une lettre lui fournit suffisamment de papier ; – c'était un double de la fausse lettre fabriquée pour M. Ross. C'en était la première ébauche ; mais Auguste, ne trouvant pas l'écriture convenablement imitée, en avait écrit une autre, et, par grand bonheur, avait fourré la première dans la poche de son habit, où il venait de la retrouver très à propos. Il ne manquait plus que de l'encre, et il en trouva immédiatement l'équivalent dans une légère incision qu'il se fit avec son canif au bout du doigt, juste au-dessus de l'ongle ; – il en jaillit un jet de sang très suffisant, comme de toutes les blessures faites en cet endroit. Il écrivit alors le billet aussi lisiblement qu'il le pouvait dans les ténèbres et dans une pareille circonstance. Cette note m'expliquait brièvement qu'une révolte avait eu lieu ; que le capitaine Barnard avait été abandonné au large ; que je pouvais compter sur un secours immédiat quant aux provisions, mais que je ne devais pas me hasarder à donner signe de vie. La missive concluait par ces mots : *Je griffonne ceci avec du sang ; – restez caché ; – votre vie en dépend.*

La bande de papier une fois attachée au chien, celui-ci avait été lâché à travers l'écoutille, et Auguste était retourné comme il avait pu vers le gaillard d'avant, où il n'avait trouvé aucun indice que quelqu'un de l'équipage fût venu pendant son absence. Pour cacher le trou dans la cloison, il planta son couteau juste au-dessus et y suspendit une grosse vareuse qu'il avait trouvée dans le cadre. Il remit alors ses menottes et rajusta la corde autour de ses chevilles.

Ces dispositions étaient à peine terminées, que Dirk Peters descendit, très ivre, mais de très bonne humeur, et apportant à mon ami sa pitance pour la journée. Elle consistait en une douzaine de grosses pommes de terre d'Irlande grillées et une cruche d'eau. Il s'assit pendant quelque temps sur une malle, à côté du cadre, et se mit à parler librement du second et à jaser sur toutes les affaires du bord. Ses manières étaient extrêmement capricieuses, et même grotesques. A un certain moment, Auguste se sentit très alarmé par sa conduite bizarre. A la fin, toutefois, il remonta sur le pont en marmottant quelque chose comme une promesse d'apporter le lendemain un bon dîner à son prisonnier.

Pendant la journée deux hommes de l'équipage, – des harponneurs, – descendirent accompagnés du coq, tous les trois à peu près dans le dernier état d'ivresse. Comme Peters ils ne se firent aucun scrupule de parler de leurs projets, sans aucune réticence. Il paraît qu'ils étaient tous très divisés d'avis relativement au but final du voyage, et qu'ils ne s'accordaient en aucun point, excepté sur l'attaque projetée contre le navire qui arrivait des îles du Cap-Vert et qu'ils s'attendaient à rencontrer d'un moment à l'autre. Autant qu'il en put juger, la révolte n'avait pas été amenée uniquement par l'amour du butin ; une pique particulière du second contre le capitaine Barnard en avait été l'origine principale. Il paraissait qu'il y avait maintenant à bord deux partis bien tranchés, – l'un présidé par le second, l'autre mené par le coq. Le premier parti voulait s'emparer du premier navire passable dont on ferait rencontre et l'équiper dans quelqu'une des Antilles pour faire une croisière de pirates. La deuxième faction, qui était la plus forte et comprenait Dirk Peters parmi ses partisans, inclinait à suivre la route primitivement assignée au brick vers l'océan Pacifique du Sud, et là, soit à pêcher la baleine, soit à agir autrement, suivant que les circonstances le commanderaient.

Les représentations de Peters, qui avait fréquemment visité ces parages, avaient apparemment une grande valeur auprès de ces mutins, oscillant et hésitant entre plusieurs idées mal conçues de profit et de plaisir. Il insistait sur tout un monde de nouveautés et d'amusements qu'on devait trouver dans les innombrables îles du Pacifique, sur la parfaite sécurité et l'absolue liberté dont on jouirait là-bas, mais plus particulièrement encore sur les délices du climat, sur les ressources abondantes pour bien vivre et sur la voluptueuse beauté des femmes. Jusqu'alors, rien n'avait encore été absolument décidé ; mais les peintures du maître cordier métis mordaient fortement sur les imaginations ardentes des matelots, et toutes les probabilités étaient pour la mise à exécution de son plan.

Les trois hommes s'en allèrent au bout d'une heure à peu près, et personne n'entra dans le gaillard d'avant de toute la journée. Auguste se tint coi jusqu'aux approches de la nuit. Alors, il se débarrassa de ses fers, de sa corde, et se prépara à sa nouvelle tentative. Il trouva une bouteille dans l'un des cadres et la remplit avec l'eau de la cruche laissée par Peters, puis il fourra dans ses poches des pommes de terre froides. A sa grande joie, il fit aussi la découverte d'une lanterne, où se trouvait un petit bout de chandelle. Il pouvait l'allumer quand bon lui semblerait, ayant en sa possession une boîte d'allumettes phosphoriques.

Quand la nuit fut tout à fait venue, il se glissa par le trou de la cloison, ayant pris la précaution d'arranger les couvertures de manière à simuler un homme couché. Quand il eut passé, il suspendit de nouveau la vareuse à son couteau pour cacher l'ouverture, – manœuvre qu'il exécuta facilement, n'ayant rajusté le morceau de planche qu'après. Il se trouva alors dans le faux pont et continua sa route, comme il avait déjà fait, entre le second pont et les barriques d'huile, jusqu'à la grande écoutille. Une fois arrivé là, il alluma son bout de chandelle et descendit à tâtons et avec la plus grande difficulté, à travers l'arrimage compact de la cale. Au bout de quelques instants, il fut très alarmé de l'épaisseur de l'atmosphère et de son intolérable puanteur. Il ne croyait pas possible que j'eusse survécu à un si long emprisonnement, contraint de respirer un air aussi étouffant. Il m'appela par mon nom à différentes reprises ; mais je ne fis aucune réponse, et ses appréhensions lui semblèrent ainsi confirmées. Le brick roulait furieusement, et il y avait conséquemment un tel vacarme, qu'il était bien inutile de prêter l'oreille à un bruit aussi faible que celui de ma respiration ou de mon ronflement. Il ouvrit la lanterne, et la tint aussi haut que possible à chaque fois qu'il trouva la place suffisante, dans le but de m'envoyer un peu de lumière et de me faire comprendre, si toutefois je vivais encore, que le secours approchait. Cependant, aucun bruit ne lui venait de moi, et la supposition de ma mort commençait à prendre le caractère d'une certitude. Il résolut cependant de se frayer, s'il était possible, un passage jusqu'à ma caisse, pour au moins vérifier d'une manière complète ses terribles craintes. Il poussa quelque temps en avant dans un déplorable état d'anxiété, lorsque enfin il trouva le chemin complètement barricadé, et il n'y eut plus moyen pour lui de faire un pas dans la route où il s'était engagé. Vaincu alors par ses sensations, il se jeta de désespoir sur un amas confus d'objets et se mit à pleurer comme un enfant. Ce fut dans cet instant qu'il entendit le fracas de la bouteille que j'avais jetée à mes pieds. Mille fois heureux, en vérité, fut cet incident, – car c'est à cet incident, si trivial qu'il paraisse, qu'était attaché le fil de ma destinée. Plusieurs années se sont écoulées, cependant, avant que j'aie eu connaissance du fait. Une honte naturelle et un remords de sa faiblesse et de son indécision empêchèrent Auguste de m'avouer tout de suite ce qu'une intimité plus profonde et sans réserve lui permit plus tard de me révéler. En trouvant sa route à travers la cale empêchée par des obstacles dont il ne pouvait pas triompher, il avait pris le parti de renoncer à son entreprise et de remonter décidément sur le gaillard d'avant. Avant de le condamner entièrement sur ce chapitre, les circonstances accablantes qui l'entouraient doivent être prises en considération. La nuit avançait rapidement, et son absence du gaillard d'avant pouvait être découverte ; et cela devait nécessairement arriver s'il manquait à retourner à son cadre avant le point du jour. Sa chandelle allait bientôt mourir dans l'emboîture, et il aurait eu la plus grande peine dans les ténèbres à retrouver son chemin vers l'écoutille. On accordera aussi qu'il avait toutes les raisons possibles de me croire mort, auquel cas il n'y avait aucun profit pour moi à ce qu'il atteignît ma caisse, et il y avait pour lui une foule de dangers à affronter très inutilement. Il m'avait appelé à plusieurs reprises, et je n'avais fait aucune réponse. J'étais resté onze jours et onze nuits sans autre eau que celle contenue dans la cruche qu'il m'avait laissée, – provision que très probablement je n'avais pas dû beaucoup ménager au commencement de ma réclusion, quand j'avais tout lieu d'espérer un prompt élargissement. L'atmosphère de la cale devait lui paraître aussi, à lui sortant de l'air comparativement pur du gaillard d'avant, d'une nature absolument empoisonnée, et bien autrement intolérable qu'elle ne m'avait semblé à moi-même lorsque j'avais pris pour la première fois possession de ma caisse, – les écoutilles étaient restées constamment ouvertes depuis plusieurs mois. Ajoutez à ces considérations cette scène d'horreur, cette effusion de sang, dont mon camarade avait été tout récemment témoin ; sa réclusion, ses privations, cette mort toujours suspendue, qu'il avait souvent vue de si près ; sa vie qu'il ne devait qu'à une espèce de pacte aussi fragile qu'équivoque, circonstances toutes si bien faites pour abattre toute énergie morale, – et vous serez facilement amené, comme je le fus moi-même, à considérer son apparente défaillance dans l'amitié et la fidélité avec un sentiment plutôt de tristesse que d'indignation.

Le bris de la bouteille avait été entendu par Auguste, mais il n'était pas sûr que ce bruit provînt de la cale. Le doute cependant était un encouragement suffisant pour persévérer. Il grimpa presque jusqu'au faux pont au moyen de l'arrimage et alors, profitant d'un temps d'arrêt dans le roulis furieux du navire, il m'appela de toute la force de sa voix, sans se soucier pour l'instant du danger d'être entendu de l'équipage. On se rappelle qu'en ce moment sa voix était arrivée jusqu'à moi, mais que j'étais dominé par une si violente agitation, que je me sentis incapable de répondre. Persuadé alors que sa terrible crainte n'était que trop fondée, il descendit dans le but de retourner au gaillard d'avant sans perdre de temps. Dans sa précipitation, il culbuta avec lui quelques petites caisses, dont le bruit, on se le rappelle, parvint à mon oreille. Il avait déjà fait passablement de chemin pour s'en retourner, quand la chute de mon couteau le fit hésiter de nouveau. Il revint immédiatement sur ses pas, et, grimpant une seconde fois par-dessus l'arrimage, il cria mon nom aussi haut qu'il avait déjà fait, en profitant d'une accalmie. Cette fois-ci, la voix m'était enfin revenue. Transporté de joie de voir que j'étais encore vivant, il résolut de braver toutes les difficultés et tous les dangers pour m'atteindre. Se dégageant aussi vite que possible de l'affreux labyrinthe dont il était enveloppé, il tomba enfin sur une espèce de débouché qui promettait mieux, et finalement, après des efforts multipliés, il était arrivé à ma caisse dans un état de complet épuisement.

6

LUEUR D'ESPOIR

Tant que nous restâmes auprès de la caisse, Auguste ne me communiqua que les principales circonstances de ce récit. Ce ne fut que plus tard qu'il entra pleinement dans tous les détails. Il tremblait qu'on ne se fût aperçu de son absence, et j'éprouvais une ardente impatience de quitter mon infâme prison. Nous résolûmes de nous diriger tout de suite vers le trou de la cloison, près duquel je devais rester pour le présent, pendant qu'il irait en reconnaissance. Abandonner Tigre dans la caisse était une pensée que nous ne pouvions supporter ni l'un ni l'autre. Cependant, pouvions-nous agir autrement ? Là était la question. L'animal semblait maintenant parfaitement calme, et, en appliquant notre oreille tout contre la caisse, nous ne pouvions même pas distinguer le bruit de sa respiration. J'étais convaincu qu'il était mort, et je me décidai à ouvrir la porte. Nous le trouvâmes couché tout de son long, comme plongé dans une profonde torpeur, mais vivant encore. Nous n'avions certainement pas de temps à perdre, et cependant je ne pouvais pas me résigner à abandonner, sans faire un effort pour le sauver, un animal qui avait été deux fois l'instrument de mon salut. Avec une fatigue et une peine inouïes, nous le traînâmes donc avec nous ; Auguste étant contraint, la plupart du temps, de grimper par-dessus les obstacles qui obstruaient notre voie avec l'énorme chien dans ses bras, – trait de force et d'adresse dont mon affreux épuisement m'aurait rendu complètement incapable. Nous réussîmes enfin à atteindre le trou, à travers lequel Auguste passa le premier ; puis Tigre fut poussé dans le gaillard d'avant. Tout était pour le mieux, nous étions sains et saufs, et nous ne manquâmes pas d'adresser à Dieu des grâces sincères pour nous avoir si merveilleusement tirés d'un imminent danger. Pour le présent il fut décidé que je resterais près de l'ouverture, à travers laquelle mon camarade pourrait aisément me faire passer une partie de sa provision journalière, et où j'aurais l'avantage de respirer une atmosphère plus pure, je veux dire relativement pure.

Pour l'éclaircissement de quelques parties de ce récit, où j'ai tant parlé de l'arrimage du brick, et qui peuvent paraître obscures à quelques-uns de mes lecteurs qui ont peut-être vu un arrimage régulier et bien fait, je dois établir ici que la manière dont cette très importante besogne avait été faite à bord du *Grampus* était un honteux exemple de négligence de la part du capitaine Barnard, qui n'était pas un marin aussi soigneux et aussi expérimenté que l'exigeait impérieusement la nature hasardeuse du service dont il était chargé. Un véritable arrimage doit être fait avec la méthode la plus soignée, et les plus désastreux accidents, à ma propre connaissance, sont souvent venus de l'incurie ou de l'ignorance dans cette partie du métier. Les bâtiments côtiers, dans la confusion et le mouvement qui accompagnent le chargement ou le déchargement d'une cargaison, sont les plus exposés à mal par manque d'attention dans l'arrimage. Le grand point est de ne pas laisser au lest ou à la cargaison la possibilité de bouger, même dans les plus violents coups de roulis. A cette fin, on doit faire la plus grande attention non seulement au chargement en lui-même, mais aussi à la nature du chargement, et si c'est une cargaison complète ou seulement partielle.

Pour la plupart des frets, l'arrimage se prépare au moyen d'un cric à main. Ainsi, s'il s'agit d'une charge de tabac ou de farine, le tout est pressuré si étroitement dans la cale du navire que les barils ou les pièces, quand on les décharge, se trouvent complètement aplatis et sont quelque temps sans reprendre leur forme première. On a recours à cette méthode principalement pour obtenir plus de place dans la cale ; car avec une charge *complète* de marchandises telles que le tabac et la farine, il ne peut pas y avoir de jeu ; il n'y a aucun danger que les pièces bougent, ou du moins il n'en peut résulter aucun inconvénient grave. Il y a eu, à la vérité, des cas où ce procédé de pressurage au cric a amené les plus déplorables conséquences, résultant d'une cause tout à fait distincte du danger des déplacements dans la cargaison. Il est connu, par exemple, qu'une charge de coton, serrée et pressurée dans de certaines conditions, peut, par l'expansion de son volume, opérer des fissures dans un navire et occasionner des voies d'eau. Indubitablement, le même résultat aurait lieu dans le cas du tabac lorsqu'il subit sa fermentation ordinaire, sans les interstices qui se forment naturellement sur la partie arrondie des pièces.

C'est quand on embarque une portion de cargaison que le danger du mouvement est particulièrement à craindre, et qu'il faut prendre toutes les précautions pour se garder d'un tel malheur. Ceux-là seulement qui ont essuyé un violent coup de vent, ou, mieux encore, ceux qui ont subi le roulis d'un navire, quand un calme soudain succède à la tempête, peuvent se faire une idée de la force effroyable des secousses. C'est alors que la nécessité d'un arrimage soigné, dans une cargaison partielle, devient manifeste. Quand un navire est à la cape (surtout avec une petite voile d'avant), si son avant n'est pas parfaitement construit, il est fréquemment jeté sur le côté ; ceci peut arriver toutes les quinze ou vingt minutes, en moyenne, sans qu'il en résulte des conséquences bien sérieuses *pourvu que l'arrimage soit convenablement fait*. Mais, si on n'y a pas apporté un soin particulier, à la première de ces énormes embardées, toute la cargaison croule du côté du navire qui est appuyé sur l'eau, et, ne pouvant retrouver son équilibre, comme il ferait nécessairement sans cet accident, il est sûr de faire eau en quelques secondes et de sombrer. On peut, sans exagération, affirmer que la moitié des cas où des navires ont coulé bas par de gros temps peut être attribuée à un dérangement dans la cargaison ou dans le lest.

Quand on charge à bord une portion de cargaison de n'importe quelle espèce, le tout, après avoir été arrimé d'une manière aussi compacte que possible, doit être recouvert d'une couche de planches mobiles, s'étendant dans toute la largeur du navire. Sur ces planches il faut dresser de forts étançons provisoires, montant jusqu'à la charpente du pont, qui assujettissent ainsi chaque chose en sa place. Dans les chargements de grains ou de toute autre denrée analogue, il est nécessaire de prendre encore d'autres précautions. Une cale, entièrement pleine de grains en quittant le port, ne se trouvera plus qu'aux trois quarts pleine en arrivant à destination, – et cela, bien que le fret, mesuré boisseau par boisseau par le consignataire, dépasse considérablement (en raison du gonflement du grain) la quantité consignée. Cela résulte du tassement pendant le voyage, – et ce tassement est en raison du plus ou moins de gros temps que le navire peut avoir à subir. Si le grain a été chargé d'une manière lâche, si bien assujetti qu'il soit par les planches mobiles et les étançons, il sera sujet à se déplacer si considérablement dans une longue traversée qu'il en peut résulter les plus tristes malheurs. Pour les prévenir, il faudra, avant de quitter le port, employer tous les moyens pour tasser la cargaison aussi bien que possible ; il y a pour cela plusieurs procédés, parmi lesquels on peut citer l'usage d'enfoncer des coins dans le grain. Même après que tout cela sera fait et qu'on aura pris des peines infinies pour assujettir les planches mobiles, tout marin qui sait son affaire ne se sentira pas du tout rassuré, s'il survient un coup de vent un peu fort, ayant à son bord un chargement de grains, ou, pis encore, un chargement incomplet. Cependant nous avons des centaines de caboteurs, et il y en a encore plus dans les différents ports d'Europe, qui naviguent journellement avec des cargaisons partielles, et même de la plus dangereuse nature, sans prendre aucune espèce de précautions. C'est miracle que les accidents ne soient pas plus fréquents. Un exemple déplorable de cette insouciance, parvenu à ma connaissance, est celui du capitaine Joël Rice, commandant la goélette le *Fire-Fly*, qui faisait route de Richmond (Virginie) à Madère, avec une cargaison de céréales, en l'année 1825. Le capitaine avait fait nombre de voyages sans accident sérieux, bien qu'il eût pour habitude de ne donner aucune attention à son arrimage, si ce n'est de l'assujettir selon la méthode ordinaire. Il n'avait jamais fait de traversée avec un chargement de grains, et, en cette occasion, le blé avait été chargé à bord d'une manière assez lâche et ne remplissait guère plus de la moitié du bâtiment. Pendant la première partie de son voyage, il ne rencontra que de petites brises ; mais, arrivé à une distance d'une journée de route de Madère, il fut assailli par un fort coup de vent du nord-nord-est qui le força à mettre à la cape. Il amena la goélette au vent sous une simple misaine, avec deux ris, et le navire se comporta aussi bien qu'on pouvait le désirer, n'embarquant pas une goutte d'eau. Vers la nuit, la tempête se calma un peu, et la goélette commença à rouler avec moins de régularité, se comportant toujours bien, toutefois, quand tout à coup un violent coup de mer la jeta sur le côté de tribord. On entendit alors tout le chargement de blé se déplacer en masse ; l'énergie de la secousse fut telle, qu'elle fit sauter la grande écoutille. Le navire coula comme une balle de plomb. Cela arriva à portée de voix d'un petit sloop de Madère qui repêcha un des hommes de l'équipage (le seul qui fut sauvé), et qui avait l'air de jouer avec la tempête aussi aisément qu'aurait pu le faire une embarcation habilement manœuvrée.

L'arrimage à bord du *Grampus* était très grossièrement fait, si toutefois on peut appeler arrimage quelque chose qui n'était guère qu'un amas confus, un pêle-mêle de barriques d'huile[1] et de matériel de bord. J'ai déjà parlé de la disposition des articles dans la cale. Dans le faux pont, il y avait, comme je l'ai déjà dit, assez de place pour mon corps entre le second pont et les barriques d'huile ; un espace était resté vide autour de la grande écoutille, et l'on avait aussi laissé vides plusieurs places assez considérables à travers l'arrimage. Près de l'ouverture pratiquée par Auguste dans la cloison du gaillard d'avant, il y aurait eu assez de place pour une barrique tout entière, et c'est dans cet endroit que je me trouvai pour le moment assez commodément installé.

Pendant le temps que mon camarade avait mis à regagner son cadre et à rajuster ses menottes et sa corde, le jour avait complètement paru. Vraiment, nous l'avions échappé belle ; car à peine avait-il fini tous ses arrangements que le second descendit avec Dirk Peters et le coq. Ils parlèrent quelques minutes du navire faisant voile du cap Vert, et ils semblaient extrêmement impatients de le voir paraître. A la fin, le coq s'avança vers la couchette d'Auguste et s'assit au chevet. Je pouvais tout voir et tout entendre de ma niche, car la planche enlevée n'avait pas été remise à sa place, et je craignais à chaque instant que le nègre ne tombât contre la vareuse suspendue pour cacher l'ouverture, auquel cas tout était découvert, et nous étions tous les deux sacrifiés, indubitablement. Notre bonne étoile cependant l'emporta et, bien qu'il touchât souvent le vêtement dans les coups

1. Généralement, les baleiniers sont fournis de cuves en fer pour l'huile. Pourquoi le *Grampus* n'en possédait-il pas ? c'est ce que je n'ai pu vérifier. – *E.A.P.*

de roulis, il ne s'y appuya jamais assez pour découvrir la chose. Le bas de la vareuse avait été soigneusement fixé à la cloison, de sorte qu'elle ne pouvait pas osciller et révéler ainsi l'existence du trou. Pendant tout ce temps, Tigre était au pied du lit, et semblait avoir recouvré en partie la santé, car je pouvais le voir de temps en temps ouvrir les yeux et tirer longuement sa respiration.

Au bout de quelques minutes, le second et le coq remontèrent, laissant derrière eux Dirk Peters, qui revint aussitôt qu'ils furent partis, et s'assit juste à la place occupée tout à l'heure par le second. Il commença à causer avec Auguste d'une manière tout à fait amicale, et nous nous aperçûmes alors que son ivresse – très apparente pendant que les deux autres étaient avec lui – était feinte en grande partie. Il répondit à toutes les questions de mon camarade avec une parfaite facilité. Il lui dit qu'il ne doutait pas que son père n'eût été recueilli, parce que, le jour où on l'avait largué en dérive, juste avant le coucher du soleil, il n'y avait pas moins de cinq voiles en vue ; enfin il se servit d'un langage qu'il essayait de rendre consolateur, et qui ne me causa pas moins de surprise que de plaisir. A dire vrai, je commençais à concevoir l'espérance que Peters pourrait bien nous servir d'instrument pour reprendre possession du brick, et je fis part de cette idée à Auguste aussitôt que j'en trouvai l'occasion. Il pensa comme moi que la chose était possible, mais il insista sur la nécessité de s'y prendre avec la plus grande prudence, parce que la conduite du métis ne lui paraissait gouvernée que par le plus arbitraire caprice ; et vraiment, il était difficile de deviner s'il avait jamais l'esprit bien sain. Peters remonta sur le pont au bout d'une heure à peu près et ne redescendit qu'à midi, apportant alors à Auguste une fort belle portion de bœuf salé et de pudding. Quand nous fûmes seuls, j'en pris joyeusement ma part, sans me donner la peine de repasser par le trou. Personne ne descendit dans le gaillard d'avant de toute la journée, et le soir je me mis dans le cadre d'Auguste, où je dormis profondément et délicieusement presque jusqu'au point du jour. Il m'éveilla alors brusquement, ayant entendu du mouvement sur le pont, et je regagnai ma cachette aussi vivement que possible. Quand il fit grand jour, nous vîmes que Tigre avait entièrement recouvré ses forces et ne donnait aucun signe d'hydrophobie, car il but avec une remarquable avidité un peu d'eau qu'Auguste lui présenta. Pendant la journée il reprit toute sa première vigueur et tout son esprit. Son étrange folie avait été causée sans aucun doute par la nature délétère de l'atmosphère de la cale, et n'avait aucun rapport avec la rage canine. Je ne pouvais assez me féliciter de m'être obstiné à le ramener avec moi de la caisse. Nous étions alors au 30 juin, et c'était le treizième jour depuis que le *Grampus* était parti de Nantucket.

Le 2 juillet, le second descendit, ivre selon son habitude, et tout à fait de bonne humeur. Il vint au cadre d'Auguste et, lui donnant une tape sur le dos, lui demanda s'il se conduirait bien désormais, au cas où on le relâcherait, et s'il voulait promettre de ne plus retourner dans la chambre. Mon ami, naturellement, répondit d'une manière affirmative ; alors, le gredin le mit en liberté, après lui avoir fait boire un coup à un flacon de rhum qu'il tira de la poche de son paletot. Ils montèrent ensemble sur le pont, et je ne revis pas Auguste pendant trois heures à peu près. Il descendit alors en m'annonçant, comme bonnes nouvelles, qu'il avait obtenu la permission d'aller partout où il lui plairait sur le brick, en avant du grand mât toutefois, et qu'on lui avait donné l'ordre de coucher, comme d'ordinaire, dans le gaillard d'avant. Il m'apportait aussi un bon dîner et une bonne provision d'eau. Le brick croisait toujours pour rencontrer le navire parti du cap Vert, et il y avait maintenant une voile en vue qu'on croyait être le navire en question. Comme les événements des huit jours suivants furent de peu d'importance et n'ont pas de rapport direct avec les principaux incidents de mon récit, je vais les jeter ici sous forme de journal, parce que je ne veux cependant pas les omettre entièrement.

3 juillet. – Auguste me fournit trois couvertures, avec lesquelles je m'arrangeai un lit passable dans ma cachette. Personne ne descendit de la journée, excepté mon camarade. Tigre s'installa dans le cadre, juste à côté de l'ouverture, et dormit pesamment, comme s'il n'était pas encore tout à fait remis des atteintes de sa maladie. Vers le soir, une brise soudaine surprit le brick, avant qu'on eût le temps de serrer la toile, et le fit presque capoter. Cependant cette bouffée se calma immédiatement, et nous n'attrapâmes aucune avarie, sauf notre petit hunier qui se déchira par le milieu.

Dirk Peters traita Auguste tout le jour avec une grande bonté, et entra avec lui dans une longue conversation relative à l'océan Pacifique et aux îles qu'il avait visitées dans ces parages. Il lui demanda s'il ne lui plairait pas d'entreprendre, avec l'équipage révolté, un voyage de plaisir et d'exploration dans ces régions, et lui dit que malheureusement les hommes inclinaient peu à peu vers les idées du second.

Auguste jugea fort à propos de répondre qu'il serait très heureux de prendre part à l'expédition, qu'il n'y avait d'ailleurs rien de mieux à faire, et que tout était préférable à la vie de pirate.

4 juillet. – Le navire en vue se trouva être un petit brick venant de Liverpool et on le laissa poursuivre sa route sans l'inquiéter. Auguste passa la plus grande partie de son temps sur le pont, dans le but de surprendre tous les renseignements possibles sur les intentions des révoltés. Ils avaient entre eux de violentes et fréquentes disputes, et au milieu d'une de ces altercations, un nommé Jim Bonner, un harponneur, fut jeté par-dessus bord. Le parti du second gagnait du terrain. Ce Jim Bonner appartenait à la bande du coq, dont Peters était aussi un partisan.

5 juillet. – Presque au point du jour il nous vint de l'ouest une brise carabinée, qui vers midi se changea en tempête, si bien que toute la toile fut réduite à la voile de senau et à la misaine. En serrant le petit hunier, Simms, un des simples matelots, appartenant aussi à la bande du coq, tomba à la mer ; il était très ivre, et il se noya sans qu'on fît le moindre effort pour le sauver. Le nombre total des hommes à bord fut alors réduit à treize, à savoir : Dirk Peters, – Seymour, le coq noir,... Jones,... Greely, Hartman Rogers, et William Allen, tous du parti du coq ; le second, dont je n'ai jamais su le nom, Absalon Hicks,... Wilson, John Hunt, et Richard Parker, ceux-ci représentant la bande du second ; enfin Auguste et moi.

6 juillet. – La tempête a tenu bon toute la journée, entremêlée de grosses rafales et accompagnée de pluie. Le brick a ramassé pas mal d'eau par ses coutures, et l'une des pompes n'a pas cessé de fonctionner, Auguste pompant à son tour comme les autres. Juste à la tombée de la nuit, un grand navire passa tout auprès de nous, qu'on n'aperçut que quand il fut à portée de voix. On supposa que ce navire était celui qu'on guettait depuis longtemps. Le second le héla, mais la réponse se perdit dans le mugissement de la tempête. A onze heures, nous embarquâmes par le travers un gros coup de mer, qui emporta une grande partie de la muraille de bâbord et nous fit d'autres légères avaries. Vers le matin, le temps se calma et, au lever du soleil, il ne ventait presque plus.

7 juillet. – Nous avons eu à supporter toute la journée une houle énorme, et le brick, étant peu chargé, a roulé horriblement, et même plusieurs articles dans la cale se sont détachés, comme je pus l'entendre distinctement de ma cachette. J'ai beaucoup souffert du mal de mer. Peters a eu, ce jour-là, une longue conversation avec Auguste, et il lui a dit que deux hommes de son parti, Greely et Allen, étaient passés du côté du second, déterminés à se faire pirates. Il a fait à Auguste plusieurs questions, que celui-ci n'a pas parfaitement comprises. Pendant une partie de la soirée, on s'est aperçu que le navire faisait beaucoup plus d'eau, et il n'y avait guère moyen d'y remédier, car il fatiguait horriblement, et c'était par les coutures que l'eau s'introduisait. On a lardé une voile, qui a été fourrée sous l'avant, ce qui nous a été de quelque secours, de sorte qu'on a commencé à maîtriser la voie d'eau.

8 juillet. – Au lever du soleil, une brise s'est élevée de l'est, et le second a fait mettre le cap au sud-ouest pour attraper quelqu'une des Antilles et mettre à exécution son projet de piraterie. Aucune opposition n'est venue de la part de Peters, non plus que du coq, du moins à la connaissance d'Auguste. L'idée de s'emparer du navire parti du cap Vert a été complètement abandonnée. La voie d'eau a été facilement maîtrisée par une seule pompe fonctionnant d'heure en heure pendant trois quarts d'heure. On a retiré la voile de dessous l'avant. Hélé deux petites goélettes dans la journée.

9 juillet. – Beau temps. Tous les hommes employés à réparer la muraille. Peters a encore eu une longue conversation avec Auguste et s'est expliqué un peu plus clairement qu'il n'avait fait jusqu'alors. Il a dit que rien au monde ne pourrait le contraindre à entrer dans les idées du second, et même il a laissé entrevoir l'intention de lui arracher le commandement du brick. Il a demandé à mon ami s'il pouvait compter sur son aide en pareil cas ; à quoi Auguste a répondu : Oui, – sans hésitation. Peters lui a dit alors qu'il sonderait à ce sujet les hommes de son parti, et il l'a quitté. Pendant le reste de la journée, Auguste n'a pu trouver l'occasion de lui parler en particulier.

7

PLAN DE DÉLIVRANCE

10 juillet. – Hélé un brick venant de Rio, à destination de Norfolk. Temps brumeux avec une légère brise folle de l'est. Ce jour-là Hartman Rogers est mort ; dès le 8, il avait été pris de spasmes après avoir bu un verre de grog. Cet homme appartenait au parti du coq, et c'en était un sur lequel Peters comptait plus particulièrement. Celui-ci dit à Auguste qu'il croyait que le second l'avait empoisonné, et qu'il craignait fort que son tour ne vînt bientôt, s'il n'avait pas l'œil ouvert. Il n'y avait donc plus de son parti que lui-même, Jones et le coq, et de l'autre côté ils étaient cinq. Il avait parlé à Jones de son projet d'ôter le commandement au second, et l'idée ayant été assez froidement accueillie, il s'était bien gardé d'insister sur la question, ou d'en toucher un seul mot au coq. Bien lui en prit d'avoir été prudent ; car, dans l'après-midi, le coq exprima l'intention de se ranger du parti du second, et finalement il tourna de son côté ; cependant que Jones saisissait une occasion de chercher querelle à Peters, et lui faisait entendre qu'il informerait le second du plan qui avait été agité. Il n'y avait évidemment pas de temps à perdre, et Peters exprima sa résolution de tenter à tout hasard de s'emparer du navire, pourvu qu'Auguste lui prêtât main-forte. Mon ami l'assura tout de suite de sa bonne volonté à entrer dans n'importe quel plan conçu dans ce but, et, pensant que l'occasion était favorable, il lui révéla ma présence à bord.

Le métis ne fut pas moins étonné qu'enchanté ; car il ne pouvait plus en aucune façon compter sur Jones, qu'il considérait déjà comme vendu au parti du second. Ils descendirent immédiatement ; Auguste m'appela par mon nom, et Peters et moi nous eûmes bientôt fait connaissance. Il fut convenu que nous essayerions de reprendre le navire à la première bonne occasion, et que nous écarterions complètement Jones de nos conseils. Dans le cas de succès, nous devions faire entrer le brick dans le premier port qui s'offrirait, et là le remettre entre les mains de l'autorité. Peters, par suite de la trahison des siens, se voyait obligé de renoncer à son voyage dans le Pacifique, – expédition qui ne pouvait pas se faire sans un équipage, – et il comptait soit sur un acquittement pour cause de démence (il nous jura solennellement que la folie seule l'avait poussé à prêter son assistance à la révolte), soit sur un pardon, au cas où il serait déclaré coupable, grâce à mon intercession et à celle d'Auguste. Notre délibération fut interrompue pour le moment par le cri : – Tout le monde à serrer la toile ! – et Peters et Auguste coururent sur le pont.

Comme d'ordinaire, presque tous les hommes étaient ivres, et avant que les voiles fussent proprement serrées, une violente rafale avait couché le brick sur le côté. Cependant, en arrivant, il se redressa, mais il avait embarqué beaucoup d'eau. A peine tout était-il réparé, qu'un autre coup de temps assaillit le navire, et puis encore un autre immédiatement après, – mais sans avaries. Selon toute apparence, nous allions avoir une tempête ; en effet, elle ne se fit pas attendre, et le vent se mit à souffler furieusement du nord et de l'ouest. Tout fut serré aussi bien que possible, et nous mîmes à la cape, comme d'habitude, sous une misaine aux bas ris. Comme la nuit approchait, le vent fraîchit encore davantage, et la mer devint singulièrement grosse. Peters revint alors dans le gaillard d'avant avec Auguste, et nous reprîmes notre délibération.

Nous décidâmes qu'aucune occasion ne pouvait être plus favorable que celle qui se présentait maintenant pour mettre notre dessein à exécution, attendu qu'on ne pouvait pas s'attendre à une tentative de cette espèce dans une pareille conjoncture. Comme le brick était à la cape, presque à sec de toile, il n'y avait aucune raison de manœuvrer jusqu'au retour du beau temps, et si nous réussissions dans notre tentative, nous pourrions délivrer un ou peut-être deux des hommes pour nous aider à ramener le navire dans un port. La principale difficulté consistait dans l'inégalité de nos forces. Nous n'étions que trois, et dans la chambre ils étaient neuf. Et puis, toutes les armes du bord étaient en leur possession, à l'exception d'une paire de petits pistolets, que Peters avait cachés sur lui, et du grand couteau de marin qu'il portait toujours dans la ceinture de son pantalon. Certains indices d'ailleurs nous donnaient à craindre que le second n'eût des soupçons, au moins à l'égard de Peters, et qu'il n'attendît qu'une occasion pour se débarrasser de lui ; – ainsi, par exemple, on ne pouvait trouver aucune hache ni aucun anspect à leur place ordinaire. Il était évident que ce que nous étions résolus à faire ne pouvait se faire trop tôt. Cependant nous étions trop inégaux en forces pour ne pas procéder avec la plus grande précaution.

Peters s'offrit à monter sur le pont, et à entamer une conversation avec l'homme de quart (Allen), jusqu'à ce qu'il pût trouver un bon moment pour le jeter à la mer sans peine et sans faire de tapage ; ensuite, Auguste et moi, nous devions monter et tâcher de nous emparer de n'importe quelles armes sur le pont ; enfin, nous précipiter ensemble et nous assurer du capot d'échelle avant qu'on eût pu opposer la moindre résistance. Je m'opposai à ce plan, parce que je ne croyais pas que le second (qui était un gaillard très avisé dans toutes les questions qui ne touchaient pas à ses préjugés superstitieux) fût homme à se laisser surprendre aussi aisément. Ce simple fait qu'il y avait un homme de quart sur le pont était une preuve suffisante que le second était sur le qui-vive ; car il n'est pas d'usage, excepté à bord des navires où la discipline est rigoureusement observée, de mettre un homme de quart sur le pont quand un navire est à la cape pendant un coup de vent.

Comme j'écris surtout, sinon spécialement, pour les personnes qui n'ont jamais navigué, je ferai peut-être bien d'expliquer la situation exacte d'un navire dans de pareilles circonstances. Mettre en panne et mettre à la cape sont des manœuvres auxquelles on a recours pour différentes raisons, et qui s'effectuent de différentes manières. Par un temps maniable, on met fréquemment en panne simplement pour arrêter le navire, quand on attend un autre navire ou toute autre chose. Si le navire est alors sous toutes voiles, la manœuvre s'accomplit ordinairement en brassant à culer une partie de la voilure, de manière qu'elle soit masquée par le vent ; le navire reste alors stationnaire. Mais nous parlons ici d'un navire à la cape pendant une tempête. Cela se fait avec le vent debout, et quand il est trop fort pour qu'on puisse porter de la toile sans danger de chavirer, et quelquefois même avec une belle brise, quand la mer est trop grosse pour que le navire puisse fuir devant. Quand un navire court devant le vent avec une très grosse houle, il arrive souvent de fortes avaries par suite des paquets de mer qu'on embarque à l'arrière, et quelquefois aussi par les violents coups de tangage de l'avant. En pareil cas, on n'a guère recours à ce moyen, excepté quand il y a nécessité. Quand un navire fait de l'eau, on le fait courir devant le vent même sur les plus grosses mers, parce que, s'il était à la cape, il fatiguerait trop pour ne pas élargir ses coutures –, tandis qu'en fuyant vent arrière il travaille beaucoup moins. Souvent aussi il y a nécessité de courir devant le vent, quand la tempête est si effroyable qu'elle emporterait par morceaux la toile orientée pour avoir le vent en tête, ou quand, par suite d'une construction vicieuse, ou pour toute autre cause, la manœuvre préférable ne peut pas s'effectuer.

Les navires mettent à la cape pendant la tempête de différentes manières, suivant leur construction particulière. Quelques-uns tiennent fort bien la cape sous une misaine, et c'est, je crois, la voile le plus ordinairement employée. Les grands navires mâtés à carré ont des voiles exprès, et qui s'appellent voiles d'étai. Mais quelquefois on se sert du foc tout seul, – quelquefois du foc avec la misaine, ou d'une misaine avec deux ris, et souvent aussi des voiles de l'arrière. Il peut arriver que les petits huniers remplissent mieux le but voulu que toute autre espèce de voile. Le *Grampus* mettait d'ordinaire à la cape sous une misaine avec deux ris.

Pour mettre à la cape, on amène le navire au plus près, de manière que le vent remplisse la voile, quand elle est bordée, c'est-à-dire quand elle traverse le navire en diagonale. Cela fait, l'avant se trouve pointé à quelques degrés du point d'où vient le vent, et naturellement reçoit le choc de la houle par le côté du vent. Dans cette situation, un bon navire peut supporter une grande tempête sans embarquer une goutte d'eau et sans que les hommes aient besoin de s'en occuper davantage. Ordinairement, on attache la barre ; mais cela est tout à fait inutile, car le gouvernail n'a pas d'action sur un navire à la cape, et cela ne se fait qu'à cause du tapage irritant que produit la barre quand elle est libre. On ferait mieux sans doute de la laisser libre que de l'attacher solidement comme on fait, parce que le gouvernail peut être enlevé par de gros coups de mer, si on ne lui laisse pas un jeu suffisant. Aussi longtemps que tient la toile, un navire bien construit peut garder sa position et franchir toutes les lames, comme s'il était doué de vie et de raison. Cependant, si la violence du vent déchirait la voile (malheur qui ne se produit généralement que par un véritable ouragan), alors il y aurait danger imminent. Le navire, dans ce cas, abat et tombe sous le vent, et, présentant le travers à la mer, il est complètement à sa merci. La seule ressource, dans ce cas, est de se mettre vivement devant le vent et de fuir vent arrière jusqu'à ce qu'on ait pu tendre une autre voile. Il y a encore des navires qui mettent à la cape sans aucune espèce de voile ; mais ceux-là ont beaucoup à craindre des gros coups de mer.

Mais finissons-en avec cette digression. – Le second n'avait jamais eu pour habitude de laisser en haut un homme de quart quand on mettait à la cape par un gros temps ; or, il y en avait un maintenant, et, de plus, cette circonstance des haches et des anspects disparus nous démontrait clairement que l'équipage était trop bien sur ses gardes pour se laisser surprendre par le moyen que nous suggérait Peters. Il fallait cependant prendre un parti, et cela, dans le plus bref délai possible ; car il était bien certain que Peters, ayant une fois attiré des soupçons, devait être sacrifié à la prochaine occasion. Cette occasion, on la trouverait à coup sûr, ou on la ferait naître à la première embellie.

Auguste suggéra alors que, si Peters pouvait seulement enlever, sous un prétexte quelconque, le paquet de chaînes placé sur la trappe de la cabine, nous réussirions peut-être à tomber sur eux à l'improviste par le chemin de la cale ; mais un peu de réflexion nous convainquit que le navire roulait et tanguait trop fort pour permettre une entreprise de cette nature.

Par grand bonheur, j'eus à la fin l'idée d'opérer sur les terreurs superstitieuses et la conscience coupable du second. On se rappelle qu'un des hommes de l'équipage, Hartman Rogers, était mort dans la matinée, ayant été pris par des convulsions deux jours auparavant, après avoir bu un peu d'eau et d'alcool. Peters nous avait exprimé l'opinion que cet homme avait été empoisonné par le second, et il avait, disait-il, pour le croire, des raisons incontestables, mais que nous ne pûmes jamais lui arracher ; ce refus obstiné était d'ailleurs conforme à tous égards à son caractère bizarre. Mais qu'il eût ou qu'il n'eût pas de plus solides motifs que nous-mêmes de soupçonner le second, nous nous laissâmes facilement persuader par ses soupçons, et nous résolûmes d'agir en conséquence.

Rogers était mort vers onze heures du matin, à peu près, dans de violentes convulsions ; et son corps offrait, quelques minutes après la mort, un des plus dégoûtants spectacles dont j'aie gardé le souvenir. L'estomac était démesurément gonflé, comme celui d'un noyé qui est resté sous l'eau pendant plusieurs semaines. Les mains avaient subi la même transformation, et le visage, ridé, ratatiné et d'une blancheur crayeuse, était, en deux ou trois endroits, comme cinglé d'éclaboussures d'un rouge ardent, semblables à celles occasionnées par l'érésipèle. Une de ces taches s'étendait en diagonale à travers la face et recouvrait complètement un œil, comme un bandeau de velours rouge. Dans cet état affreux, le corps avait été remonté de la chambre vers midi pour être jeté par-dessus bord, quand le second, y jetant un coup d'œil (il le voyait alors pour la première fois), touché peut-être du remords de son crime ou simplement frappé d'horreur par un si affreux spectacle, ordonna aux hommes de le coudre dans son hamac et de lui octroyer la sépulture ordinaire des marins. Après avoir donné ces ordres, il redescendit, comme pour éviter désormais le spectacle de sa victime. Pendant qu'on faisait les préparatifs pour lui obéir, la tempête avait augmenté d'une manière furieuse, et, pour le présent, cette besogne fut laissée de côté. Le cadavre, abandonné à lui-même, se mit à nager dans les dalots de bâbord, où il était encore au moment dont je parle, se débattant et se secouant à chacune des embardées furieuses du brick.

Ayant arrangé notre plan, nous nous mîmes en devoir de l'exécuter aussi vivement que possible. Peters monta sur le pont, et, comme il l'avait prévu, il rencontra immédiatement Allen, qui était posté sur le gaillard d'avant plutôt pour faire le guet que pour tout autre motif. Mais le sort de ce misérable fut décidé vivement et silencieusement ; car Peters, s'approchant de lui d'un air insouciant comme pour lui parler, l'empoigna à la gorge, et, avant qu'il eût pu proférer un seul cri, il l'avait lancé par-dessus la muraille. Alors, il nous appela, et nous montâmes. Notre premier soin fut de regarder partout pour découvrir des armes quelconques, et, pour ce faire, nous nous avançâmes avec beaucoup de précautions ; car il était impossible de se tenir un seul instant sur le pont sans s'accrocher à quelque chose, et de violents coups de mer brisaient sur le navire à chaque plongeon de l'avant. Cependant il était indispensable de procéder vivement dans notre opération ; nous nous attendions à chaque instant à voir monter le second pour faire pomper, car il était évident que le brick devait faire beaucoup d'eau. Après avoir fureté pendant quelque temps, nous ne trouvâmes rien de plus propre à notre dessein que les deux bringuebales de pompe, dont Auguste prit l'une, et moi l'autre. Après les avoir cachées, nous dépouillâmes le cadavre de sa chemise, et nous le jetâmes par-dessus bord. Peters et moi, nous redescendîmes, laissant Auguste en sentinelle sur le pont, où il prit justement le poste d'Allen, mais le dos tourné au capot d'échelle de la cabine, afin que, si l'un des hommes du second venait à monter, il supposât que c'était l'homme de quart.

Sitôt que je fus en bas, je commençai à me déguiser de manière à représenter le cadavre de Rogers. La chemise que nous lui avions ôtée devait nous aider beaucoup, parce qu'elle était d'un modèle et d'un caractère singulier, et très aisément reconnaissable, – espèce de blouse que le défunt mettait par-dessus son autre vêtement. C'était un tricot bleu, traversé de larges raies blanches. Après l'avoir endossée, je commençai à m'accoutrer d'un estomac postiche à l'instar de l'horrible difformité du cadavre ballonné. A l'aide de quelques couvertures dont je me rembourrai, cela fut bientôt fait. Je donnai à mes mains une physionomie analogue avec une paire de mitaines de laine blanche que nous remplîmes de tous les chiffons que nous pûmes attraper. Alors, Peters grima mon visage, le frottant d'abord partout avec de la craie blanche, et ensuite l'éclaboussant et le paraphant avec du sang qu'il se tira lui-même d'une entaille au bout du doigt. La grande raie rouge à travers l'œil ne fut pas oubliée, et elle était, certes, de l'aspect le plus repoussant.

8

LE REVENANT

Lorsque enfin je me contemplai dans un fragment de miroir qui était pendu dans le poste, à la lueur obscure d'une espèce de fanal de combat, ma physionomie et le ressouvenir de l'épouvantable réalité que je représentais me pénétrèrent d'un vague effroi, si bien que je fus pris d'un violent tremblement, et que je pus à peine rassembler l'énergie nécessaire pour continuer mon rôle. Il fallait cependant agir avec décision, et Peters et moi nous montâmes sur le pont.

Là, nous vîmes que tout allait bien pour le moment, et, suivant de près la muraille du navire, nous nous glissâmes tous les trois jusqu'au capot d'échelle de la chambre. Il n'était pas entièrement fermé, et des bûches avaient été placées sur la première marche, précaution qui avait pour but de faire obstacle à la fermeture et d'empêcher que la porte ne fût soudainement poussée du dehors. Nous pûmes sans difficulté apercevoir tout l'intérieur de la chambre à travers les fentes produites par les gonds. Il était vraiment bien heureux que nous n'eussions pas essayé de les attaquer par surprise, car ils étaient évidemment sur leurs gardes. Un seul était endormi et couché juste au pied de l'échelle, avec un fusil à côté de lui. Les autres étaient assis sur quelques matelas qu'ils avaient tirés des cadres et jetés sur le plancher. Ils étaient engagés dans une conversation sérieuse, et bien qu'ils eussent fait carrousse, à en juger par deux cruches vides, et quelques gobelets d'étain éparpillés çà et là, ils n'étaient pas aussi déplorablement ivres que d'habitude. Tous avaient des couteaux, un ou deux avaient des pistolets, et de nombreux fusils étaient déposés dans un cadre à leur portée.

Nous prêtâmes pendant quelque temps l'oreille à leur conversation, avant de nous décider sur ce que nous avions à faire, n'ayant rien résolu jusque-là, si ce n'est que, le moment de l'attaque venu, nous tenterions de paralyser leur résistance par l'apparition du spectre de Rogers. Ils étaient en train de discuter leurs plans de piraterie ; et tout ce que nous pûmes entendre fut qu'ils devaient se réunir avec l'équipage de la goélette le *Hornet*, et même commencer, s'il était possible, par s'emparer de la goélette elle-même, comme préparation à une tentative d'une plus vaste échelle ; quant aux détails de cette tentative, aucun de nous n'y put rien comprendre.

L'un des hommes parla de Peters ; le second lui répondit à voix basse, et nous ne pûmes rien distinguer ; peu après il ajouta, d'un ton plus élevé, « qu'il ne pouvait pas comprendre ce que Peters avait à faire si souvent dans le gaillard d'avant avec le marmot du capitaine, et qu'il fallait que tous les deux filassent par-dessus bord, et que le plus tôt serait le meilleur ». A ces mots, on ne fit pas de réponse : mais nous pûmes aisément comprendre que l'insinuation avait été bien accueillie par toute la bande, et plus particulièrement par Jones. En ce moment, j'étais excessivement agité, d'autant plus que je voyais qu'Auguste et Peters ne savaient que résoudre. Toutefois, je me décidai à vendre ma vie aussi chèrement que possible et à ne me laisser dominer par aucun sentiment d'effroi.

Le vacarme effroyable produit par le mugissement du vent dans le gréement et par les coups de mer qui balayaient le pont nous empêchait d'entendre ce qui se disait, excepté durant quelques accalmies momentanées. Ce fut dans un de ces intervalles que nous entendîmes distinctement le second dire à l'un des hommes « d'aller à l'avant et d'ordonner à ces faillis chiens de descendre dans la chambre, parce que là il pourrait au moins avoir l'œil sur eux, et qu'il n'entendait pas qu'il y eût des secrets à bord du brick ». Très heureusement pour nous, le tangage du navire était si vif à ce moment-là, que l'ordre ne put pas être mis immédiatement à exécution. Le coq se leva de son matelas pour venir nous trouver, quand une embardée, si effroyable que je crus qu'elle allait emporter la mâture, lui fit piquer une tête contre la porte d'une des cabines de bâbord, si bien qu'il l'ouvrit avec son front, ce qui augmenta encore le désordre. Heureusement, aucun de nous n'avait été culbuté, et nous eûmes le temps de battre précipitamment en retraite vers le gaillard d'avant et d'improviser à la hâte un plan d'action, avant que le messager fît son apparition, ou plutôt qu'il passât la tête hors du capot d'échelle ; car il ne monta pas jusque sur le pont. De l'endroit où il était placé, il ne pouvait pas remarquer l'absence d'Allen, et, en conséquence, le croyant toujours là, il se mit à le héler de toute sa force et à lui répéter les ordres du second. Peters répondit en criant sur le même ton et en déguisant sa voix : « Oui ! oui ! » et le coq redescendit immédiatement, sans avoir même soupçonné que tout n'allait pas bien à bord.

Alors mes deux compagnons se dirigèrent hardiment vers l'arrière et descendirent dans la chambre, Peters refermant la porte après lui de la même façon qu'il l'avait trouvée. Le second les reçut avec une cordialité feinte, et dit à Auguste que, puisqu'il s'était conduit si gentiment dans ces derniers temps, il pouvait s'installer dans la cabine et se considérer désormais comme un des leurs. Il lui remplit alors à moitié un grand verre de rhum, et l'obligea à boire. Je voyais et j'entendais tout cela, car j'avais suivi mes amis vers la cabine aussitôt que la porte avait été refermée, et j'avais repris mon premier poste d'observation. J'avais apporté avec moi les deux bringuebales de pompe, dont j'avais caché l'une près du capot d'échelle, pour l'avoir au besoin sous la main.

Je m'affermis alors aussi bien que possible pour ne rien perdre de tout ce qui se passait en bas, et je m'efforçai de raidir ma volonté et mon courage pour descendre chez les révoltés aussitôt que Peters me ferait un signal comme il avait été convenu. Il s'efforçait en ce moment de tourner la conversation sur les épisodes sanglants de la révolte, et graduellement il amena les hommes à causer des mille superstitions qui sont généralement si répandues parmi les marins. Je ne distinguais pas tout ce qui se disait, mais je pouvais aisément voir l'effet de la conversation sur les physionomies des assistants. Le second était évidemment très agité, et quand, un moment après, l'un d'eux parla de l'aspect effrayant du cadavre de Rogers, je crus vraiment qu'il allait tomber en faiblesse. Peters lui demanda alors s'il ne pensait pas qu'il vaudrait mieux décidément le jeter par-dessus bord ; car c'était, disait-il, une trop horrible chose de le voir ainsi se débattre et nager dans les dalots. Alors le misérable respira convulsivement et promena lentement autour de lui ses regards sur ses compagnons, comme s'il voulait supplier l'un d'eux de monter pour faire cette besogne. Néanmoins personne ne bougea ; et il était évident que toute la compagnie était arrivée au plus haut degré d'excitation nerveuse. Peters me fit alors le signal ; j'ouvris immédiatement la porte du capot d'échelle, et, descendant sans prononcer une syllabe, je me dressai tout d'un coup au milieu de la bande.

Le prodigieux effet créé par cette soudaine apparition ne surprendra personne, si l'on veut bien considérer les diverses circonstances dans lesquelles elle se produisit. D'ordinaire, dans les cas de cette nature, il reste dans l'esprit du spectateur quelque chose comme une lueur de doute sur la réalité de la vision qu'il a devant les yeux ; il conserve jusqu'à un certain point une espérance, si faible qu'elle soit, qu'il est la dupe d'une mystification, et que l'apparition n'est vraiment pas un visiteur venu du pays des ombres. On peut affirmer que ce doute opiniâtre a presque toujours accompagné les visitations de cette nature, et que l'horreur glaçante qu'elles ont quelquefois produite doit être attribuée, même dans les cas les plus marquants, dans ceux qui ont causé l'angoisse la plus vive, à une espèce d'effroi anticipé, à une peur que l'apparition *ne soit réelle* plutôt qu'à une croyance ferme à sa réalité. Mais, pour le cas présent, on verra tout de suite qu'il ne pouvait pas y avoir dans l'esprit des révoltés l'ombre d'une raison pour douter que l'apparition de Rogers ne fût vraiment la résurrection de son dégoûtant cadavre, ou au moins son image incorporelle. La position isolée du brick et l'impossibilité de l'accoster en raison de la tempête restreignaient les moyens possibles d'illusion dans de si étroites limites, qu'ils durent se croire capables de les embrasser tous d'un coup d'œil. Depuis vingt-quatre jours qu'ils tenaient la mer, ils n'avaient eu de communication avec aucun navire, un seul excepté, qu'on avait simplement hélé. Tout l'équipage, d'ailleurs – tous ceux du moins qui, croyant former l'équipage complet, étaient à mille lieues de soupçonner la présence d'un autre individu à bord, – était rassemblé dans la chambre, à l'exception d'Allen, l'homme de quart ; et quant à celui-ci, leurs yeux étaient trop bien familiarisés avec sa stature gigantesque (il avait six pieds six pouces de haut) pour que l'idée qu'il pût être la terrible apparition entrât un instant dans leur esprit. Ajoutez à ces considérations le caractère effrayant de la tempête et la nature de la conversation amenée par Peters, l'impression profonde que la hideur du véritable cadavre avait produite dans la matinée sur l'imagination de ces hommes, la perfection de mon travestissement, et la lumière vacillante et incertaine à travers laquelle ils me voyaient, le fanal de la chambre oscillant violemment çà et là avec le navire et jetant sur moi des éclairs douteux et tremblants, et vous ne trouverez pas étonnant que l'effet de la supercherie ait été beaucoup plus grand que nous n'avions osé l'espérer.

Le second se dressa sur le matelas où il était couché, et, sans proférer une syllabe, retomba à la renverse, roide mort, sur le plancher de la chambre ; un fort coup de roulis le roula sous le vent comme une bûche. Des sept qui restaient, il n'y en eut que trois qui montrèrent d'abord quelque présence d'esprit. Les quatre autres restèrent assis pendant quelque temps, comme s'ils avaient pris racine dans le plancher ; – c'étaient bien les plus pitoyables victimes de l'horreur et du désespoir que mes yeux aient jamais contemplées. La seule résistance que nous rencontrâmes vint du coq, de John Hunt et de Richard Parker ; mais leur défense fut faible et sans résolution. Les deux premiers furent immédiatement frappés par Peters, et avec la bringuebale que j'avais apportée avec moi j'assommai Parker d'un coup sur la tête. En même temps, Auguste s'emparait d'un des fusils déposés sur le plancher, et le déchargeait dans la poitrine de Wilson, un des autres révoltés. Il n'en restait donc plus que trois ; mais, pendant ce temps-là, ils s'étaient réveillés de leur stupeur, et commençaient peut-être à voir qu'ils avaient été dupes d'un stratagème ; car ils combattirent avec beaucoup de résolution et de furie, et, sans l'effroyable force musculaire de Peters, ils auraient bien pu finalement avoir raison de nous. Ces trois hommes étaient Jones, Greely et Absalon Hicks. Jones avait renversé Auguste ; il l'avait déjà frappé en plusieurs endroits au bras droit et l'aurait sans doute bientôt expédié (car, Peters et moi, nous ne pouvions pas nous débarrasser immédiatement de nos adversaires), si un ami sur l'assistance duquel nous n'avions certes pas compté n'était venu très à propos à son aide. Cet ami n'était autre que Tigre. Avec un sourd grondement il bondit dans la chambre au moment le plus critique pour Auguste, et, se jetant sur Jones, le cloua en un instant sur le plancher. Mon ami, toutefois, était trop gravement blessé pour nous prêter le moindre secours, et j'étais si empêtré dans mon déguisement, que je ne pouvais pas faire grand-chose. Le chien s'obstinait à ne pas lâcher la gorge de Jones ; – cependant Peters était bien assez fort pour venir à bout des deux hommes qui restaient, et il les aurait sans doute expédiés plus tôt, s'il n'avait pas été gêné par l'étroit espace dans lequel il lui fallait agir et par les effroyables embardées du brick. Il venait de s'emparer de l'un des lourds escabeaux qui gisaient sur le plancher. Avec cela, il défonça le crâne de Greely au moment où celui-ci allait décharger son fusil sur moi, et immédiatement après, un roulis du brick l'ayant jeté sur Hicks, il le saisit à la gorge et l'étrangla instantanément à la force du poignet. Ainsi, en moins de temps qu'il ne m'en a fallu pour le raconter, nous nous trouvions maîtres du brick.

Le seul de nos adversaires resté vivant était Richard Parker. On se rappelle qu'au commencement de l'attaque j'avais assommé cet homme d'un coup de ma bringuebale. Il gisait immobile à côté de la porte de la cabine défoncée ; mais, Peters l'ayant touché avec le pied, il retrouva la parole et demanda grâce. Sa tête n'était que légèrement fendue et il n'était pas autrement blessé, le coup l'ayant simplement étourdi. Il se releva, et pour le moment nous lui attachâmes les mains derrière le dos. Le chien était encore sur Jones, grondant toujours avec fureur ; mais, en regardant attentivement, nous vîmes que celui-ci était tout à fait mort ; un ruisseau de sang jaillissait d'une blessure profonde à la gorge, que lui avaient faite les crocs puissants de l'animal.

Il était alors une heure du matin, et le vent soufflait toujours d'une manière effroyable. Le brick fatiguait évidemment beaucoup plus qu'à l'ordinaire, et il devenait indispensable de faire quelque chose pour l'alléger. Presque à chaque coup de roulis sous le vent il embarquait une lame, et quelques-unes s'étaient même répandues dans la chambre pendant notre lutte ; car, en descendant, j'avais laissé l'écoutille ouverte. Toute la muraille de bâbord avait été emportée, ainsi que les fourneaux et le canot de l'arrière. Les craquements et les vibrations du grand mât nous prouvaient aussi qu'il allait bientôt céder. Pour faire une plus grande place à l'arrimage dans la cale d'arrière, le pied de ce mât avait été fixé dans l'entrepont (exécrable méthode à laquelle ont souvent recours les constructeurs ignorants), de sorte qu'il courait grand risque de sortir de son emplanture. Mais, pour mettre le comble à nos malheurs, nous sondâmes l'archipompe, et nous ne trouvâmes pas moins de sept pieds d'eau.

Nous laissâmes donc les cadavres des hommes dans la chambre et nous fîmes immédiatement jouer les pompes, – Parker, naturellement, ayant été relâché pour nous assister dans ce travail. Nous bandâmes le bras d'Auguste de notre mieux, et le pauvre garçon fit ce qu'il put, c'est-à-dire pas grand-chose. Cependant, nous vîmes qu'en faisant fonctionner une pompe sans interruption, nous pouvions tout juste maîtriser la voie d'eau, c'est-à-dire l'empêcher d'augmenter. Comme nous n'étions que quatre, c'était un rude labeur ; mais nous tâchâmes de ne pas nous laisser abattre, et nous attendîmes le petit jour avec inquiétude, espérant soulager alors le brick en coupant le grand mât.

Nous passâmes ainsi une nuit pleine d'une anxiété

et d'une fatigue horribles ; quand enfin le jour parut, la tempête n'était pas le moins du monde calmée, et il n'y avait même aucun symptôme d'une prochaine embellie. Nous tirâmes alors les corps sur le pont, et nous les jetâmes par-dessus bord. Ensuite, nous pensâmes à nous débarrasser du grand mât. Les préparatifs nécessaires ayant été faits, Peters, qui avait retrouvé les haches dans la cabine, entama le mât, pendant que nous autres, nous veillions aux étais et aux garants. Comme le brick donnait une effroyable embardée sous le vent, le signal fut donné pour couper les garants, et, cela fait, toute cette masse de bois et de gréement tomba dans la mer, et débarrassa le brick sans nous faire d'avarie notable. Nous vîmes alors que le navire fatiguait moins qu'auparavant, mais notre situation était toujours extrêmement précaire, et en dépit des plus grands efforts, nous ne pouvions pas maîtriser la voie d'eau sans l'aide des deux pompes. Les services qu'Auguste pouvait nous rendre étaient vraiment insignifiants. Pour ajouter à notre détresse, une lame énorme frappant le brick du côté du vent le jeta à quelques points hors du vent, et, avant qu'il pût reprendre sa position, une autre lame déferlait en plein dessus et le roulait complètement sur le côté. Alors le lest se déplaça en masse et passa sous le vent (quant à l'arrimage, il était depuis quelque temps ballotté absolument à l'aventure), et pendant quelques secondes nous crûmes que nous allions inévitablement chavirer. Cependant, nous nous relevâmes un peu ; mais le lest restant toujours à bâbord, nous donnions tellement de la bande, qu'il était inutile de songer à faire jouer les pompes, ce qu'en aucun cas, d'ailleurs, nous n'aurions pu faire plus longtemps, nos mains étant complètement ulcérées par notre excessif labeur et saignant d'une manière affreuse.

Contrairement à l'avis de Parker, nous commençâmes alors à abattre le mât de misaine ; nous y réussîmes à la longue, avec la plus grande difficulté, à cause de notre position inclinée. En filant par-dessus bord, il emporta avec lui le beaupré et laissa le brick à l'état de simple ponton.

Jusqu'alors, nous avions lieu de nous réjouir d'avoir pu conserver notre chaloupe, qui n'avait pas été endommagée par tous ces gros coups de mer. Mais nous n'eûmes pas longtemps à nous féliciter ; car le mât de misaine et la misaine, qui maintenaient un peu le brick, étant partis ensemble, chaque lame à présent venait briser complètement sur nous, et en cinq minutes notre pont fut balayé de bout en bout, la chaloupe et la muraille de tribord furent enlevées, et le guindeau lui-même mis en pièces. Il était vraiment presque impossible d'être réduits à une condition plus déplorable.

A midi, nous eûmes quelque espoir de voir la tempête diminuer ; mais nous fûmes cruellement désappointés, car elle ne se calma pendant quelques minutes que pour souffler ensuite avec plus de furie. A quatre heures de l'après-midi, elle avait pris une telle intensité qu'il était impossible de se tenir debout ; et, quand vint la nuit, je n'avais plus conservé l'ombre d'une espérance. Je ne croyais pas que le navire pût tenir jusqu'au matin.

A minuit, l'eau nous avait considérablement gagnés ; elle montait alors jusqu'au faux pont. Peu de temps après, le gouvernail partit, et le coup de mer qui l'emporta souleva toute la partie de l'arrière hors de l'eau, de sorte qu'en retombant le brick talonna et donna une secousse semblable à celle d'un navire qui échoue. Nous avions tous calculé que le gouvernail tiendrait bon jusqu'à la fin, parce qu'il était singulièrement fort et installé comme je n'en avais jamais vu jusqu'alors et comme je n'en ai pas vu depuis. Le long de sa pièce principale s'étendait une série de forts crochets de fer, et une autre semblable tout le long de l'étambot. A travers ces crochets passait une tige de fer forgé très épaisse, le gouvernail étant ainsi rattaché à l'étambot et jouant librement sur la tige. La force terrible de la mer qui l'avait arraché peut être appréciée par ce fait, que les crochets de l'étambot, qui, comme je l'ai dit, s'étendaient d'un bout à l'autre et étaient rivés de l'autre côté, furent complètement retirés, tous sans exception, de la pièce de bois.

Nous avions à peine eu le temps de respirer après cette violente secousse, qu'une des plus épouvantables lames que j'eusse jamais vues vint briser d'aplomb par-dessus bord, emportant le capot d'échelle, enfonçant les écoutilles et inondant le navire d'un véritable déluge.

9

LA PÊCHE AUX VIVRES

Par bonheur, juste avant la nuit, nous nous étions solidement attachés tous les quatre aux débris du guindeau, et nous étions ainsi couchés sur le pont aussi à plat que possible. Ce fut cette précaution qui nous sauva de la mort. Pour le moment, nous étions tous plus ou moins étourdis par cet immense poids d'eau qui nous avait écrasés, et quand enfin elle se fut écoulée, nous nous sentîmes presque anéantis. Aussitôt que je pus respirer, j'appelai à haute voix mes compagnons. Auguste seul me répondit : – C'est fait de nous ; que Dieu ait pitié de nos âmes ! – Au bout de quelques instants les deux autres purent parler, et ils nous exhortèrent à prendre courage, disant qu'il y avait encore quelque espoir, qu'il était impossible que le brick coulât, à cause de la nature de sa cargaison, et qu'il y avait tout lieu de croire que la tempête se dissiperait vers le matin. Ces paroles me rendirent la vie ; car, quelque étrange que cela puisse paraître, bien qu'il fût évident qu'un navire chargé de barriques vides ne pouvait pas sombrer, j'avais eu jusqu'ici l'esprit si troublé, que cette considération m'avait complètement échappé, et c'était le danger de sombrer que je considérais depuis quelque temps comme le plus imminent. Sentant l'espérance revivre en moi, je saisis toutes les occasions de renforcer les amarres qui m'attachaient au débris du guindeau, et je découvris bientôt que mes compagnons avaient eu la même idée et en faisaient autant. La nuit était aussi noire que possible, et il est inutile d'essayer de décrire le fracas étourdissant et le chaos dont nous étions enveloppés. Notre pont était au niveau de la mer, ou plutôt nous étions entourés d'une crête, d'un rempart d'écume, dont une partie passait à chaque instant par-dessus nous. Nos têtes, ce n'est pas trop dire, n'étaient vraiment hors de l'eau qu'une seconde sur trois. Quoique nous fussions couchés tout près les uns des autres, nous ne pouvions pas nous voir, et nous n'apercevions pas davantage la moindre partie du brick sur lequel nous étions si effroyablement secoués. Par intervalles nous nous appelions l'un l'autre, nous efforçant ainsi de raviver l'espérance et de donner un peu de consolation et d'encouragement à celui de nous qui pouvait en avoir le plus besoin. L'état de faiblesse d'Auguste faisait de lui un objet d'inquiétude pour les autres ; et comme, avec son bras droit déchiré, il devait lui être impossible d'assujettir assez solidement son amarre, nous nous figurions à chaque instant qu'il allait être emporté par-dessus bord ; – quant à lui prêter secours, c'était une chose absolument impossible. Très heureusement, sa place était plus sûre qu'aucune des nôtres ; car, la partie supérieure de son corps étant justement abritée par un morceau du guindeau fracassé, la violence des lames qui tombaient sur lui se trouvait grandement amortie. Dans toute autre position que celle-là (et il ne l'avait pas choisie, il y avait été jeté accidentellement après s'être attaché dans un endroit très dangereux), il eût infailliblement péri avant le matin. Le brick, comme je l'ai dit, donnait beaucoup de la bande, et grâce à cela, nous étions moins exposés à être emportés que nous ne l'eussions été dans un cas différent. Le côté par où le navire donnait de la bande était, comme je l'ai remarqué, celui de bâbord, et la moitié du pont à peu près était constamment sous l'eau. Conséquemment, les lames qui nous frappaient à tribord étaient en partie brisées par le côté du navire, et, couchés à plat sur le visage, nous n'en attrapions que de grosses éclaboussures ; quant à celles qui nous venaient par bâbord, elles nous attaquaient par le dos, et n'avaient pas, en raison de notre posture, assez de prise sur nous pour nous arracher à nos amarres.

Nous restâmes couchés dans cette affreuse situation jusqu'à ce que le jour vînt nous montrer plus clairement les horreurs dont nous étions environnés. Le brick n'était plus qu'une bûche, roulant çà et là, à la merci de chaque lame ; la tempête augmentait toujours ; c'était un parfait ouragan, s'il en fut jamais, et nous ne voyions aucune perspective naturelle de délivrance. Pendant quelques heures nous gardâmes le silence, tremblant à chaque instant, ou que nos amarres ne cédassent ou que les débris du guindeau ne filassent par-dessus bord, ou qu'une des énormes lames qui mugissaient autour de nous, au-dessus de nous, dans tous les sens, ne plongeât la carcasse si avant sous l'eau que nous fussions noyés avant qu'elle pût remonter à la surface. Cependant la miséricorde de Dieu nous préserva de ces imminents dangers, et, vers midi, nous fûmes gratifiés de la lumière bénie du soleil. Peu de temps après, nous nous aperçûmes d'une diminution sensible dans la force du vent, et, pour la première fois depuis la fin de la soirée précédente, Auguste parla et demanda à Peters, qui était couché tout contre lui, s'il croyait qu'il y eût quelque chance de salut. Comme le métis ne fit d'abord aucune réponse à cette question, nous conclûmes tous qu'il avait été noyé sur place ; mais bientôt, à notre grande joie, il parla, quoique d'une voix très faible, disant qu'il souffrait beaucoup, qu'il était comme coupé par les amarres qui lui serraient étroitement l'estomac, et qu'il lui fallait trouver le moyen de les relâcher, ou mourir, parce qu'il lui était impossible d'endurer cette torture plus longtemps. Cela nous causa un grand chagrin ; car il ne fallait pas songer à venir à son secours tant que la mer continuerait à courir sur nous comme elle faisait. Nous l'exhortâmes à supporter ses souffrances avec courage, et nous lui promîmes de saisir la première occasion qui s'offrirait pour le soulager. Il répondit qu'il serait bientôt trop tard ; que ce serait fait de lui avant que nous pussions lui venir en aide ; et puis, après avoir gémi pendant quelques minutes, il retomba dans son silence et nous conclûmes qu'il était mort.

Aux approches du soir, la mer tomba considérablement ; c'était à peine si dans l'espace de cinq minutes plus d'une lame venait briser sur la coque du côté du vent ; le vent s'était aussi beaucoup calmé, quoiqu'il soufflât encore grand frais. Je n'avais entendu parler aucun de mes camarades depuis plusieurs heures ; j'appelai alors Auguste. Il me répondit, mais si faiblement, que je ne pus pas distinguer ce qu'il disait. Je parlai alors à Peters et à Parker, mais aucun d'eux ne me fit de réponse.

Peu de temps après, je tombai dans une quasi-insensibilité, durant laquelle les images les plus charmantes flottèrent dans mon cerveau ; telles que des arbres verdoyants, des prés magnifiques où ondulait le blé mûr, des processions de jeunes danseuses, de superbes troupes de cavalerie et autres fantasmagories. Je me rappelle maintenant que, dans tout ce qui défilait devant l'œil de mon esprit, le *mouvement* était l'idée prédominante. Ainsi, je ne rêvais jamais d'un objet immobile, tel qu'une maison, une montagne ou tout autre du même genre ; mais des moulins à vent, des navires, de grands oiseaux, des ballons, des hommes à cheval, des voitures filant avec une vitesse furieuse, et autres objets mouvants, se présentaient à moi et se succédaient interminablement. Quand je sortis de ce singulier état, le soleil était levé depuis une heure, autant que je pus le deviner. J'eus la plus grande peine à me souvenir des différentes circonstances qui se rattachaient à ma situation, et, pendant quelque temps, je restai fermement convaincu que j'étais toujours dans la cale du brick, près de ma caisse, et je prenais le corps de Parker pour celui de Tigre.

Lorsque j'eus enfin complètement recouvré mes sens, je m'aperçus que le vent n'était plus qu'une brise très modérée, et que la mer était comparativement calme, de sorte qu'elle n'embarquait sur le brick que par le travers. Mon bras gauche avait rompu ses liens et se trouvait gravement déchiré vers le coude ; le droit était complètement paralysé, et la main et le poignet prodigieusement enflés par la pression du cordage, qui avait agi depuis l'épaule jusqu'en bas. Je souffrais aussi d'une autre corde autour de la taille, qui avait été serrée à un point intolérable. En regardant mes camarades autour de moi, je vis que Peters vivait encore, bien qu'il eût autour des reins une grosse corde serrée si cruellement qu'il avait l'air presque coupé en deux ; aussitôt que je bougeai, il me fit un geste faible de la main en me désignant la corde. Auguste ne donnait aucun symptôme de vie et était presque plié en deux en travers d'un éclat du guindeau. Parker me parla quand il me vit remuer, et me demanda si j'avais encore assez de forces pour le délivrer de sa position, me disant que, si je voulais ramasser toute mon énergie et si je réussissais à le délier, nous pouvions encore sauver nos vies, mais qu'autrement nous péririons tous.

Je lui dis de prendre courage, et que je tâcherais de le délivrer. Tâtant dans la poche de mon pantalon, je pris mon canif, et, après plusieurs essais infructueux, je réussis à l'ouvrir. Je parvins alors avec ma main gauche à débarrasser mon bras droit de ses amarres, et je coupai ensuite les autres cordes qui me retenaient. Mais, en essayant de changer de place, je m'aperçus que mes jambes me manquaient entièrement et que je ne pouvais me relever ; il m'était également impossible de mouvoir mon bras droit dans un sens quelconque. Je le fis remarquer à Parker, qui me conseilla de rester tranquille pendant quelques minutes en me tenant au guindeau avec la main gauche, pour donner au sang le temps de circuler. En effet, l'engourdissement commença bientôt à disparaître, de sorte que je pus d'abord remuer une jambe, et puis l'autre ; et en peu de temps je recouvrai en partie l'usage de mon bras droit. Je me glissai alors vers Parker avec la plus grande précaution et sans me dresser sur mes jambes, et je coupai toutes les amarres autour de lui ; et, au bout de peu de temps, comme moi, il recouvra en partie l'usage de ses membres. Nous nous dépêchâmes alors de défaire la corde de Peters. Elle avait fait une profonde entaille à travers la ceinture de son pantalon de laine et à travers deux chemises, et elle avait pénétré dans l'aine, d'où le sang jaillit abondamment quand nous enlevâmes la corde. Mais à peine avions-nous fini, que Peters se mit à parler et sembla éprouver un soulagement immédiat ; – il était même capable de se remuer beaucoup plus aisément que Parker et moi, ce qu'il devait sans aucun doute à cette saignée involontaire.

Auguste ne donnait aucun signe de vie, et nous avions peu d'espoir de le voir reprendre ses sens ; mais, en arrivant à lui, nous vîmes qu'il s'était simplement évanoui par suite d'une perte de sang, les bandages dont nous avions entouré son bras ayant été arrachés par l'eau ; aucune des cordes qui le retenaient au guindeau n'était suffisamment serrée pour occasionner sa mort. L'ayant débarrassé de ses liens et délivré du morceau de bois, nous le déposâmes du côté du vent, à un endroit sec, la tête un peu plus bas que le corps, et nous nous mîmes tous trois à lui frotter les membres. En une demi-heure à peu près, il revint à lui ; mais ce ne fut que le matin suivant qu'il laissa voir qu'il reconnaissait chacun de nous et qu'il trouva la force de parler. Pendant le temps que nous avions mis à nous débarrasser de toutes nos amarres, la nuit était venue, le ciel commençait à se couvrir, de sorte que nous avions une peur affreuse que le vent ne reprît avec violence, auquel cas rien ne pouvait nous sauver de la mort, épuisés comme nous l'étions. Par bonheur, le temps se maintint très convenablement pendant la nuit, et, la mer s'apaisant de plus en plus, nous conçûmes finalement l'espoir de nous sauver. Une jolie brise soufflait toujours du nord-ouest, mais le temps n'était pas froid du tout. Auguste, étant beaucoup trop faible pour se retenir lui-même, fut soigneusement attaché au guindeau, de peur que le roulis du navire ne le fît glisser par-dessus bord. Quant à nous, nous n'avions pas besoin de précautions semblables. Nous nous assîmes en nous serrant, et, nous appuyant l'un contre l'autre en nous aidant des cordes rompues du guindeau, nous nous mîmes à causer des moyens de sortir de notre affreuse situation. Nous nous avisâmes fort à propos de retirer nos habits, et nous les tordîmes pour en exprimer l'eau. Quand ensuite nous les remîmes, ils nous parurent singulièrement chauds et agréables et ne servirent pas peu à nous rendre de la vigueur. Nous débarrassâmes Auguste des siens, nous les tordîmes pour lui, et il en éprouva le même bien-être.

Nos principales souffrances étaient maintenant la faim et la soif, et quand nous pensions aux moyens futurs de nous soulager à cet égard, nous sentions le cœur nous manquer, et nous en venions même à regretter d'avoir échappé aux dangers moins terribles de la mer. Nous nous efforçâmes cependant de nous consoler avec l'espoir d'être bientôt recueillis par quelque navire, et nous nous encourageâmes à supporter avec résignation tous les maux qui pouvaient nous être encore réservés.

Enfin, l'aube du 14 parut, et le temps se maintint clair et doux, avec une brise constante, mais très légère, du nord-ouest. La mer était maintenant tout à fait apaisée, et comme, pour une cause que nous ne pûmes deviner, le brick ne donnait plus autant de la bande, le pont était comparativement sec, et nous pouvions aller et venir en toute liberté. Il y avait alors plus de trois jours et trois nuits que nous n'avions rien bu ni mangé, et il devenait absolument nécessaire de faire une tentative pour se procurer quelque chose d'en bas. Comme le brick était complètement plein d'eau, nous nous mîmes à l'œuvre avec tristesse et sans grand espoir d'attraper quelque chose. Nous fîmes une espèce de drague en plantant quelques clous, que nous arrachâmes aux débris du capot d'échelle, dans deux pièces de bois. Nous les assujettîmes en croix, et, les attachant au bout d'une corde, nous les jetâmes dans la cabine et les promenâmes çà et là, avec le faible espoir d'accrocher quelque article qui pût servir à notre nourriture, ou du moins nous aider à nous la procurer. Nous passâmes la plus grande partie de la matinée à cette besogne, sans résultat, et nous ne pêchâmes que quelques couvertures que les clous accrochèrent facilement. Notre invention était vraiment si grossière que nous ne pouvions guère compter sur un meilleur succès.

Nous recommençâmes l'épreuve dans le gaillard d'avant, mais sans plus de résultat, et nous nous abandonnions déjà au désespoir, quand Peters imagina de se faire attacher une corde autour du corps, et d'essayer d'attraper quelque chose en plongeant dans la cabine. Nous saluâmes la proposition avec toute la joie que peut inspirer l'espérance renaissante. Il commença immédiatement à se dépouiller de ses vêtements, à l'exception de son pantalon ; et une forte corde fut soigneusement assujettie autour de sa taille, que nous ramenâmes par-dessus ses épaules, de manière à l'empêcher de glisser. L'entreprise était pleine de difficulté et de danger ; car, comme nous n'espérions pas trouver grand-chose dans la chambre, à supposer même qu'il y eût encore quelques provisions, il fallait que le plongeur, après s'être laissé descendre, fît un tour à droite et marchât sous l'eau à une distance de dix ou douze pieds, à travers un passage étroit, jusqu'à la cambuse, et revînt enfin sans avoir pu respirer.

Tout étant prêt, Peters descendit dans la cabine en suivant l'échelle jusqu'à ce que l'eau lui atteignît le menton. Alors il plongea, la tête la première, tourna à droite après avoir plongé et s'efforça de pénétrer dans la cambuse ; mais, à la première tentative, il échoua complètement. Il n'y avait pas une demi-minute qu'il avait disparu, que nous sentîmes la corde secouée violemment ; c'était le signal convenu pour le retirer de l'eau quand il le désirerait. Nous le tirâmes donc immédiatement, mais avec si peu de précautions, que nous le meurtrîmes cruellement contre l'échelle. Il ne rapportait rien avec lui, et il lui avait été impossible d'aller au-delà d'un très petit espace à travers le couloir, à cause des efforts constants qu'il lui fallait faire pour ne pas remonter et flotter contre le pont. Quand il sortit de la cabine, il était très épuisé, et dut se reposer quinze bonnes minutes avant de se hasarder à redescendre.

La seconde tentative fut encore plus malheureuse ; car il resta si longtemps sous l'eau sans donner le signal, que, nous sentant fort inquiets pour lui, nous le tirâmes sans plus attendre ; il se trouva qu'il était au moment d'être asphyxié ; le malheureux avait déjà, dit-il, secoué la corde à plusieurs reprises, et nous ne l'avions pas senti. Cela tenait sans doute à ce qu'une partie de la corde s'était accrochée dans la balustrade au pied de l'échelle. Cette balustrade était un tel embarras, que nous résolûmes de l'arracher avant de procéder à une nouvelle tentative. Comme nous n'avions aucun moyen de l'enlever, excepté à la force des bras, nous descendîmes tous les quatre dans l'eau, aussi loin qu'il nous fut possible, et, donnant une bonne secousse avec toutes nos forces réunies, nous réussîmes à la jeter à bas.

La troisième tentative ne réussit pas mieux que les deux premières, et il devint évident que nous ne pourrions rien obtenir par ce moyen sans le secours de quelque poids qui servît à maintenir le plongeur et à l'affermir sur le plancher de la cabine, pendant qu'il ferait sa recherche. Nous regardâmes longtemps autour de nous pour trouver quelque chose propre à remplir ce but ; mais à la fin nous découvrîmes, à notre grande joie, un des porte-haubans de misaine, du côté du vent, qui était déjà si fortement ébranlé que nous n'eûmes aucune peine à le détacher entièrement. Peters l'ayant solidement assujetti à l'une de ses chevilles, opéra alors sa quatrième descente dans la cabine, et, cette fois, réussit à se frayer un chemin jusqu'à la porte de la cambuse. Mais, avec un chagrin inexprimable, il la trouva fermée et fut obligé de revenir sans avoir pu y pénétrer ; car, en faisant les plus grands efforts, c'était tout au plus s'il pouvait rester une minute sous l'eau. Nos affaires prenaient décidément un caractère sinistre, et nous ne pûmes, Auguste et moi, nous empêcher de fondre en larmes en pensant à cette foule de difficultés qui nous assiégeaient et à la chance si improbable de notre salut. Mais cette faiblesse ne fut pas de longue durée. Nous nous agenouillâmes et nous priâmes Dieu de nous assister dans les nombreux dangers dont nous étions assaillis ; et puis, avec une espérance et une vigueur rajeunies, nous nous relevâmes, prêts à chercher encore et à entreprendre tous les moyens humains de délivrance.

10

LE BRICK MYSTÉRIEUX

Peu de temps après, un incident eut lieu, qui, gros d'abord d'extrême joie et ensuite d'extrême horreur, m'apparaît, à cause de cela même, comme plus émouvant, plus terrible qu'aucun des hasards que j'aie connus postérieurement dans le cours de neuf longues années, – années si pleines d'événements de la nature la plus surprenante, et souvent même la plus inouïe, la plus inimaginable. Nous étions couchés sur le pont, près de l'échelle, et nous discutions encore la possibilité de pénétrer jusqu'à la cambuse, quand, tournant mes regards vers Auguste qui me faisait face, je m'aperçus qu'il était tout d'un coup devenu d'une pâleur mortelle et que ses lèvres tremblaient d'une manière singulière et incompréhensible. Fortement alarmé, je lui adressai la parole, mais il ne répondit pas, et je commençais à croire qu'il avait été pris d'un mal subit, quand je fis attention à ses yeux, singulièrement brillants et braqués sur quelque objet derrière moi. Je tournai la tête, et je n'oublierai jamais la joie extatique qui pénétra chaque partie de mon être quand j'aperçus un grand brick qui arrivait sur nous, et qui n'était guère à plus de deux milles au large. Je sautai sur mes pieds, comme si une balle de fusil m'avait frappé soudainement au cœur, et, étendant mes bras dans la direction du navire, je restai debout immobile, incapable de prononcer une syllabe. Peters et Parker étaient également émus, quoique d'une manière différente. Le premier dansait sur le pont comme un fou, en débitant les plus monstrueuses extravagances, entremêlées de hurlements et d'imprécations, pendant que le second fondait en larmes, ne cessant, pendant quelques minutes encore, de pleurer comme un petit enfant.

Le navire en vue était un grand brick-goélette, bâti à la hollandaise, peint en noir, avec une poulaine voyante et dorée. Il avait évidemment essuyé passablement de gros temps, et nous supposâmes qu'il avait beaucoup souffert de la tempête qui avait été la cause de notre désastre ; car il avait perdu son mât de hune de misaine ainsi qu'une partie de son mur de tribord. Quand nous le vîmes pour la première fois, il était, je l'ai déjà dit, à deux milles environ, au vent, et arrivant sur nous. La brise était très faible, et ce qui nous étonna le plus, c'est qu'il ne portait pas d'autres voiles que sa misaine et sa grande voile, avec un clinfoc ; aussi ne marchait-il que très lentement, et notre impatience montait presque jusqu'à la frénésie. La manière maladroite dont il gouvernait fut remarquée par nous tous, malgré notre prodigieuse émotion. Il donnait de telles embardées, qu'une fois ou deux nous crûmes qu'il ne nous avait pas vus, ou qu'ayant découvert notre navire, mais n'ayant aperçu personne à bord, il allait virer de bord et reprendre une autre route. A chaque fois, nous poussions des cris et des hurlements de toute la force de nos poumons ; et le navire inconnu semblait changer pour un moment d'intention et remettait le cap sur nous ; – cette singulière manœuvre se répéta deux ou trois fois, si bien qu'à la fin nous ne trouvâmes pas d'autre manière de nous l'expliquer que de supposer que le timonier était ivre.

Nous n'aperçûmes personne à son bord jusqu'à ce qu'il fût arrivé à un quart de mille de nous. Alors nous vîmes trois hommes, qu'à leur costume nous prîmes pour des Hollandais. Deux d'entre eux étaient couchés sur de vieilles voiles près du gaillard d'avant, et le troisième, qui semblait nous regarder avec curiosité, était à l'avant, à tribord, près du beaupré. Ce dernier était un homme grand et vigoureux, avec la peau très noire. Il semblait, par ses gestes, nous encourager à prendre patience, nous saluant joyeusement de la tête, mais d'une manière qui ne laissait pas que d'être bizarre, et souriant constamment, comme pour déployer une rangée de dents blanches très brillantes. Comme le navire se rapprochait, nous vîmes son bonnet de laine rouge tomber de sa tête dans l'eau ; mais il n'y prit pas garde, continuant toujours ses sourires et ses gestes baroques. Je rapporte minutieusement ces choses et ces circonstances, et je les rapporte, cela doit être compris, précisément *comme* elles nous *apparurent*.

Le brick venait à nous lentement et avec plus de certitude dans sa manœuvre, et (je ne puis parler de sang-froid de cette aventure) nos cœurs sautaient follement dans nos poitrines, et nous répandions toute notre âme en cris d'allégresse et en actions de grâces à Dieu pour la complète, glorieuse et inespérée délivrance que nous avions si palpablement sous la main. Soudainement, du mystérieux navire, qui était maintenant tout proche de nous, nous arrivèrent, portées sur l'océan, une odeur, une puanteur telles, qu'il n'y a pas dans le monde de mots pour l'exprimer, – infernales, suffocantes, intolérables, inconcevables ! J'ouvris la bouche pour respirer, et, me tournant vers mes camarades, je m'aperçus qu'ils étaient plus pâles que du marbre. Mais nous n'avions pas le temps de discuter ou de raisonner, – le brick était à cinquante pieds de nous et il semblait avoir l'intention de nous accoster par notre voûte, afin que nous pussions l'aborder sans l'obliger à mettre un canot à la mer. Nous nous précipitâmes à l'arrière, quand tout à coup une forte embardée le jeta de cinq ou six points hors de la route qu'il tenait et, comme il passait à notre arrière à une distance d'environ vingt pieds, nous vîmes en plein son pont. Oublierai-je jamais la triple horreur de ce spectacle ? Vingt-cinq ou trente corps humains, parmi lesquels quelques femmes, gisaient disséminés çà et là, entre l'arrière et la cuisine, dans le dernier et le plus dégoûtant état de putréfaction ! Nous vîmes clairement qu'il n'y avait pas une âme vivante sur ce bateau maudit ! Cependant, nous ne pouvions pas nous empêcher d'appeler ces morts à notre secours ! Oui, dans l'agonie du moment, nous avons longtemps et fortement prié ces silencieuses et dégoûtantes images de s'arrêter pour nous, de ne pas nous laisser devenir semblables à elles, et de vouloir bien nous recevoir dans leur gracieuse compagnie ! L'horreur et le désespoir nous faisaient extravaguer, – l'angoisse et la déception nous avaient rendus absolument fous.

Quand nous poussâmes notre premier hurlement de terreur, quelque chose répondit qui venait du côté du beaupré du navire étranger, et qui ressemblait si parfaitement au cri d'un gosier humain que l'oreille la plus délicate en aurait tressailli et s'y fût laissé prendre. En ce moment, une autre embardée soudaine ramena pour quelques minutes le gaillard d'avant sous nos yeux, et du même coup nous aperçûmes la cause du bruit. Nous vîmes le grand et robuste personnage toujours appuyé sur la muraille, faisant toujours aller sa tête de çà et de là, mais la face tournée maintenant de manière que nous ne pouvions plus l'apercevoir. Ses bras étaient étendus sur la lisse, et ses mains tombaient en dehors. Ses genoux reposaient sur une grosse manœuvre, tendue raide et allant du pied du beaupré à l'un des bossoirs. Sur son dos, où une partie de la chemise avait été arrachée et laissait voir le nu, se tenait une mouette énorme, qui se gorgeait activement de l'horrible viande, son bec et ses serres profondément enfouis dans le corps, et son blanc plumage tout éclaboussé de sang. Comme le brick continuait à tourner comme pour nous voir de plus près, l'oiseau retira péniblement du trou sa tête sanglante, et, après nous avoir considérés un moment comme stupéfié, se détacha paresseusement du corps sur lequel il se régalait, puis il prit droit son vol au-dessus de notre pont et plana quelque temps dans l'air avec un morceau de la substance coagulée et quasi vivante dans son bec. A la fin, l'horrible morceau tomba avec un sinistre piaffement, juste aux pieds de Parker. Dieu veuille me pardonner ! mais alors, dans le premier moment, une pensée traversa mon esprit, – une pensée que je n'écrirai pas, – et je me sentis faisant un pas machinal vers la place ensanglantée. Je levai les yeux, et mes regards rencontrèrent ceux d'Auguste, qui étaient chargés d'un reproche si intense et si énergique, que cela me rendit immédiatement à moi-même. Je m'élançai vivement, et, avec un profond frisson, je jetai l'horrible chose à la mer.

Le corps d'où le morceau avait été arraché, reposant ainsi sur cette manœuvre, oscillait aisément sous les efforts de l'oiseau carnassier, et c'était ce mouvement qui nous avait d'abord fait croire à un être vivant. Quand la mouette le débarrassa de son poids, il chancela, tourna et tomba à moitié, de sorte que nous pûmes voir son visage en plein. Non, jamais spectacle ne fut plus plein d'effroi ! Les yeux n'existaient plus, et toutes les chairs de la bouche rongées laissaient les dents entièrement à nu. Tel était donc ce sourire qui avait encouragé notre espérance ! Tel était... mais je m'arrête. Le brick, comme je l'ai dit, passa à notre arrière et continua sa route lentement et régulièrement sous le vent. Avec lui et son terrible équipage s'évanouirent toutes nos heureuses visions de joie et de délivrance. Comme il mit quelque temps à passer derrière nous, nous aurions peut-être trouvé moyen de l'aborder, si notre soudain désappointement et la nature effrayante de notre découverte n'avaient pas anéanti toutes nos facultés morales et physiques. Nous avions vu et senti, mais nous ne pûmes penser et agir hélas ! que trop tard. On pourra juger par ce simple fait combien cet incident avait affaibli nos intelligences : – quand le navire se fut éloigné au point que nous n'apercevions plus que la moitié de sa coque, nous agitâmes sérieusement la proposition d'essayer de l'attraper à la nage !

J'ai, depuis cette époque, fait tous mes efforts pour éclaircir le vague horrible qui enveloppait la destinée du navire inconnu. Sa coupe et sa physionomie générale nous donnèrent à penser, comme je l'ai déjà dit, que c'était un bâtiment de commerce hollandais, et le costume de son équipage nous confirma dans cette opinion. Nous aurions facilement pu lire son nom à son arrière et prendre aussi d'autres observations qui nous auraient servi à déterminer son caractère ; mais l'émotion profonde du moment nous aveugla et nous cacha tout indice de cette nature. D'après la couleur safranée de quelques-uns des cadavres qui n'étaient pas tout à fait décomposés, nous dûmes conclure que tout le monde à bord était mort de la fièvre jaune ou de quelque autre violent fléau d'espèce analogue. Si tel était le cas (et, en dehors de cela, je ne sais vraiment qu'imaginer), la mort, à en juger par la position des corps, avait dû les surprendre d'une façon tout à fait soudaine et accablante, d'une manière absolument distincte de celle qui caractérise même les pestes les plus mortelles avec lesquelles l'humanité a pu jusqu'ici se familiariser. Dans le fait, il se peut qu'un poison, introduit accidentellement dans quelqu'une des provisions du bord, ait amené ce désastre ; peut-être avaient-ils mangé de quelque poisson inconnu, d'une espèce venimeuse, ou d'oiseau océanique ou de tout autre animal marin, que sais-je ? – mais il est absolument superflu de former des conjectures sur un cas qui est enveloppé tout entier, et qui restera sans doute éternellement enveloppé dans le plus effrayant et le plus insondable mystère.

11

LA BOUTEILLE DE PORTO

Nous passâmes le reste de la journée dans un état de léthargie stupide, regardant toujours le navire jusqu'au moment où les ténèbres, le dérobant à notre vue, nous rendirent pour ainsi dire à nous-mêmes. Les angoisses de la faim et de la soif nous reprirent alors, absorbant tous autres soucis et considérations. Il n'y avait toutefois rien à faire jusqu'au matin, et, nous installant de notre mieux, nous nous efforçâmes d'attraper un peu de repos. J'y réussis, pour mon compte, au-delà de mes espérances, et je dormis jusqu'au point du jour, quand mes camarades, qui avaient été moins favorisés que moi, m'éveillèrent pour recommencer nos malheureuses tentatives sur la cambuse.

Il faisait alors un calme plat, avec une mer plus unie que je ne l'ai jamais vue, – le temps, chaud et agréable. Le brick fatal était hors de vue. Nous commençâmes nos opérations par arracher, mais non sans peine, un autre porte-haubans de misaine ; et les ayant, tous les deux, attachés aux pieds de Peters, il essaya d'arriver encore une fois à la porte de la cambuse, pensant qu'il réussirait peut-être à la forcer, pourvu cependant qu'il pût l'atteindre en très peu de temps ; et il y comptait, parce que la carcasse du navire gardait sa position beaucoup mieux qu'auparavant.

Il réussit en effet à atteindre très vite la porte, et, là, détachant un des poids de sa cheville, il essaya de s'en servir pour l'enfoncer ; mais tous ses efforts furent vains, la charpente étant beaucoup plus forte qu'il ne s'y était attendu. Il était complètement épuisé par ce long séjour sous l'eau, et il devenait indispensable qu'un de nous le remplaçât. Parker s'offrit immédiatement pour ce service ; mais, après trois voyages infructueux, il n'avait même pas réussi à arriver jusqu'à la porte. L'état déplorable du bras d'Auguste rendait de sa part tout essai superflu ; car, fût-il parvenu à atteindre la chambre, il eût été tout à fait incapable d'en forcer l'entrée ; c'était donc à moi qu'incombait maintenant le devoir d'employer mes forces au salut de la communauté.

Peters avait laissé un des porte-haubans dans le passage, et je vis, sitôt que j'eus plongé, que je n'avais pas un poids suffisant pour me tenir solidement sous l'eau. Je résolus donc, pour ma première tentative, de retrouver d'abord et simplement l'autre poids. Dans ce but, je tâtais le plancher du couloir, quand je sentis quelque chose de dur, que j'empoignai immédiatement, n'ayant pas le temps de vérifier ce que c'était ; puis je m'en revins et je remontai directement à la surface. Ma trouvaille était une bouteille, et on concevra quelle fut notre joie quand nous vîmes qu'elle était pleine de vin de Porto. Nous rendîmes grâces à Dieu pour cette consolation et ce secours si opportun, puis, avec mon canif, nous tirâmes le bouchon, et, pour une gorgée très modérée qu'avala chacun de nous, nous nous en sentîmes singulièrement réconfortés et comme inondés de chaleur, de forces et d'esprits vitaux. Nous rebouchâmes alors la bouteille soigneusement, et au moyen d'un mouchoir nous l'amarrâmes de façon qu'il lui fût impossible de se briser.

Je me reposai un peu après cette heureuse découverte, puis je descendis, et enfin je retrouvai le porte-haubans avec lequel je montai immédiatement. Après l'avoir attaché à mon pied, je me laissai couler pour la troisième fois, et il me fut démontré que je ne pourrais jamais réussir à forcer la porte de la cambuse. Je revins désolé.

Bien décidément, il fallait donc renoncer à toute espérance, et je pus voir dans les physionomies de mes camarades qu'ils avaient pris leur parti de mourir. Le vin leur avait donné une espèce de délire, dont ma dernière immersion m'avait peut-être préservé. Ils bavardaient d'une manière incohérente, et sur des choses qui n'avaient aucun rapport avec notre situation, Peters m'accablant de questions sur Nantucket ; Auguste aussi, je me le rappelle, s'approcha de moi, d'un air fort sérieux et me pria de lui prêter un peigne de poche, parce qu'il avait, disait-il, les cheveux pleins d'écailles de poisson, et qu'il désirait se nettoyer avant de débarquer. Parker semblait un peu moins fortement affecté et me pressait de plonger encore dans la chambre pour lui rapporter le premier objet qui me tomberait sous la main. J'y consentis, et, dès la première tentative, après être resté sous l'eau une bonne minute, je rapportai une petite malle de cuir appartenant au capitaine Barnard. Nous l'ouvrîmes immédiatement, avec le faible espoir qu'elle contiendrait peut-être quelque chose à boire ou à manger ; mais nous n'y trouvâmes rien qu'une boîte à rasoirs et deux chemises de toile. Je plongeai encore, et je revins sans aucun résultat. Comme ma tête sortait de l'eau, j'entendis sur le pont le bruit de quelque chose qui se brisait, et, en remontant, je vis que mes compagnons d'infortune avaient ignoblement profité de mon absence pour boire le reste du vin, et qu'ils avaient laissé tomber la bouteille dans leur précipitation à la remettre en place avant que je les surprisse. Je leur remontrai leur manque de cœur, et Auguste fondit en larmes. Les deux autres essayèrent de rire et de tourner la chose en plaisanterie ; mais j'espère ne jamais plus avoir à contempler un rire pareil ; la convulsion de leurs physionomies était absolument effrayante. Dans le fait, il était visible que l'excitation produite dans leurs estomacs vides avait eu un effet violent et instantané, et qu'ils étaient tous effroyablement ivres. Ce ne fut qu'avec beaucoup de peine que j'obtins d'eux qu'ils se couchassent ; ils tombèrent presque aussitôt dans un lourd sommeil, accompagné d'une respiration haute et ronflante.

Je me trouvai alors, pour ainsi dire, seul sur le brick, et, certes, mes réflexions étaient de la nature la plus terrible et la plus noire. La seule perspective qui s'offrît à moi était de mourir de faim lentement, ou, en mettant les choses au mieux, d'être englouti par la première tempête qui s'élèverait ; car nous ne pouvions pas, dans notre état d'épuisement, conserver l'espoir de survivre à une nouvelle.

La faim déchirante que j'éprouvais alors était presque intolérable, et je me sentis capable des dernières extrémités pour l'apaiser. Avec mon couteau, je coupai un petit morceau de la malle de cuir, et je m'efforçai de le manger ; mais il me fut absolument impossible d'en avaler même une parcelle ; cependant, il me sembla qu'en mâchant et en chiquant le cuir par petits fragments j'obtenais un léger soulagement à mes souffrances. Vers le soir, mes compagnons se réveillèrent, un à un, et tous dans un état de faiblesse et d'horreur indescriptible, causé par le vin, dont les fumées étaient maintenant évaporées. Ils tremblaient, comme en proie à une violente fièvre, et imploraient de l'eau avec les cris les plus lamentables. Leur situation m'affecta de la manière la plus vive, et néanmoins je ne pouvais m'empêcher de me réjouir de l'heureux accident qui m'avait empêché de me laisser tenter par le vin, m'épargnant ainsi leurs sinistres et navrantes sensations. Cependant leur conduite m'alarmait et me causait une très forte inquiétude ; car il était évident qu'à moins d'un changement favorable dans leur état, ils ne pourraient me prêter aucune assistance pour pourvoir à notre salut commun. Je n'avais pas encore abandonné toute idée de rapporter quelque chose d'en bas ; mais l'épreuve ne pouvait se recommencer qu'à la condition que l'un d'eux fût assez maître de lui-même pour tenir le bout de la corde pendant que je descendrais. Parker semblait se posséder un peu mieux que les autres, et je m'efforçai de le ranimer par tous les moyens possibles. Présumant qu'un bain d'eau de mer pourrait avoir un heureux effet, je m'avisai de lui attacher un bout de corde autour du corps, et puis, le conduisant au capot d'échelle (lui, restant toujours inerte et passif), je l'y poussai et l'en retirai immédiatement. J'eus lieu de me féliciter de mon expérience, car il parut reprendre de la vie et de la force, et, en remontant, il me demanda d'un air tout à fait raisonnable pourquoi je le traitais ainsi. Quand je lui eus expliqué mon but, il me remercia du service, et dit qu'il se sentait beaucoup mieux depuis son bain ; ensuite, il parla sensément de notre situation. Nous résolûmes alors d'appliquer le même traitement à Auguste et à Peters ; ce que nous fîmes immédiatement, et le saisissement leur procura à tous deux un soulagement remarquable. Cette idée d'immersion soudaine m'avait été suggérée par quelque vieille lecture médicale sur les heureux effets de l'affusion et de la douche dans les cas où le malade souffre du *delirium tremens*.

Voyant que je pouvais enfin me fier à mes camarades pour tenir le bout de la corde, je plongeai encore trois ou quatre fois dans la cabine, bien qu'il fît tout à fait nuit, et qu'une houle assez douce, mais très allongée, venant du nord, ballottât tant soit peu notre ponton. Dans le cours de ces tentatives, je réussis à rapporter deux grands couteaux de table, une cruche de la contenance de trois gallons, mais vide, enfin une couverture, mais rien qui pût servir à soulager notre faim. Après avoir trouvé ces divers articles, je continuai mes efforts jusqu'à ce que je fusse complètement épuisé ; mais je n'attrapai plus rien. Pendant la nuit, Parker et Peters firent la même besogne à tour de rôle ; mais on ne pouvait plus mettre la main sur rien, et, persuadés que nous nous épuisions en vain, de désespoir nous abandonnâmes l'entreprise.

Nous passâmes le reste de la nuit dans la plus terrible angoisse morale et physique qui se puisse imaginer. Le matin du 16 se leva enfin, et nos yeux cherchèrent avec avidité le secours à tous les points de l'horizon, mais vainement. La mer était toujours très unie, avec une longue houle du nord, comme la veille. Il y avait alors six jours que nous n'avions goûté d'aucune nourriture ni bu d'aucune boisson, à l'exception de la bouteille de porto, et il était clair que nous ne pourrions résister que fort peu de temps, à moins que nous ne fissions quelque trouvaille. Je n'avais jamais vu et je désire ne jamais revoir des êtres humains aussi complètement émaciés que Peters et Auguste. Si je les avais rencontrés à terre dans leur état actuel, je n'aurais pas soupçonné que je les eusse jamais connus. Leur physionomie avait complètement changé de caractère, si bien que je pouvais à peine me persuader qu'ils étaient bien les mêmes individus avec lesquels j'étais en compagnie peu de jours auparavant. Parker, quoique piteusement réduit, et si faible qu'il ne pouvait lever sa tête de sa poitrine, n'en était cependant pas au même point que les deux autres. Il souffrait avec une grande patience, ne poussait aucune plainte, et tâchait de nous inspirer l'espérance par tous les moyens qu'il pouvait inventer. Quant à moi, bien que j'eusse été malade au commencement du voyage, et que j'aie toujours été d'une constitution délicate, je souffrais moins qu'aucun d'eux ; j'étais moins amaigri, et j'avais conservé à un degré surprenant les facultés de mon esprit, pendant que les autres étaient complètement accablés et semblaient tombés dans une sorte de seconde enfance, grimaçant un sourire niais, comme les idiots, et proférant les plus absurdes bêtises. Par intervalles toutefois, et très soudainement, ils semblaient revivre, comme inspirés tout d'un coup par la conscience de leur situation ; alors ils sautaient sur leurs pieds comme poussés par un accès momentané de vigueur, et parlaient de la question d'une manière tout à fait rationnelle, mais pleine du plus intense désespoir. Il est bien possible aussi que mes camarades aient eu de leur état la même opinion que moi du mien, et que je me sois rendu involontairement coupable des mêmes extravagances et des mêmes imbécillités ; – c'est là un point qu'il m'est impossible de vérifier.

Vers midi, Parker déclara qu'il voyait la terre du côté de bâbord, et j'eus toutes les peines du monde à l'empêcher de se jeter à la mer pour gagner la côte à la nage. Peters et Auguste ne firent pas grande attention à ce qu'il disait ; ils semblaient tous deux ensevelis dans une contemplation morne. En regardant dans la direction indiquée, il me fut impossible d'apercevoir la plus légère apparence de rivage : – d'ailleurs je savais trop bien que nous étions loin de toute terre pour m'abandonner à une espérance de cette nature. Il me fallut néanmoins beaucoup de temps pour convaincre Parker de sa méprise. Il répandit alors un torrent de larmes, pleurnichant comme un enfant, avec de grands cris et des sanglots, pendant deux ou trois heures ; enfin, épuisé par la fatigue de son désespoir, il s'endormit.

Peters et Auguste firent alors quelques efforts inefficaces pour avaler des morceaux de cuir. Je leur conseillai de chiquer le cuir et de le cracher ; mais ils étaient trop affreusement affaiblis pour exécuter mon conseil. Je continuai à mâcher des morceaux par intervalles, et j'en tirai quelque soulagement ; mais ma principale souffrance était la privation d'eau, et je ne résistai à l'envie de boire de l'eau de mer qu'en me rappelant les horribles conséquences qui en étaient résultées pour d'autres individus placés dans les mêmes conditions que nous.

Le jour allait s'écouler de cette façon, quand je découvris soudainement une voile à l'est, dans la direction de notre avant, du côté de bâbord. C'était, à ce qu'il me semblait, un grand navire, venant presque en travers de nous, et sans doute à une distance de douze ou quinze milles. Aucun de mes compagnons ne l'avait encore découvert, et je me gardais bien de le leur montrer tout de suite, dans la crainte que nous ne fussions encore frustrés de notre espérance. A la longue, comme il approchait, je vis positivement qu'il avait le cap droit sur nous, avec ses voiles légères portant plein. Je ne pus me retenir plus longtemps, et je le montrai à mes compagnons de souffrance. Ils se dressèrent immédiatement sur leurs pieds, se livrant de nouveau aux plus extravagantes démonstrations de joie, pleurant, riant à la manière des idiots, sautant, piétinant sur le pont, s'arrachant les cheveux, priant et sacrant tour à tour. J'étais si influencé par leur conduite, aussi bien que par cette perspective de délivrance, que je considérais maintenant comme sûre, que je ne pus m'empêcher de me joindre à eux, de participer à leurs folies, et de donner pleine liberté à toutes les explosions de ma joie et de mon bonheur, me vautrant et me roulant sur le pont, frappant des mains, criant et faisant mille enfantillages semblables, jusqu'à ce que je fusse rappelé à moi-même et aux dernières limites du désespoir et de la misère humaine, en voyant tout à coup le navire nous présenter maintenant son arrière en plein, et gouverner d'un côté tout à fait opposé à celui où je l'avais d'abord vu se diriger.

Il me fallut quelque temps pour démontrer notre nouveau malheur à mes pauvres camarades. Ils répondaient à toutes mes assertions par des regards fixes et des gestes qui signifiaient qu'ils ne pouvaient pas être dupes de pareilles plaisanteries. Ce fut Auguste dont la conduite me fit le plus de mal. En dépit de tout ce que je pus dire ou faire contre sa persuasion, il persista à affirmer que le navire se rapprochait vivement de nous, et à faire ses préparatifs pour monter à son bord. Il montrait quelques plantes marines qui flottaient le long du brick, et il affirmait que c'était l'embarcation du navire ; il s'efforça même de s'y jeter, hurlant et criant de manière à fendre le cœur ; enfin j'employai la violence pour l'empêcher de se précipiter dans la mer.

Quand nous fûmes un peu remis de notre émotion, nous continuâmes à guetter le navire, jusqu'à ce que, le temps s'étant couvert et une petite brise s'étant levée, nous le perdîmes finalement de vue. Quand il eut entièrement disparu, Parker se tourna soudainement de mon côté avec une telle expression dans sa physionomie, que j'en eus le frisson. Il avait un air de tranquillité, un sang-froid que je n'avais pas encore remarqué en lui jusqu'à présent, et, avant qu'il eût ouvert la bouche, mon cœur m'avait appris ce qu'il allait dire. Il me proposa, en termes brefs, que l'un de nous fût sacrifié pour sauver l'existence des autres.

12

LA COURTE PAILLE

Depuis quelque temps déjà, j'avais réfléchi au cas où nous serions réduits à cette épouvantable extrémité, et j'avais pris la résolution secrète d'endurer n'importe quelle espèce de mort plutôt que d'invoquer une pareille ressource. Et cette résolution n'avait été en aucune façon affaiblie par la violence de la faim qui me travaillait. La proposition n'avait été entendue ni par Auguste ni par Peters. Je pris donc Parker à part, et, priant Dieu mentalement de me donner assez d'éloquence pour le dissuader de son abominable projet, je lui fis de longues remontrances, je le suppliai ardemment, je l'implorai au nom de tout ce qu'il tenait pour sacré, je le pressai, par toutes les espèces d'arguments que me suggéra ce cas suprême, d'abandonner son idée et de n'en faire part à aucun des deux autres.

Il écouta tout ce que je lui dis sans essayer de réfuter mes raisons, et je commençais à espérer que je parviendrais à le dominer ; mais, quand j'eus cessé de parler, il répondit qu'il savait que tout ce que je venais de dire était vrai, et que recourir à un pareil moyen était la plus horrible alternative qui pût se présenter à l'esprit humain ; mais qu'il avait souffert aussi longtemps que la nature le pouvait endurer ; qu'il n'était pas utile que tous mourussent quand il était possible, et même probable, que par la mort d'un seul les autres fussent définitivement sauvés ; ajoutant que je pouvais m'épargner la peine de vouloir le détourner de son projet, parce qu'il avait entièrement arrêté sa résolution là-dessus, même avant l'apparition du navire, et que c'était cette apparition seule qui l'avait empêché de faire sa proposition plus tôt.

Je le suppliai alors, si je ne pouvais pas obtenir qu'il lâchât son projet, de le différer au moins jusqu'à un autre jour, puisque quelque navire pouvait encore venir à notre secours ; je repris tous les arguments qui me vinrent à l'esprit, et ceux que je présumai bons pour influencer une rude nature comme la sienne. Il me répondit qu'il avait attendu, pour parler de cela, aussi longtemps que possible, – jusqu'à l'instant suprême ; qu'il ne lui était pas possible de vivre sans un aliment quelconque ; et, conséquemment, que son idée, renvoyée à un autre jour, viendrait trop tard, – du moins en ce qui le concernait.

Voyant que rien ne l'émouvait, et que je ne pouvais pas le prendre par la douceur, j'usai d'un ton différent, et je lui dis qu'il devait savoir que j'avais souffert moins qu'aucun d'eux de toutes nos calamités, que j'étais donc en ce moment bien supérieur en force et en santé, non seulement à lui, mais même à Peters et à Auguste, bref, que j'étais en mesure d'employer la force si je le jugeais nécessaire, et que, s'il essayait d'une façon quelconque de faire part aux autres de son affreux projet de cannibale, je n'hésiterais pas à le jeter à la mer. Là-dessus, il m'empoigna immédiatement à la gorge, et, tirant un couteau, il fit quelques efforts inutiles pour me frapper à l'estomac, atrocité que son extrême faiblesse l'empêcha seule d'accomplir. Cependant, monté à un haut degré de colère, je le poussai jusqu'au bord du navire, avec la ferme intention de le jeter par-dessus bord. Mais il fut sauvé de sa destinée par l'intervention de Peters, qui s'approcha et nous sépara, demandant le sujet de la querelle. Parker le lui dit, avant que j'eusse trouvé un moyen de l'en empêcher.

L'effet de ces paroles fut encore plus terrible que je ne m'y étais attendu. Auguste et Peters, qui, depuis longtemps, à ce qu'il paraît, nourrissaient en secret la terrible pensée que Parker avait simplement émise le premier, s'accordèrent avec lui, et insistèrent pour la mettre immédiatement à exécution. J'avais présumé que l'un des deux au moins aurait encore assez de force d'âme et serait assez maître de lui pour se ranger de mon côté et s'opposer à l'exécution de cet affreux dessein ; et avec l'aide de l'un d'eux je me croyais parfaitement capable d'en empêcher l'accomplissement. Frustré de cette espérance, il devenait indispensable pour moi de pourvoir à ma propre sûreté ; car une plus longue résistance de ma part pouvait être considérée par ces hommes qu'exaspérait leur situation comme une excuse suffisante pour me refuser mon franc-jeu dans la tragédie qui allait maintenant se jouer vivement.

Je leur dis que j'adhérais volontiers à la proposition, et que je demandais simplement un délai d'une heure à peu près pour laisser au brouillard qui nous enveloppait le temps de s'élever, parce qu'alors le navire que déjà nous avions aperçu serait peut-être encore en vue. Après de longues difficultés, j'obtins d'eux la promesse d'attendre encore jusque-là ; et, comme je l'avais espéré, grâce à une brise qui survint rapidement, la brume s'éleva avant l'expiration de l'heure ; mais aucun navire n'apparaissait à l'horizon, nous nous préparâmes à tirer au sort.

C'est avec une excessive répugnance que je m'étends sur la scène épouvantable qui suivit, scène qu'aucun événement postérieur n'a pu effacer de ma mémoire, – qui y est restée gravée avec ses plus minutieux détails, et dont le cruel souvenir empoisonnera chaque instant de mon existence à venir. Qu'il me soit permis d'expédier cette partie de mon récit aussi promptement que le comporte la nature des incidents à relater. La seule méthode qui fût à notre disposition pour cette terrible loterie, dans laquelle nous avions chacun une chance à courir, était de tirer à la courte paille. De petits éclats de bois pouvaient remplir le but proposé, et il fut convenu que je tiendrais les lots. Je me retirai à un bout du navire, pendant que mes pauvres camarades prirent silencieusement position à l'autre bout, en me tournant le dos. Le moment le plus cruel de ce terrible drame, le plus plein d'angoisse, fut pendant que je m'occupais de l'arrangement des lots. Il est peu de situations décisives pour l'homme où il n'attache pas à la conservation de son existence un profond intérêt, – intérêt qui s'accroît de minute en minute avec la fragilité du lien où cette existence est suspendue. Mais maintenant la nature silencieuse, positive, rigoureuse, de la besogne à laquelle je me livrais (si différente des tumultueux périls de la tempête ou des horreurs graduées et progressives de la famine) me donna à réfléchir sur le peu de chances que j'avais d'échapper à la plus effrayante des morts, – à une mort de la plus effrayante utilité, – et chaque parcelle de cette énergie qui m'avait si longtemps soutenu fuyait maintenant comme les plumes devant le vent, me laissant la proie impuissante de la plus abjecte, de la plus pitoyable terreur. D'abord, je ne pus même pas trouver la force suffisante pour arracher et pour assembler les petites esquilles de bois ; mes doigts me refusaient absolument leur service, et mes genoux claquaient violemment l'un contre l'autre. Mon esprit parcourut rapidement mille absurdes expédients pour éviter de jouer mon jeu dans cette affreuse spéculation. Je pensai à me jeter aux genoux de mes camarades et à les supplier de me permettre de me soustraire à cette nécessité ; à me précipiter sur eux à l'improviste, à en mettre un à mort, et à rendre ainsi superflue la décision par le sort ; – bref, je pensai à tout, excepté à exécuter ce que j'avais à faire. A la fin, après avoir perdu beaucoup de temps dans cette conduite imbécile, je fus rappelé à moi-même par la voix de Parker, qui me pressait de les tirer enfin de la terrible inquiétude qu'ils enduraient. Et encore, je ne pus me résigner à arranger sur-le-champ les éclats de bois. Je me pris à réfléchir sur toutes les finasseries à employer pour tricher au jeu et pour induire un de mes pauvres compagnons d'infortune à tirer la courte paille, puisqu'il avait été convenu que celui qui tirerait la plus courte des quatre esquilles mourrait pour la conservation des autres. Que quiconque a envie de me condamner pour cette apparente infamie veuille bien se placer dans une position exactement semblable à la mienne !

Enfin aucun délai n'était plus possible, et, sentant mon cœur près d'éclater dans ma poitrine, je m'avançai vers le gaillard d'avant, où mes camarades m'attendaient. Je présentai ma main avec les esquilles, et Peters tira immédiatement. Il était libre ! – son esquille, du moins, n'était pas la plus courte ; j'avais donc maintenant une chance de plus contre moi. Je rassemblai toute mon énergie, et je tendis les lots à Auguste. Il tira immédiatement le sien et se trouva également libre ; et maintenant, que je dusse vivre ou mourir, les chances étaient précisément égales. En ce moment, toute la férocité du tigre s'empara de mon cœur, et je sentis contre Parker, mon semblable, mon pauvre camarade, la haine la plus intense et la plus diabolique. Mais ce sentiment ne dura pas, et, à la longue, avec un frisson convulsif et les yeux fermés, je tendis vers lui les deux esquilles restantes. Il s'écoula bien cinq bonnes minutes avant qu'il pût se résoudre à tirer la sienne, et, durant ce siècle d'indécision à déchirer le cœur, je n'ouvris pas une seule fois les yeux. Enfin un des lots fut vivement tiré de ma main. Le sort était décidé, mais je ne savais pas s'il était pour ou contre moi. Personne ne disait mot, et je n'osais pas éclaircir mon incertitude en regardant le morceau qui me restait. A la fin, Peters me saisit la main, et je m'efforçai de regarder ; mais je vis tout de suite, à la physionomie de Parker, que j'étais sauvé et qu'il était la victime condamnée. Je respirai convulsivement et je tombai sur le pont sans connaissance.

Je revins à temps de mon évanouissement pour voir le dénouement de la tragédie et assister à la mort de celui qui, comme auteur de la proposition, était, pour ainsi dire, son propre meurtrier. Il ne fit aucune résistance, et, frappé dans le dos par Peters, il tomba mort sur le coup. Je n'insisterai pas sur le terrible festin qui s'ensuivit immédiatement : ces choses-là, on peut se les figurer, mais les mots n'ont pas une vertu suffisante pour frapper l'esprit de la parfaite horreur de la réalité. Qu'il me suffise de dire qu'après avoir, jusqu'à un certain point, apaisé dans le sang de la victime la soif enragée qui nous dévorait, et détaché d'un commun accord les mains, les pieds et la tête, que nous jetâmes à la mer avec les entrailles, nous dévorâmes le reste du corps, morceau par morceau, durant les quatre jours à jamais mémorables qui suivirent, 17, 18, 19 et 20 juillet.

Le 19, il survint une superbe averse qui dura quinze ou vingt minutes, et qui nous permit de ramasser un peu d'eau au moyen d'un drap que notre drague avait pêché dans la cabine juste après la tempête. La quantité que nous recueillîmes ainsi ne montait pas en tout à plus d'un demi-gallon ; mais cette chétive provision suffit pourtant à nous rendre, comparativement, un peu de force et d'espérance.

Le 21, nous fûmes de nouveau réduits à la dernière extrémité. La température se maintenait chaude et agréable, avec quelque brouillard et de petites brises, variant généralement du nord à l'ouest.

Le 22, comme nous étions tous trois assis, serrés l'un contre l'autre, et rêvant mélancoliquement à notre lamentable situation, mon esprit fut traversé d'une idée soudaine qui brilla comme un vif rayon d'espérance. Je me souvins que, quand le mât de misaine avait été coupé, Peters, se trouvant au vent, dans les porte-haubans, m'avait passé une des haches, en me priant de la mettre, s'il était possible, en lieu de sûreté, et que, quelques minutes avant le dernier coup de mer qui avait attrapé et inondé le brick, j'avais serré cette hache dans le gaillard d'avant et l'avais déposée dans un des cadres de bâbord. Je pensais maintenant que, si nous pouvions mettre la main dessus, il nous serait peut-être possible d'ouvrir le pont au-dessus de la cambuse et de nous procurer ainsi des provisions sans difficulté.

Quand je communiquai ce projet à mes camarades, ils poussèrent un faible cri de joie, et nous allâmes immédiatement vers le gaillard d'avant. Ici, la difficulté de descendre se présentait beaucoup plus grande que pour la cabine, l'ouverture étant beaucoup plus étroite ; car on se rappelle que toute la charpente autour du capot d'échelle de la chambre avait été enlevée, tandis que le passage vers le gaillard d'avant, n'étant qu'une simple écoutille de trois pieds carrés environ, était resté intact. Cependant, je n'hésitai pas à tenter l'aventure, et, une corde ayant été assujettie autour de mon corps, comme précédemment, je plongeai hardiment, les pieds les premiers ; je parvins rapidement au cadre, et du premier coup je rapportai la hache. Elle fut saluée avec extase, avec des cris de joie et de triomphe, et la facilité avec laquelle nous l'avions trouvée fut considérée comme un présage de notre salut définitif.

Nous commençâmes à attaquer le pont avec toute l'énergie de l'espérance rallumée, Peters et moi jouant de la hache à tour de rôle ; quant à Auguste, son bras blessé l'empêchait de nous rendre aucun service. Comme nous étions encore trop faibles pour rester ainsi debout sans nourriture, et que nous ne pouvions pas conséquemment travailler une minute ou deux sans nous reposer, il devint bientôt évident qu'il nous faudrait plusieurs longues heures pour accomplir une pareille tâche, – c'est-à-dire pour pratiquer une ouverture suffisamment large et nous frayer un libre accès vers la cambuse. Cette considération, toutefois, ne nous découragea pas, et, travaillant toute la nuit à la clarté de la lune, le matin du 23, au point du jour, nous en étions venus à nos fins.

Peters s'offrit alors pour descendre, et, ayant fait tous ses préparatifs ordinaires, il plongea et revint bientôt, rapportant avec lui une petite jarre, qui, à notre grande joie, se trouva être pleine d'olives. Nous nous les partageâmes, et nous les dévorâmes avec la plus grande avidité ; puis nous descendîmes Peters de nouveau. Il réussit cette fois au-delà de toutes nos espérances, car il revint immédiatement avec un gros jambon et une bouteille de madère. Nous ne bûmes du vin qu'un petit coup chacun, sachant maintenant par expérience quels dangers il y avait à s'y livrer immodérément. Le jambon, sauf la valeur de deux livres environ près de l'os, avait été entièrement gâté par l'eau salée et n'était pas dans un état mangeable. La partie saine fut partagée en trois parts. Peters et Auguste, incapables de maîtriser leur appétit, engloutirent la leur immédiatement ; pour moi, je fus plus prudent, et, redoutant la soif qui devait en résulter, je ne mangeai qu'un petit morceau de la mienne. Alors, nous nous reposâmes un peu de notre labeur, qui avait été horriblement rude.

Vers midi, nous sentant un peu remis et fortifiés, nous recommençâmes nos attaques sur les provisions, Peters et moi plongeant alternativement, et toujours avec plus ou moins de succès, jusqu'au coucher du soleil. Pendant cet intervalle, nous eûmes le bonheur de rapporter en tout quatre nouvelles petites jarres d'olives, un autre jambon, une grosse bouteille d'osier contenant presque trois gallons d'excellent madère, et, ce qui nous fit encore plus de plaisir, une petite tortue de l'espèce galapago ; le capitaine Barnard, au moment où le *Grampus* quittait le port, en avait reçu à son bord plusieurs de la goélette *Mary-Pitts*, qui revenait d'un voyage dans le Pacifique à la chasse du veau marin.

Dans une partie subséquente de ce récit, j'aurai fréquemment l'occasion de parler de cette espèce de tortue. On la trouve principalement, comme la plupart de mes lecteurs le savent, dans le groupe d'îles appelées les *Galápagos*, qui, dans le fait, tirent leur nom de l'animal, – le mot espagnol *galapago* signifiant tortue d'eau douce. Sa forme particulière et son allure lui font donner quelquefois le nom de tortue-éléphant. On en trouve souvent qui sont d'une grosseur énorme. J'en ai vu moi-même quelques-unes qui pesaient de douze à quinze cents livres, bien que je n'aie pas souvenir qu'aucun navigateur ait parlé de tortues de cette espèce pesant plus de huit cents livres. Leur aspect est singulier, et même répugnant. Leur démarche est très lente, mesurée, lourde, le corps s'élevant à peu près à un pied du sol. Le cou est long et excessivement grêle ; la longueur ordinaire de ce cou est de dix-huit pouces à deux pieds, et j'en ai tué une chez qui la distance de l'épaule à l'extrémité de la tête n'était pas de moins de trois pieds dix pouces. La tête a une ressemblance frappante avec celle d'un serpent. Elles peuvent vivre sans manger pendant un temps si long que c'est presque incroyable, et l'on cite des cas où des tortues de cette espèce ont été jetées dans la cale d'un navire et y sont restées deux ans sans aucune nourriture, aussi grasses et à tous égards aussi bien portantes à l'expiration de ce terme qu'au moment même où on les y avait mises. Par une particularité de leur organisme ces singuliers animaux ressemblent au dromadaire ou chameau du désert. Elles portent toujours une provision d'eau dans une poche à la naissance du cou. En les tuant après les avoir privées de toute nourriture pendant une année entière, on a quelquefois trouvé dans la poche de quelques-unes de ces tortues jusqu'à trois gallons d'eau parfaitement douce et fraîche. Elles mangent principalement du persil sauvage et du céleri, avec du pourpier, de la soude et des raquettes, ce dernier végétal, qui leur profite d'une manière étonnante, existant en grande abondance sur le versant des collines près du rivage où l'on trouve l'animal lui-même. Cette tortue, un aliment excellent et des plus substantiels, a servi sans aucun doute à conserver l'existence de milliers de marins employés à la pêche de la baleine et autres spéculations dans le Pacifique.

Celle que nous eûmes la chance de rapporter de la cambuse n'était pas très grosse et pesait probablement soixante-cinq ou soixante-dix livres. C'était une femelle, dans un état excellent, excessivement grasse, et ayant dans son sac plus d'un quart de gallon d'eau douce et limpide. C'était vraiment un trésor ; et, tombant sur nos genoux d'un commun accord, nous rendîmes à Dieu des actions de grâces ferventes pour ce soulagement si opportun.

Nous eûmes beaucoup de peine à faire passer l'animal par l'ouverture ; car il résistait avec fureur, et sa force était prodigieuse. Il était sur le point d'échapper des mains de Peters et de retomber dans l'eau, quand Auguste, lui jetant autour du cou une corde à nœud coulant, le retint par ce moyen jusqu'à ce que j'eusse sauté dans le trou à côté de Peters pour l'aider à soulever la bête jusqu'au pont.

Nous transvasâmes joyeusement l'eau du sac de

l'animal dans la cruche que nous avions, comme on se le rappelle, rapportée précédemment de la cabine. Ensuite nous cassâmes le goulot d'une bouteille, de manière à faire, à l'aide du bouchon, une espèce de verre à boire qui ne contenait pas tout à fait le quart d'une pinte. Nous bûmes chacun un de ces verres plein, et nous résolûmes de nous restreindre à cette quantité par jour, aussi longtemps que pourrait durer la provision.

Durant les deux ou trois derniers jours, le temps ayant été sec et doux, les couvertures que nous avions tirées de la cabine se trouvèrent complètement séchées, ainsi que nos vêtements, de sorte que nous passâmes cette nuit (la nuit du 23) dans une espèce de bien-être relatif et que nous jouîmes d'un sommeil paisible, après nous être régalés d'olives et de jambon, ainsi que d'une petite ration de vin. Comme nous avions peur de voir quelqu'une de nos provisions filer par-dessus bord pendant la nuit, au cas où la brise se lèverait, nous les assujettîmes de notre mieux avec une corde aux débris du guindeau. Quant à notre tortue, que nous tenions vivement à conserver vivante aussi longtemps que possible, nous la tournâmes sur le dos, et nous l'attachâmes d'ailleurs soigneusement.

13

ENFIN !

24 juillet. – Le matin du 24 nous trouva singulièrement restaurés en forces et en courage. Malgré la situation périlleuse où nous étions placés, – ignorant notre position, à coup sûr loin de toute terre, – sans plus de nourriture que pour une quinzaine même en la ménageant soigneusement, – entièrement privés d'eau, et flottant çà et là, sur la plus piteuse épave du monde, à la merci de la houle et du vent, – les angoisses et les dangers infiniment plus terribles auxquels nous avions tout récemment et si providentiellement échappé nous faisaient considérer nos souffrances actuelles comme quelque chose d'assez ordinaire, – tant il est vrai que le bonheur et le malheur sont purement relatifs.

Au lever du soleil, nous nous préparions à recommencer nos tentatives pour rapporter quelque chose de la cambuse, quand, une vigoureuse averse étant survenue, nous mîmes tous nos soins à recueillir de l'eau avec le drap qui nous avait déjà servi à cet effet. Nous n'avions pas d'autre moyen pour recueillir la pluie que de tenir le drap tendu par le milieu avec une des ferrures des porte-haubans de misaine. L'eau, ainsi ramassée au centre, s'égouttait dans notre cruche. Nous l'avions presque remplie par ce procédé, quand une forte rafale survenant du nord nous contraignit à lâcher prise ; car notre bateau commençait à rouler si violemment que nous ne pouvions plus nous tenir sur nos pieds. Nous allâmes alors à l'avant, et, nous amarrant solidement au guindeau, comme nous avions déjà fait, nous attendîmes les événements avec beaucoup plus de calme que nous ne l'aurions cru possible dans de pareilles circonstances. A midi, le vent avait fraîchi ; c'était déjà une brise à serrer deux ris, et, à la nuit, une brise carabinée, accompagnée d'une houle effroyablement grosse. Cependant, l'expérience nous ayant appris la meilleure méthode pour arranger nos amarres, nous supportâmes cette triste nuit sans trop d'inquiétude, bien que nous fussions à chaque minute entièrement inondés, et en perpétuel danger d'être balayés par la mer. Très heureusement, le temps extrêmement chaud rendait l'eau presque agréable.

25 juillet. – Ce matin-là, la tempête calmée n'était plus qu'une brise à filer dix nœuds, et la mer était si considérablement tombée que nous pouvions nous tenir au sec sur le pont ; mais, à notre grand chagrin, nous vîmes que deux de nos jarres d'olives, aussi bien que tout le jambon, avaient été balayés par-dessus bord, en dépit de tous les soins que nous avions mis à les attacher. Nous résolûmes de ne pas encore tuer la tortue, et nous nous contentâmes pour le présent de déjeuner de quelques olives et d'une petite ration d'eau à moitié étendue de vin ; ce mélange servit beaucoup à nous soulager et à nous ranimer, et nous évitâmes ainsi la douloureuse ivresse qui était résultée du porto. La mer était encore trop grosse pour recommencer nos tentatives sur la cambuse. Pendant la journée, plusieurs articles, sans importance pour nous dans notre situation présente, montèrent à la surface à travers l'ouverture et glissèrent immédiatement par-dessus bord. Nous observâmes aussi que notre carcasse donnait de plus en plus de la bande, si bien que nous ne pouvions plus nous tenir un instant debout sans nous attacher. Aussi nous passâmes une journée mélancolique et des plus pénibles. A midi le soleil nous apparut presque au-dessus de nos têtes, et nous ne doutâmes pas que cette longue suite de vents de nord et de nord-ouest ne nous eût entraînés presque à proximité de l'équateur. Vers le soir, nous vîmes quelques requins, et nous fûmes passablement alarmés par l'un d'eux, un énorme, qui s'approcha de nous d'une façon tout à fait audacieuse. Un instant, comme une embardée avait fait plonger le pont très avant dans l'eau, le monstre nageait positivement au-dessus de nous ; il se débattit pendant quelques moments juste au-dessus de l'écoutille, et frappa vivement Peters avec sa queue. Un fort coup de mer le roula par-dessus bord à notre grande satisfaction. Avec un temps calme, nous nous en serions facilement emparés.

26 juillet. – Ce matin, le vent était bien tombé, et, la mer n'étant plus très grosse, nous résolûmes de reprendre notre pêche aux provisions dans la cambuse. Après un rude labeur qui dura toute la journée, nous vîmes qu'il n'y avait plus rien à espérer de ce côté, parce que les cloisons avaient été défoncées pendant la nuit et que les provisions avaient roulé dans la cale. Cette découverte, comme on doit le penser, nous remplit de désespoir.

27 juillet. – Mer presque unie, avec une légère brise, et toujours du nord ou de l'ouest. Le soleil dans l'après-midi étant devenu très chaud, nous nous sommes occupés à sécher nos vêtements. Trouvé beaucoup de soulagement contre la soif et de bien-être de toute façon en nous baignant dans la mer ; mais il nous fallut user en cela de beaucoup de prudence, car nous avions une grande peur des requins, dont nous avions vu nager quelques-uns autour du brick pendant la journée.

28 juillet. – Toujours beau temps. Le brick commençait alors à se coucher sur le côté d'une manière si alarmante, que nous craignions qu'il ne tournât définitivement, la carène en l'air. Nous nous préparâmes de notre mieux à cet accident. Notre tortue, notre cruche d'eau et les deux jarres restantes d'olives, nous attachâmes tout du côté du vent, aussi loin que possible en dehors de la coque, au-dessous des grands porte-haubans. Toute la journée, une mer très unie, avec peu ou point de vent.

29 juillet. – Continuation du même temps. Le bras blessé d'Auguste commençait à donner des symptômes de gangrène. Mon ami se plaignait d'un engourdissement et d'une soif excessive ; mais de douleur aiguë, point. Nous ne pouvions rien faire pour le soulager, si ce n'est de frotter ses blessures avec un peu du vinaigre des olives, et il ne semblait pas qu'il en résultât aucun avantage. Nous fîmes pour lui tout ce qui était en notre pouvoir, et nous triplâmes sa ration d'eau.

30 juillet. – Journée excessivement chaude, sans vent. Un énorme requin s'est tenu le long de la coque pendant toute l'après-midi. Nous avons fait quelques tentatives infructueuses pour le prendre au moyen d'un nœud coulant. Auguste allait beaucoup plus mal et s'affaiblissait évidemment autant par manque d'une nourriture convenable que par l'effet de ses blessures. Il suppliait sans cesse qu'on le délivrât de ses souffrances, disant qu'il n'aspirait qu'à la mort. Ce soir-là, nous mangeâmes nos dernières olives, et nous trouvâmes l'eau de notre cruche trop putride pour pouvoir l'avaler sans y mêler un peu de vin. Il fut décidé que nous tuerions notre tortue dans la matinée.

31 juillet. – Après une nuit d'inquiétude et de fatigue excessives, dues à la position du navire, nous nous mîmes à tuer et à dépecer notre tortue. Il se trouva qu'elle était beaucoup moins forte que nous ne l'avions supposé, quoique de bonne qualité ; – toute la chair que nous en pûmes tirer ne montait pas à plus de dix livres. Dans le but d'en réserver une portion aussi longtemps que possible, nous la coupâmes en tranches très minces, nous en remplîmes les trois jarres restantes et la bouteille au madère (que nous avions précieusement conservées), et nous versâmes dessus le vinaigre des olives. De cette façon, nous mîmes de côté trois livres environ de chair de tortue, nous promettant de n'y pas toucher avant d'avoir consommé le reste. Nous résolûmes de nous restreindre à une ration de quatre onces à peu près de viande par jour ; le tout devait donc nous durer treize jours. A la brune, pluie intense accompagnée d'éclairs et de violents coups de tonnerre, – mais qui dura si peu de temps, que nous ne pûmes recueillir à peu près qu'une demi-pinte d'eau. D'un consentement commun, nous donnâmes tout à Auguste, qui semblait maintenant à la dernière extrémité. Il buvait l'eau à même le drap à mesure que nous la recueillions, lui couché sur le pont, et nous, tenant le drap de manière à laisser couler l'eau dans sa bouche ; car il ne nous restait rien qui pût servir à contenir l'eau, à moins de vider le vin de la grosse bouteille d'osier ou l'eau croupie de la cruche. Nous aurions eu cependant recours à l'un de ces expédients si l'averse avait duré.

Le malade ne sembla tirer de son breuvage qu'un pauvre soulagement. Son bras était complètement noir depuis le poignet jusqu'à l'épaule, et ses pieds étaient comme de la glace. Nous nous attendions à chaque instant à lui voir rendre le dernier soupir. Il était effroyablement amaigri, à ce point que, bien qu'il pesât cent vingt-sept livres en quittant Nantucket, maintenant il ne pesait pas plus de *quarante ou cinquante livres au maximum.* Ses yeux étaient profondément enfoncés dans sa tête, visibles à peine, et la peau de ses joues pendait, lâche et traînante, au point de l'empêcher de mâcher aucune nourriture ou d'avaler aucun liquide à moins d'une excessive difficulté.

1er août. – Toujours le même temps : grand calme, avec un soleil étouffant. Horriblement souffert de la soif, l'eau de la cruche étant absolument putride et fourmillant de vermine. Nous réussîmes cependant à en avaler une partie en la mêlant avec du vin ; – mais notre soif n'en fut que médiocrement apaisée. Nous trouvâmes plus de soulagement à nous baigner dans la mer, mais nous ne pûmes recourir à cet expédient qu'à de longs intervalles, à cause de la présence continuelle des requins. Ce fut alors chose démontrée pour nous qu'Auguste était perdu ; évidemment il se mourait. Nous ne pouvions rien faire pour diminuer ses souffrances, qui semblaient horribles. Vers midi, il expira dans de violentes convulsions, et sans avoir proféré un mot depuis plusieurs heures. Sa mort nous pénétra des plus mélancoliques pressentiments, et eut sur nos esprits un effet si puissant, que nous restâmes couchés auprès du corps tout le reste du jour, sans échanger une parole, si ce n'est à voix basse. Ce ne fut qu'après la tombée de la nuit que nous eûmes le courage de nous lever et de jeter le cadavre par-dessus bord. Il était alors hideux au-delà de toute expression, et dans un tel état de décomposition, que Peters ayant essayé de le soulever, une jambe entière lui resta dans la main. Quand cette masse putréfiée glissa dans la mer par-dessus le mur du navire, nous découvrîmes, à la clarté phosphorique dont elle était pour ainsi dire enveloppée, sept ou huit requins, dont les affreuses dents rendirent, pendant qu'ils se partageaient leur proie par lambeaux, un craquement sinistre qui aurait pu être entendu à la distance d'un mille. A ce bruit funèbre, nous fûmes pénétrés d'horreur jusqu'au plus profond de notre être.

2 août. – Même temps, calme terrible, chaleur excessive. L'aube nous a surpris dans un état d'abattement pitoyable et de complet épuisement physique. L'eau de la cruche n'était vraiment plus potable ; ce n'était qu'une épaisse masse gélatineuse, mélange effrayant de vers et de vase. Nous la jetâmes, et, après avoir lavé soigneusement la cruche dans la mer, nous y versâmes un peu de vinaigre des bouteilles où nous faisions mariner les débris de la tortue. Notre soif alors était presque intolérable, et nous essayâmes vainement de l'apaiser par le vin, qui semblait de l'huile sur le feu et qui nous poussait à une violente ivresse. Nous essayâmes ensuite de soulager nos souffrances par le mélange du vin avec de l'eau de mer ; mais il en résulta immédiatement les plus violentes nausées, de sorte que nous n'y revînmes plus. Pendant tout le jour, nous guettâmes avec anxiété l'occasion de nous baigner, mais vainement ; car notre ponton était littéralement assiégé de tous côtés par les requins, – les mêmes monstres, sans aucun doute, qui avaient dévoré notre pauvre camarade dans la soirée précédente, et qui attendaient à chaque instant un nouveau régal de même nature. Cette circonstance nous causa le regret le plus amer et nous remplit des pressentiments les plus mélancoliques et les plus accablants. Le bain nous avait déjà procuré un soulagement inconcevable, et nous ne pouvions endurer l'idée de nous voir frustrés de cette ressource d'une manière si affreuse. D'ailleurs, nous n'étions pas absolument libres de toute crainte ni à l'abri d'un danger immédiat ; car la plus légère glissade ou un faux mouvement pouvait nous jeter à la portée de ces poissons voraces, qui venaient en nageant sous le vent et poussaient souvent droit jusqu'à nous. Ni cris ni mouvements de notre part ne semblaient les effrayer. L'un des plus gros, ayant été frappé d'un coup de hache par Peters, et rudement blessé, n'en persista pas moins à s'avancer jusqu'à nous. Un nuage s'éleva à la brune, mais, à notre extrême désappointement, il passa sans crever. Il est absolument impossible de concevoir ce que nous souffrions alors par la soif. En raison de ces tortures, et aussi par crainte des requins, nous passâmes une nuit sans sommeil.

3 août. – Aucune perspective de soulagement et le brick se couchant de plus en plus sur le côté, en sorte que nos pieds n'avaient plus du tout prise sur le pont. Nous être occupés à mettre en sûreté notre vin et nos restes de tortue, de manière à ne pas les perdre en cas de culbute. Arraché deux forts clous des porte-haubans de misaine, et, au moyen de la hache, les avoir enfoncés dans la coque du côté du vent, à une distance de l'eau de deux pieds environ ; ce qui n'était pas très loin de la quille, car nous étions presque sur notre côté. A ces clous nous amarrâmes nos provisions, qui nous parurent plus en sûreté qu'à l'endroit où nous les avions placées précédemment. Horribles souffrances par la soif pendant toute la journée ; – pas d'occasion de nous baigner, à cause des requins qui ne nous quittèrent pas d'un instant. Le sommeil, impossible.

4 août. – Un peu de temps avant le point du jour nous nous aperçûmes que le navire tournait la quille en l'air, et nous nous ingéniâmes pour éviter d'être lancés par le mouvement. D'abord, la révolution fut lente et graduée, et nous réussîmes très bien à grimper tout en haut du côté du vent, ayant eu l'heureuse idée de laisser traîner des bouts de corde aux clous qui retenaient nos provisions. Mais nous n'avions pas suffisamment calculé l'accélération de la force impulsive ; car le mouvement devenait maintenant trop violent pour nous permettre de marcher de pair avec lui, et, avant que nous eussions eu le temps de nous reconnaître, nous nous sentîmes impétueusement précipités dans la mer, nous débattant à plusieurs brasses au-dessous du niveau de l'eau, avec l'énorme coque juste au-dessus de nous.

En plongeant sous l'eau j'avais été obligé de lâcher ma corde : et, sentant que j'étais absolument sous le navire, mes pauvres forces complètement épuisées, je fis à peine un effort pour sauver ma vie, et en quelques secondes je me résignai à mourir. Mais encore en ceci je m'étais trompé, et je n'avais pas réfléchi au rebondissement naturel de la coque du côté du vent. Le tourbillonnement de l'eau qui remontait, causé par cette révolution partielle du navire, me ramena à la surface encore plus vivement que je n'avais été plongé. En revenant au-dessus de l'eau, je me trouvai à peu près à 20 yards de la coque, autant que j'en pus juger. Le navire avait tourné la quille en l'air et se balançait furieusement bord sur bord, et tout autour, dans tous les sens, la mer était très agitée et pleine de violents tourbillons. Plus de Peters. Une barrique d'huile flottait à quelques pieds de moi, et d'autres articles provenant du brick étaient éparpillés çà et là.

Ma principale terreur avait pour objet les requins, que je savais être dans mon voisinage. Pour les éloigner de moi, s'il était possible, je battis violemment l'eau de mes pieds et de mes mains, tout en nageant vers la coque, et faisant ainsi une masse d'écume. Je ne doute pas que ce ne soit à cet expédient, si simple qu'il fût, que je dus mon salut ; car, avant que le brick ne tournât, la mer tout autour fourmillait tellement de ces monstres, que j'ai dû être et que j'ai été positivement en contact immédiat avec eux durant mon trajet. Par grand hasard et très heureusement, j'atteignis toutefois le bord du navire sain et sauf ; mais j'étais si complètement épuisé par les violents efforts qu'il m'avait fallu déployer, que je n'aurais jamais pu y remonter sans l'assistance opportune de Peters, qui, ayant grimpé sur la quille par l'autre côté de la coque, reparut alors à ma grande joie, et me jeta un bout de corde, – d'une de celles que nous avions attachées aux clous.

A peine avions-nous échappé à ce danger que notre

attention fut attirée par une autre imminence non moins terrible : mourir absolument de faim. Toutes nos provisions avaient disparu, avaient été balayées en dépit de tout le soin que nous avions mis à les placer en lieu de sûreté ; et, ne voyant plus aucune possibilité de nous en procurer d'autres, nous nous abandonnâmes tous les deux au désespoir, et nous nous mîmes à sangloter comme des enfants, aucun des deux n'essayant même de donner du courage à l'autre. A peine pourra-t-on comprendre une pareille faiblesse, et ceux qui ne se sont jamais trouvés à pareille fête la jugeront sans doute hors nature ; mais on doit se rappeler que notre intelligence était si complètement désorganisée par cette longue série de privations et de terreurs, que nous ne pouvions pas en ce moment être considérés comme jouissant des lumières des êtres raisonnables. Dans des périls subséquents, presque aussi graves, si ce n'est plus, j'ai lutté avec courage contre toutes les douleurs de ma situation, et Peters, comme on le verra, a montré une philosophie stoïque, presque aussi inconcevable que son abandon actuel et sa présente imbécillité enfantine ; – le tempérament moral a fait toute la différence.

Le renversement du brick, et même la perte du vin et de la tortue qui en était la conséquence, n'avaient pas, en somme, rendu notre situation beaucoup plus misérable qu'auparavant, n'était la disparition des draps et des couvertures, qui nous avaient servi jusqu'ici à recueillir l'eau de pluie, et de la cruche dans laquelle nous la conservions ; car nous trouvâmes toute la carène, à partir de deux ou trois pieds de la préceinte jusqu'à la quille, et toute la quille elle-même, *recouvertes d'une couche épaisse de gros cirrho-*

podes, qui nous fournirent une nourriture excellente et des plus substantielles. Ainsi l'accident qui d'abord nous avait causé une si grande frayeur avait tourné à notre profit plutôt qu'à notre dommage, relativement à deux choses des plus importantes ; il nous avait découvert une mine de provisions que nous n'aurions pas pu, même en l'attaquant avec modération, épuiser en un mois ; et il avait fortement contribué à alléger notre position, car nous nous trouvions maintenant bien plus à notre aise et infiniment moins exposés qu'auparavant.

Cependant la difficulté de nous procurer de l'eau nous fermait les yeux sur tous les bénéfices résultant de notre changement de position. Pour nous mettre en mesure de profiter, autant que possible, de la première ondée qui pouvait survenir, nous ôtâmes nos chemises afin d'en user comme nous avions fait des draps ; mais, naturellement, nous n'espérions pas par ce moyen en recueillir, même dans les circonstances les plus favorables, plus d'un huitième de pinte en une fois. Aucune apparence de nuage ne se manifesta de toute la journée, et les souffrances de la soif devinrent presque intolérables. A la nuit, Peters parvint à attraper une heure à peu près d'un sommeil agité ; quant à moi, l'intensité de mes souffrances ne me permit pas de fermer les yeux un seul instant.

5 août. – Ce jour-là, une jolie brise se leva qui nous porta à travers une masse d'algues, parmi lesquelles nous eûmes le bonheur de découvrir onze petits crabes qui nous fournirent plusieurs repas délicieux. Comme les écailles en étaient très tendres, nous les mangeâmes tout entiers, et nous découvrîmes qu'ils irritaient notre soif beaucoup moins que les cirrhopodes. Ne voyant pas trace de requins parmi les algues, nous nous hasardâmes à nous baigner, et nous restâmes dans l'eau quatre ou cinq heures, pendant lesquelles nous sentîmes une notable diminution dans notre soif. Nous en fûmes singulièrement réconfortés, et, ayant pu tous deux attraper un peu de sommeil, nous passâmes une nuit un peu moins pénible que la précédente.

6 août. – Nous fûmes ce jour-là gratifiés d'une pluie serrée et continue qui dura depuis midi environ jusqu'après la brune. Alors, nous déplorâmes amèrement la perte de notre cruche et de notre bouteille d'osier ; car, malgré l'insuffisance de nos moyens actuels pour recueillir l'eau, nous aurions pu remplir l'une d'elles, si ce n'est toutes les deux. En somme, nous réussîmes à apaiser les ardeurs de notre soif en laissant nos chemises se saturer d'eau et en les tordant de manière à exprimer dans notre bouche le liquide béatifique. La journée entière se passa dans cette occupation.

7 août. – Juste au point du jour, nous découvrîmes tous deux, au même instant, une voile à l'est *qui se dirigeait évidemment vers nous !* Nous saluâmes cette splendide apparition par un long et faible cri d'extase ; et nous nous mîmes immédiatement à faire tous les signaux possibles, à fouetter l'air de nos chemises, à sauter aussi haut que notre faiblesse le permettait, et même à crier de toute la force de nos poumons, bien que le navire fût à une distance de quinze milles au moins. Cependant, il continuait toujours à se rapprocher de notre coque, et nous comprîmes que, s'il gouvernait toujours du même côté, il viendrait infailliblement assez près de nous pour nous apercevoir. Une heure environ après que nous l'eûmes découvert, nous pouvions facilement distinguer les hommes sur le pont. C'était une goélette longue et basse, avec une mâture très inclinée sur l'arrière, et qui semblait posséder un nombreux équipage. Nous éprouvâmes alors une forte angoisse ; car nous ne pouvions nous imaginer qu'elle ne nous vît pas, et nous tremblions qu'elle ne voulût nous abandonner à notre sort et nous laisser périr sur les débris de notre navire, – acte de barbarie vraiment diabolique, maintes fois accompli sur mer, quelque incroyable que cela puisse paraître, par des êtres qui étaient regardés comme appartenant à l'espèce humaine[1]. Mais nous étions cette fois, grâce à Dieu, destinés à nous tromper heureusement ; car bientôt nous aperçûmes un mouvement soudain sur le pont du navire

1. Le cas du brick *Polly*, de Boston, se présente si naturellement ici, et sa destinée ressemble à tous égards si bien à la nôtre, que je ne puis résister au désir de le citer. Ce navire, de la contenance de 130 tonneaux, fit voile de Boston avec une cargaison de munitions et de vivres, pour Sainte-Croix, le 12 décembre 1811, sous le commandement du capitaine Casneau. Il y avait, sans compter le capitaine, huit personnes à bord : le second, quatre matelots et le coq, plus un monsieur Hunt, avec une négresse lui appartenant. Le 15, après avoir passé le banc de George, il fit une voie d'eau dans un coup de vent de sud-est, et enfin il chavira : mais, le grand mât étant parti par-dessus bord, il se releva bientôt. Ils restèrent dans cette situation, sans feu, et avec très peu de provisions, pendant une période de *cent quatre-vingt-onze jours* (du 15 décembre au 20 juin). Le capitaine Casneau et Samuel Bodger, les seuls survivants, furent alors recueillis par le *Fame*, de Hull, capitaine Featherstone, en retour pour Rio de Janeiro. Quand on les trouva, ils étaient à 28° de latitude nord, 13° de longitude ouest ; *ils avaient ainsi dérivé de deux mille milles !* Le 9 juillet, le *Fame* rencontrait le brick *Dromeo*, capitaine Parkins, qui débarqua ces deux infortunés à Kennebec. La relation d'où nous tirons ces détails se termine par les lignes suivantes :

« Il est tout naturel de demander comment ils ont pu flotter dans un si long espace sur la partie la plus fréquentée de l'Atlantique sans avoir été aperçus par qui que ce soit pendant

étranger, qui hissa immédiatement le pavillon anglais, et, serrant le vent, gouverna droit sur nous. Une demi-heure après, nous étions dans la chambre. Cette goélette était la *Jane Guy*, de Liverpool, capitaine Guy, partie pour chasser le veau marin et trafiquer dans les mers du Sud et le Pacifique.

tout ce temps. *Plus de douze navires passèrent près d'eux, dont l'un s'approcha au point qu'ils purent voir distinctement les gens sur le pont et dans le gréement, qui les regardaient ; mais, au grand désappointement de ces malheureux, glacés et mourant de faim, ceux-ci étouffèrent la voix impérative de la charité, hissèrent de la toile, et les abandonnèrent à leur cruelle destinée.* » – *E.A.P.*

14

ALBATROS ET PINGOUINS

La *Jane Guy* était une goélette de belle apparence, de la contenance de cent quatre-vingts tonneaux. Elle était singulièrement effilée de l'avant, et au plus près, par un temps maniable, c'était bien le meilleur marcheur que j'aie jamais vu. Toutefois ses qualités, comme bateau propre à tenir la mer, étaient loin d'être aussi grandes, et son tirant d'eau était beaucoup trop considérable pour l'usage auquel elle était destinée. Pour ce service particulier, on a surtout besoin d'un navire plus gros et d'un tirant d'eau relativement faible, – c'est-à-dire d'un navire de trois à trois cent cinquante tonneaux. Elle aurait dû être gréée en trois-mâts-barque, et différer à tous égards des constructions usitées pour les mers du Sud. Il eût été indispensable qu'elle fût bien armée. Elle aurait dû avoir dix ou douze caronades de douze, et deux ou trois beaucoup plus longues avec des espingoles de bronze et des caissons imperméables à l'eau pour chaque hune. Ses ancres et ses câbles auraient dû être beaucoup plus forts que ne l'exige tout autre service, et, par-dessus tout, il lui fallait un équipage nombreux et montant au moins à cinquante ou soixante hommes solides, ce qu'il faut à un navire de l'espèce en question. La *Jane Guy* possédait un équipage de trente-cinq hommes, tous bons marins, sans compter le capitaine et le second ; mais elle n'était ni aussi bien armée ni aussi bien équipée qu'aurait pu le désirer un navigateur familiarisé avec les dangers et les difficultés de ce métier.

Le capitaine Guy était un gentleman de manières tout à fait distinguées, possédant une remarquable expérience de tout le négoce du Sud, auquel il avait consacré la plus grande partie de sa vie ; mais il manquait d'énergie et conséquemment de l'esprit indispensable dans une entreprise de ce genre. Il était copropriétaire du navire sur lequel il faisait ses voyages, et possédait un pouvoir discrétionnaire pour croiser dans les mers du Sud et embarquer toute cargaison qu'il pourrait se procurer facilement. Il avait à bord, comme cela est d'usage dans ces sortes d'expéditions, des colliers, des miroirs, des briquets, des haches, des cognées, des scies, des erminettes, des rabots, des ciseaux, des gouges, des vrilles, des limes, des planes, des râpes, des marteaux, des clous, des couteaux, des ciseaux à découper, des rasoirs, des aiguilles, du fil, de la faïencerie, du calicot, de la bijouterie commune, et autres articles de même nature.

La goélette était partie de Liverpool le 10 juillet, avait passé le tropique du Cancer le 25 par 20° de longitude ouest, et le 29, ayant atteint Sal, une des îles du Cap-Vert, elle y avait pris du sel et autres provisions nécessaires pour le voyage. Le 3 août, elle avait quitté le cap Vert et avait gouverné au sud-ouest, en portant sur la côte du Brésil, de manière à traverser l'équateur entre 28° et 30° de longitude ouest. C'est la route habituellement suivie par les navires qui vont d'Europe au cap de Bonne-Espérance, ou qui vont au-delà, jusqu'aux Indes orientales. En suivant ce chemin, ils évitent les calmes et les forts courants contraires qui règnent continuellement sur la côte de Guinée, de sorte que, tout compte fait, c'est le chemin le plus court, parce qu'on est toujours sûr de trouver ensuite des vents d'ouest qui vous poussent jusqu'au Cap. Le capitaine Guy avait l'intention de faire sa première relâche à la terre de Kerguelen, – je ne sais trop pour quelle raison. Le jour où nous fûmes recueillis par lui, la goélette était à la hauteur du cap Saint-Roque, par 31° de longitude ouest, de sorte que, quand il nous découvrit, *il est probable que nous n'avions pas dérivé de moins de vingt-cinq degrés*, du nord au sud !

A bord de la *Jane Guy*, nous fûmes traités avec toute la bienveillance que réclamait notre déplorable état. En une quinzaine de jours à peu près, pendant lesquels on gouverna continuellement vers le sud-est, avec beau temps et jolies brises, Peters et moi nous fûmes complètement remis de nos dernières privations et de nos terribles souffrances, et bientôt tout le passé nous apparut plutôt comme un rêve effrayant d'où le réveil nous avait heureusement arrachés, que comme une suite d'événements ayant pris place dans la positive et pure réalité. J'ai eu depuis lors occasion de remarquer que cette espèce d'oubli partiel est ordinairement amené par une transition soudaine soit de la joie à la douleur, soit de la douleur à la joie, – la puissance d'oubli étant toujours proportionnée à l'énergie du contraste. Ainsi, dans mon propre cas, il me semblait maintenant impossible de réaliser le total des misères que j'avais endurées pendant les jours passés sur notre ponton. On se rappelle bien les incidents, mais non plus les sensations engendrées par les circonstances successives. Tout ce que je sais, c'est que, au fur et à mesure que ces événements se produisaient, j'étais toujours convaincu que la nature humaine était incapable d'endurer la douleur à un degré au-delà.

Pendant quelques semaines, nous continuâmes notre voyage sans incidents autrement importants, si ce n'est que nous rencontrâmes de temps en temps des baleiniers, et plus souvent encore des baleines noires ou baleines franches, qu'on nomme ainsi pour les distinguer des cachalots. Le 16 septembre, comme nous étions à proximité du cap de Bonne-Espérance, la goélette attrapa son premier coup de vent un peu sérieux depuis son départ de Liverpool. Dans ces parages, mais plus fréquemment au sud et à l'est du promontoire (nous étions à l'ouest), les navigateurs ont souvent à lutter contre les tempêtes du nord, qui soufflent avec une rage effroyable. Elles amènent toujours une grosse houle, et un de leurs caractères les plus dangereux est la saute de vent, la saute de vent subite, accident qui a presque toujours lieu au plus fort de la tempête. Un véritable ouragan soufflera, à un moment donné, du nord ou du nord-est, et une minute après il ne viendra pas un souffle de vent du même côté ; c'est au sud-ouest qu'aura sauté la tempête, et avec une violence presque inimaginable. Une éclaircie au sud-ouest est le symptôme avant-coureur le plus sûr d'un pareil changement, et les navires ont ainsi le moyen de prendre les précautions nécessaires.

Il était à peu près six heures du matin quand le

coup de temps arriva, du nord comme d'habitude, avec une rafale qu'aucun nuage n'avait annoncée. A huit heures, le vent s'était considérablement accru et avait lâché sur nous une des plus effroyables mers que j'aie jamais vues. On avait tout serré, aussi bien que possible, mais la goélette fatiguait horriblement et montrait son impuissance à bien tenir la mer, piquant violemment de l'avant à chaque fois qu'elle descendait sur la lame, et remontant avec la plus grande difficulté en attendant qu'elle fût engloutie par une lame nouvelle. Juste avant le coucher du soleil, l'éclaircie que nous attendions avec inquiétude apparut au sud-ouest, et une heure plus tard notre unique petite voile d'avant ralinguait contre le mât. Deux minutes après, nous étions, en dépit de toutes nos précautions, jetés sur le côté comme par magie, et un effroyable tourbillon d'écume venait briser sur nous par le travers. Par grand bonheur, il se trouva que le coup de vent du sud-ouest n'était qu'une rafale momentanée, et nous eûmes la chance de nous relever sans avoir perdu un espar. Une grosse mer creuse nous causa pendant quelques heures encore beaucoup d'inquiétude ; mais, vers le matin, nous nous trouvâmes à peu près dans d'aussi bonnes conditions qu'avant la tempête. Le capitaine Guy jugea que nous l'avions échappé belle et que notre salut était presque un miracle.

Le 13 octobre, nous arrivâmes en vue de l'île du Prince-Edouard, par 46° 53' de latitude sud et 37° 46' de longitude est. Deux jours après, nous nous trouvions près de l'île de la Possession ; nous doublâmes bientôt les îles Crozet par 52° 59' de latitude sud et 48° de longitude est. Le 18, nous atteignîmes l'île de Kerguelen ou de la Désolation, dans l'océan Indien du Sud, et nous jetâmes l'ancre à Christmas-Harbour, sur quatre brasses d'eau.

Cette île ou plutôt ce groupe d'îles est situé au sud-est du cap de Bonne-Espérance, à une distance de 800 lieues environ. Il fut découvert en 1772 par le baron de Kergulen ou Kerguelen, un Français qui, présumant que cette terre n'était qu'une portion d'un vaste continent au sud, fit à son retour un rapport dans ce sens, qui produisit alors une grande curiosité. Le gouvernement, s'emparant de la question, y renvoya le baron l'année suivante, dans le but de vérifier de nouveau sa découverte, et ce fut alors qu'on s'aperçut de la méprise. En 1777, le capitaine Cook aborda au même groupe, et donna à l'île le nom d'île de la Désolation, nom qu'elle mérite bien certainement. En approchant de la terre, le navigateur pourrait toutefois s'y tromper et supposer le contraire, car le versant de presque toutes les collines, depuis septembre jusqu'à mars, est revêtu de la plus brillante verdure. Cet aspect illusoire est causé par une petite plante qui ressemble aux saxifrages et qui abonde dans les îles, croissant par larges nappes sur une espèce de mousse sans consistance. Sauf cette plante, on y trouve à peine trace de végétation, si nous exceptons toutefois près du port un peu de gazon sauvage et dur, quelques lichens, et un arbuste qui ressemble à un chou arrivé à maturité, et qui a un goût amer et âcre.

L'aspect du pays est montagneux, bien qu'aucune de ses collines ne puisse s'appeler une montagne. Leurs sommets sont éternellement couverts de neige. Il y a plusieurs ports, et Christmas-Harbour est le plus commode. C'est le premier qu'on trouve du côté est de l'île, quand on a doublé le cap François, qui marque le côté nord et qui sert, par sa forme particulière, à distinguer le port. Il se projette, par son extrémité, en un rocher très élevé, à travers lequel s'ouvre un grand trou, qui forme une arche naturelle. L'entrée est par 48° 40' de latitude sud et 69° 6' de longitude est. Quand on a passé, on peut trouver un bon mouillage à l'abri de quelques petites îles qui vous protègent suffisamment contre tous les vents d'est. En avançant vers l'est à partir de ce mouillage, on trouve Wasp-Bay, à l'entrée du port. C'est un petit bassin complètement fermé par la terre, dans lequel vous pouvez entrer sur quatre brasses d'eau et en trouver de deux à trois pour le mouillage, avec un fond d'argile compacte. Un navire peut rester là toute l'année sur sa seconde ancre sans aucun péril. A l'entrée de Wasp-Bay, à l'ouest, coule un petit ruisseau qui fournit une eau excellente, qu'on peut se procurer aisément.

On trouve dans l'île de Kerguelen quelques veaux marins à soies et à fourrure, et les phoques à trompe ou éléphants de mer y abondent. Les pingouins s'y trouvent en masse, et il y en a de quatre familles différentes. Le pingouin royal, ainsi nommé à cause de sa taille et de la beauté de son plumage, est le plus gros de tous. La partie supérieure de son corps est ordinairement grise, quelquefois teintée de lilas ; la partie inférieure est du blanc le plus pur qu'on puisse imaginer. La tête est d'un noir lustré et très brillant, ainsi que les pieds. Mais la beauté principale du plumage consiste dans deux larges raies couleur d'or qui descendent de la tête à la poitrine. Le bec est long, quelquefois rose, quelquefois d'un rouge vif. Ces oiseaux marchent très droit, avec une allure pompeuse. Ils portent la tête très haut, avec leurs ailes pendantes, comme deux bras ; et comme la queue se projette hors du corps sur la même ligne que les cuisses, l'analogie avec la figure humaine est vraiment frappante et pourrait tromper le spectateur au premier coup d'œil ou dans le crépuscule du soir. Les pingouins royaux que nous trouvâmes sur la terre de Kerguelen étaient un peu plus gros que des oies. Les autres genres sont : le pingouin *macaroni*, le *jack-ass* et le pingouin *rookery*. Ils sont beaucoup plus petits, d'un plumage moins beau, et différents à tous égards.

Outre le pingouin, on trouve encore sur cette île beaucoup d'autres oiseaux, parmi lesquels on peut citer le fou, le pétrel bleu, la sarcelle, le canard, la poule de Port-Egmont, le cormoran vert, le pigeon du Cap, la *nelly*, l'hirondelle de mer, la sterne, la guifette, le pétrel des tempêtes, ou *Mother Carey's chicken*, le grand pétrel, ou, dans la langue des marins, *Mother Carey's goose*, enfin l'albatros.

Le grand pétrel est aussi gros que l'albatros commun, et il est carnivore. On le nomme souvent pétrel brise-os ou pétrel-balbusard. Ces oiseaux ne sont pas du tout farouches, et quand ils sont convenablement assaisonnés, ils font une nourriture assez passable. Quelquefois, en volant, ils rasent de très près la surface des eaux, avec les ailes étendues, et sans paraître les remuer ou s'en servir le moins du monde.

L'albatros est un des plus gros et des plus rapides oiseaux des mers du Sud. Il appartient à l'espèce goéland, et saisit sa proie au vol, ne se posant jamais à terre que pour s'occuper des jeunes. Cet oiseau et le pingouin sont liés de la plus singulière sympathie. Leurs nids sont construits d'une manière très uniforme, sur un plan concerté entre les deux espèces, celui de l'albatros étant placé au centre d'un petit carré formé par les nids de quatre pingouins. Les navigateurs se sont accordés à appeler cette sorte d'établissement, ou assemblage de nids, une *rookery*. Ces espèces de colonies ont été décrites plus d'une fois ; mais, comme tous nos lecteurs n'ont peut-être pas lu ces descriptions, et comme j'aurai plus tard l'occasion de parler du pingouin et de l'albatros, il ne me paraît pas hors de propos de dire ici quelques mots sur leur mode de construction et d'existence.

Quand la saison de l'incubation est arrivée, ces oiseaux se rassemblent par vastes troupes, et pendant quelques jours ils semblent délibérer sur la meilleure méthode à suivre. Enfin ils procèdent à l'action. Ils choisissent un emplacement uni, d'une étendue convenable, embrassant 3 ou 4 acres ordinairement, et situé aussi près de la mer que possible, quoique toujours au-delà de ses atteintes. Ce qui les dirige particulièrement dans le choix du lieu est l'égalité de surface, et l'endroit préféré est celui qui est le moins encombré de pierres. Cette question vidée, les oiseaux se mettent d'un commun accord, et comme mus par un seul esprit, à faire, avec une correction mathématique, le tracé d'un carré ou de tout autre parallélogramme, le plus adaptable à la nature du terrain et d'une étendue suffisante pour loger toute la population, mais pas davantage, – semblant ainsi exprimer leur intention de fermer la colonie à tout vagabond qui n'aurait pas participé au travail du campement. L'un des côtés de la place court parallèlement au bord de la mer et reste ouvert pour les oiseaux qui entrent ou qui sortent.

Après avoir tracé les limites de l'habitation, ils commencent à la débarrasser de toute espèce de débris, ramassant tout, pierre à pierre, et le portant en dehors, mais tout près des lignes d'enceinte, de manière à élever une muraille sur les trois côtés qui regardent la terre. Contre ce mur et en dedans, ils forment une allée parfaitement plane et unie, large de 6 à 8 pieds, qui s'étend tout autour du campement, à cette fin d'établir une sorte de promenoir commun.

L'opération qui suit consiste à partager tout le terrain en petits carrés absolument égaux en dimension. Ils font, pour obtenir cette division, des sentiers étroits, parfaitement aplanis et se croisant à angles droits, à travers toute l'étendue de la *rookery*. A chaque intersection se trouve un nid d'albatros et au centre de chaque carré un nid de pingouin, de sorte que chaque pingouin est entouré de quatre albatros, et chaque albatros d'un nombre égal de pingouins. Le nid du pingouin consiste en un trou creusé dans la terre, seulement à une profondeur suffisante pour empêcher son œuf unique de rouler. L'albatros adopte un arrangement un peu moins simple, et élève un petit monticule, haut d'un pied à peu près et large de deux. Il le façonne avec de la terre, des algues et des coquilles. Au sommet il bâtit son nid.

Les oiseaux prennent un soin spécial pour ne jamais laisser les nids inoccupés pendant toute la durée de l'incubation, et même jusqu'à ce que la progéniture soit suffisamment forte pour se pourvoir elle-même. Pendant l'absence du mâle qui est allé en mer à la recherche de la nourriture, la femelle reste à ses fonctions, et c'est seulement au retour de son compagnon qu'elle se permet de sortir. Les œufs ne restent jamais sans être couvés ; quand un oiseau quitte le nid, l'autre niche à son tour. Cette précaution est indispensable à cause du penchant à la filouterie qui règne dans la colonie, les habitants ne se faisant aucun scrupule de se voler réciproquement leurs œufs à chaque bonne occasion.

Bien qu'il existe quelques établissements de ce genre, peuplés uniquement de pingouins et d'albatros, cependant on trouve dans la plupart une assez grande variété d'oiseaux océaniques qui jouissent de tous les droits de cité, éparpillant leurs nids çà et là, partout où ils peuvent trouver de la place, mais n'usurpant jamais les postes occupés par les plus grosses espèces. L'aspect de ces colonies, quand on les aperçoit de loin, est excessivement singulier. Tout l'espace atmosphérique au-dessus de l'établissement est obscurci par une multitude d'albatros (mêlés d'espèces plus petites) qui planent continuellement sur la *rookery*, soit qu'ils partent pour l'Océan, soit qu'ils rentrent chez eux. En même temps, on remarque une foule de pingouins dont les uns vont et viennent à travers les ruelles étroites, et d'autres marchent, avec cette pompeuse allure militaire qui les caractérise, le long du promenoir commun qui fait le tour de la cité. Bref, de quelque façon qu'on envisage la chose, rien n'est plus surprenant que le sens de réflexion manifesté par ces êtres emplumés, et rien, à coup sûr, n'est mieux fait pour provoquer la méditation dans toute intelligence humaine bien ordonnée.

Le matin même de notre arrivée à Christmas-Harbour, le second, – M. Patterson, – fit amener les embarcations pour se mettre à la recherche du veau marin (bien que la saison fût peu avancée), et laissa le capitaine, avec un jeune parent à lui, sur un point du rivage à l'ouest, ces messieurs ayant probablement à faire, à l'intérieur de l'île, quelque chose dont je n'ai pu être instruit. Le capitaine Guy emporta avec lui une bouteille, dans laquelle était une lettre cachetée, et se dirigea de l'endroit où il mit pied à terre vers un des pics les plus élevés du pays. Il est présumable qu'il avait l'intention de déposer la lettre sur cette hauteur pour quelque navire qu'il savait devoir aborder après lui. Aussitôt que nous l'eûmes perdu de vue (car Peters et moi, nous étions dans le canot du second), nous commençâmes à explorer la côte, à la recherche du veau marin. Nous employâmes environ trois semaines à cette besogne, examinant avec un soin minutieux tous les coins et recoins, non seulement à la terre de Kerguelen, mais aussi dans quelques petites îles voisines. Cependant nos travaux ne furent pas couronnés d'un succès bien notable. Nous vîmes beaucoup de phoques à fourrure, mais ils étaient extrêmement soupçonneux, et, en nous donnant un mal infini, nous ne pûmes nous procurer que trois cent cinquante peaux en tout. Les éléphants de mer, ou phoques à trompe, abondent particulièrement sur la côte est de l'île principale, mais nous n'en tuâmes qu'une vingtaine, et encore avec la plus grande difficulté. Sur les petites îles nous découvrîmes une grande quantité de phoques à poil rude, mais nous les laissâmes tranquilles. Le 11 novembre nous revînmes à bord de la goélette, où nous trouvâmes le capitaine Guy et son neveu, qui nous firent sur l'intérieur de l'île un détestable rapport, la représentant comme une des contrées les plus tristes et les plus stériles de l'univers. Ils avaient passé deux nuits à terre, grâce à un malentendu entre eux et le lieutenant, qui ne leur avait pas envoyé, aussi tôt qu'il l'aurait fallu, une embarcation pour les ramener à bord.

15

LES ÎLES INTROUVABLES

Le 12, nous partîmes de Christmas-Harbour, en revenant sur notre route à l'ouest et laissant à bâbord l'île Marion, une des îles de l'archipel Crozet. Nous passâmes ensuite l'île du Prince-Edouard, que nous laissâmes aussi sur notre gauche ; puis, gouvernant plus au nord, nous atteignîmes en quinze jours les îles de Tristan da Cunha, situées à 37° 8' de latitude sud et 12° 8' de longitude ouest.

Ce groupe, si bien connu aujourd'hui, et qui se compose de trois îles circulaires, fut découvert primitivement par les Portugais, visité plus tard par les Hollandais en 1643, et par les Français en 1767. Les trois îles forment ensemble un triangle et sont distantes l'une de l'autre de 10 milles environ, laissant ainsi entre elles de larges passes. Dans toutes les trois, la côte est très haute, particulièrement à celle proprement dite Tristan da Cunha. C'est l'île la plus grande du groupe : elle a 15 milles de circonférence, et elle est si élevée que par un temps clair on peut l'apercevoir d'une distance de 80 ou 90 milles. Une partie de la côte vers le nord s'élève perpendiculairement au-dessus de la mer à plus de 1 000 pieds. A cette hauteur il existe un plateau qui s'étend presque jusqu'au centre de l'île, et de ce plateau s'élance un cône semblable au pic de Ténériffe. La moitié inférieure de ce cône est revêtue d'arbres assez gros, mais la région supérieure est une roche nue, ordinairement cachée par les nuages et recouverte de neige pendant la plus grande partie de l'année. Il n'y a aux environs de l'île ni hauts-fonds ni dangers d'aucune espèce ; les côtes sont singulièrement nettes et hardiment coupées, et les eaux sont profondes. Sur la côte du nord-ouest se trouve une baie, avec une plage de sable noir, où un canot peut facilement atterrir pourvu qu'il ait pour lui une brise du sud. On y trouve sans peine d'excellente eau en abondance, et l'on y pêche, à l'hameçon et à la ligne, la morue et autres poissons.

L'île la plus grande après celle-ci, et le plus à l'ouest du groupe, s'appelle l'Inaccessible. Sa position exacte est par 37° 7' de latitude sud et 12° 24' de longitude ouest. Elle a 7 ou 8 milles de circuit et se présente de tous côtés sous l'aspect d'un rempart à pic. Le sommet est parfaitement aplati, et tout le pays est stérile ; rien n'y vient, excepté quelques arbustes rabougris.

L'île Nightingale, la plus petite et la plus au sud, est située à 37° 26' de latitude sud et 12° 12' de longitude ouest. Au large de son extrémité sud se trouve un récif assez élevé formé de petits îlots rocheux ; on en voit encore quelques-uns de semblable aspect au nord-est. Le terrain est stérile et irrégulier, et une vallée profonde traverse l'île en partie.

Les côtes de ces îles abondent, dans la saison favorable, en lions marins, éléphants marins, veaux marins et phoques à fourrure, ainsi qu'en oiseaux océaniques de toute sorte. La baleine aussi est fréquente dans le voisinage. La facilité avec laquelle on s'emparait autrefois de ces différents animaux fit que ce groupe fut, dès sa découverte, fréquemment visité. Les Hollandais et les Français y vinrent souvent et dès les premiers temps. En 1790, le capitaine Patten, commandant le vaisseau *Industry*, de Philadelphie, fit un voyage à Tristan da Cunha, où il resta sept mois (d'août 1790 à avril 1791), pour recueillir des peaux de veaux marins. Durant cette période, il n'en ramassa pas moins de cinq mille six cents, et il affirme qu'il n'aurait pas eu de peine à faire en trois semaines un chargement d'huile pour un grand navire. A son arrivée, il ne trouva pas de quadrupèdes, à l'exception de quelques ægagres ou chèvres sauvages ; maintenant l'île est fournie de tous nos meilleurs animaux domestiques, qui y ont été successivement introduits par les navigateurs.

Je crois que ce fut peu de temps après l'expédition du capitaine Patten, que le capitaine Colquhoun, du brick américain *Besey*, toucha à la plus grande des îles pour se ravitailler. Il planta des oignons, des pommes de terre, des choux et une foule d'autres légumes qu'on y trouve encore maintenant en abondance.

En 1811, un certain capitaine Heywood, du *Nereus*, visita Tristan. Il y trouva trois Américains qui étaient demeurés sur les îles pour préparer de l'huile et des peaux de veaux marins. L'un de ces hommes se nommait Jonathan Lambert, et il s'intitulait lui-même le souverain du pays. Il avait défriché et cultivé environ soixante acres de terre, et mettait alors tous ses soins à y introduire, le caféier et la canne à sucre, dont il avait été fourni par le ministre américain résidant à Rio de Janeiro. Finalement cet établissement fut abandonné, et, en 1817, le gouvernement anglais envoya un détachement du cap de Bonne-Espérance pour prendre possession des îles. Cependant ces nouveaux colons n'y restèrent pas longtemps ; mais, après l'évacuation du pays comme possession de la Grande-Bretagne, deux ou trois familles anglaises y établirent leur résidence en dehors de tout concours du gouvernement.

Le 25 mars 1824, le *Berwick*, capitaine Jeffrey, parti de Londres à destination de la terre de Van-Diémen, toucha à l'île, où l'on trouva un Anglais nommé Glass, ex-caporal dans l'artillerie anglaise. Il s'arrogeait le titre de gouverneur suprême des îles et avait sous son contrôle vingt et un hommes et trois femmes. Il fit un rapport très favorable de la salubrité du climat et de la nature productive du sol. Cette petite population s'occupait principalement à recueillir des peaux de phoques et de l'huile d'éléphant marin, dont elle trafiquait avec le cap de Bonne-Espérance, Glass étant propriétaire d'une petite goélette. A l'époque de notre arrivée, le gouverneur résidait encore, mais la petite communauté s'était multipliée : il y avait à Tristan da Cunha soixante-cinq individus, sans compter une colonie secondaire de sept personnes sur l'île Nightingale. Nous n'eûmes aucune peine à nous ravitailler convenablement, – car les moutons, les cochons, les bœufs, les lapins, la volaille, les chèvres, le poisson de diverses espèces et les légumes s'y trouvaient en grande abondance. Nous jetâmes l'ancre tout auprès de la grande île, sur dix-huit brasses de profondeur, et nous embarquâmes très convenablement à notre bord tout ce dont nous avions besoin. Le capitaine Guy acheta aussi à Glass cinq cents peaux de phoques et une certaine quantité d'ivoire. Nous restâmes là une semaine, pendant laquelle les vents régnèrent toujours du nord-ouest, avec un temps passablement brumeux. Le 5 décembre, nous cinglâmes vers le sud-ouest pour faire une exploration positive relativement à un certain groupe d'îles nommées les Auroras, sur l'existence desquelles les opinions les plus diverses ont été émises.

On prétend que ces îles ont été découvertes, dès 1762, par le commandant du trois-mâts *Aurora*. En 1790, le capitaine Manuel de Oyarvido, du trois-mâts *Princess*, appartenant à la Compagnie royale des Philippines, affirme qu'il a passé directement à travers ces îles. En 1794, la corvette espagnole *Atrevida* partit dans le but de vérifier leur position exacte, et, dans un mémoire publié par la Société royale hydrographique de Madrid en 1809, il est question de cette exploration dans les termes suivants :

« La corvette *Atrevida* a fait, dans le voisinage immédiat de ces îles, du 21 au 27 janvier, toutes les observations nécessaires, et a mesuré avec des chronomètres la différence de longitude entre ces îles et le port de Soledad dans les Malvinas. Elles sont au nombre de trois, situées presque au même méridien, celle du milieu un peu plus bas, et les deux autres visibles à neuf lieues au large. »

Les observations faites à bord de l'*Atrevida* fournissent les résultats suivants relativement à la position précise de chaque île : celle qui est plus au nord est située à 52° 37' 24" de latitude sud et à 47° 43' 15" de longitude ouest ; celle du milieu à 53° 2' 40" de latitude sud et à 47° 55' 15" de longitude ouest ; enfin celle qui occupe l'extrémité sud, à 53° 15' 22" de latitude sud et à 47° 57' 15" de longitude ouest.

Le 27 janvier 1820, le capitaine James Weddell, appartenant à la marine anglaise, fit voile de Staten Land, toujours à la découverte des Auroras. Il dit dans son rapport que, bien qu'il ait fait les recherches les plus laborieuses et qu'il soit passé non seulement sur les points précis indiqués par le commandant de l'*Atrevida*, mais encore dans tous les sens aux environs desdits points, il n'a pu découvrir aucun indice de terre. Ces rapports contradictoires ont incité d'autres navigateurs à chercher les îles ; et, chose étrange à dire, pendant que quelques-uns sillonnaient la mer dans tous les sens à l'endroit supposé, sans pouvoir les découvrir, d'autres, – et ils sont nombreux, – déclarent positivement les avoir vues, et même s'être trouvés à proximité de leurs côtes. Le capitaine Guy avait l'intention de faire tous les efforts possibles pour résoudre une question si singulièrement controversée[1].

Nous continuâmes notre route, entre le sud et l'ouest, avec des temps variables, jusqu'au 20 du même mois, et nous nous trouvâmes enfin sur le lieu en discussion, par 52° 15' de latitude sud et 47° 58' de longitude ouest, – c'est-à-dire presque à l'endroit désigné comme position de l'île méridionale du groupe. Comme nous n'apercevions pas trace de terre, nous continuâmes vers l'ouest par 53° de latitude sud, jusqu'à 50° de longitude ouest. Alors nous portâmes au nord jusqu'au 52e parallèle de latitude sud ; puis nous tournâmes à l'est, et nous tînmes notre parallèle par

1. Parmi les navires qui ont prétendu, à différentes époques avoir trouvé les Auroras, on peut citer le trois-mâts *San-Miguel*, en 1769 ; le trois-mâts *Aurora*, en 1774 ; le brick *Pearl*, en 1779 ; et le trois-mâts *Dolores*, en 1790. Ils sont unanimes quant à la latitude : 53 degrés sud. – *E.A.P.*

double hauteur, matin et soir, et par les hauteurs méridiennes des planètes et de la lune. Ayant ainsi poussé vers l'est jusqu'à la côte ouest de Georgia, nous suivîmes ce méridien jusqu'à ce que nous eussions atteint la latitude d'où nous étions partis. Nous fîmes alors plusieurs diagonales à travers toute l'étendue de mer circonscrite, gardant une vigie en permanence à la tête de mât, et répétant soigneusement notre examen trois semaines durant, pendant lesquelles nous eûmes toujours un temps singulièrement beau et agréable, sans aucune brume. Aussi fûmes-nous pleinement convaincus que, si jamais des îles avaient existé dans le voisinage à une époque antécédente quelconque, présentement il n'en restait plus aucun vestige. Depuis mon retour dans mes foyers, j'apprends que le même parcours a été soigneusement suivi en 1822 par le capitaine Johnson, de la goélette américaine *Henry*, et par le capitaine Morrell, de la goélette américaine *Wasp* ; – mais ces messieurs n'ont pas obtenu de meilleurs résultats que nous.

16

EXPLORATION VERS LE PÔLE

Il entrait primitivement dans les intentions du capitaine Guy, après avoir satisfait sa curiosité relativement aux Auroras, de filer par le détroit de Magellan et de longer la côte occidentale de Patagonie ; mais un renseignement qu'il avait reçu à Tristan da Cunha le poussa à gouverner au sud, dans l'espérance de découvrir quelques petites îles qu'on lui avait dit être situées par 60° de latitude sud et 40° 20' de longitude ouest. Dans le cas où il ne trouverait pas ces terres, il avait le projet, pourvu que la saison le permît, de pousser vers le Pôle. Conséquemment, le 12 décembre[1], nous cinglâmes dans cette direction. Le 18, nous nous trouvâmes sur la position indiquée par Glass, et nous croisâmes pendant trois jours aux environs sans découvrir aucune trace des îles en question. Le 21, le temps étant singulièrement beau, nous remîmes le cap au sud, avec la résolution de pousser dans cette route aussi loin que possible. Avant d'entrer dans cette partie de mon récit, je ferai

1. *Erreur de date évidemment.* (C. B.)

peut-être aussi bien, pour l'instruction des lecteurs qui n'ont pas suivi avec attention la marche des découvertes dans ces régions, de donner un compte rendu sommaire des quelques tentatives faites jusqu'à ce jour pour atteindre le pôle Sud.

L'expédition du capitaine Cook est la première sur laquelle nous ayons des documents positifs. En 1772, il fit voile vers le sud, sur la *Resolution*, accompagné du lieutenant Furneaux, commandant l'*Adventure*. En décembre, il se trouvait au 58e parallèle de latitude sud, par 26° 57' de longitude est. Là, il rencontra des bancs de glace d'une épaisseur de 8 à 10 pouces environ, s'étendant au nord-ouest et au sud-est. Cette glace était amassée par blocs, et presque toujours si solidement amoncelée, que les navires avaient la plus grande peine à forcer le passage. A cette époque, le capitaine Cook supposa, d'après la multitude des oiseaux en vue et d'autres indices, qu'il était dans le voisinage de quelque terre. Il continua vers le sud, avec un temps excessivement froid, jusqu'au 64e parallèle, par 38° 14' de longitude est. Là il trouva un temps doux avec de jolies brises pendant cinq jours, le thermomètre marquant 36 degrés[1]. En janvier 1773, les navires traversaient le cercle Antarctique, mais ne pouvaient réussir à pénétrer plus loin ; car, arrivés à 67° 15' de latitude, ils trouvèrent leur marche arrêtée par un amas immense de glaces qui s'étendait sur tout l'horizon sud aussi loin que l'œil pouvait atteindre. Cette glace était en quantité variée, et quelques vastes bancs s'étendaient à plusieurs milles, formant une masse compacte et s'élevant à 18 ou 20 pieds au-dessus de l'eau. La saison

1. *Fahrenheit*. (C. B.)

était avancée, et, désespérant de pouvoir tourner ces obstacles, le capitaine Cook remonta à regret vers le nord.

Au mois de novembre suivant, il recommença son voyage d'exploration vers le pôle Antarctique. A 56° 40' de latitude il rencontra un fort courant portant au sud. En décembre, comme les navires étaient à 67° 31' de latitude et 142° 54' de longitude ouest, ils trouvèrent un froid excessif, avec brouillards et grands vents. Là encore, les oiseaux étaient nombreux : l'albatros, le pingouin et particulièrement le pétrel. A 70° 23' de latitude, ils rencontrèrent quelques vastes îles de glace, et un peu plus loin les nuages vers le sud apparurent d'une blancheur de neige, ce qui indiquait la proximité des champs de glace. A 71° 10' de latitude et 106° 54' de longitude ouest, les navigateurs furent arrêtés, comme la première fois, par une immense étendue de mer glacée qui bornait toute la ligne de l'horizon au sud. Le côté nord de cette plaine de glace était hérissé et dentelé, et tous ces blocs étaient si solidement assemblés qu'ils formaient une barrière absolument infranchissable, s'étendant jusqu'à un mille vers le sud. Au-delà, la surface des glaces semblait s'aplanir comparativement dans une certaine étendue jusqu'à ce qu'enfin elle fût bornée à son extrême limite par un amphithéâtre de gigantesques montagnes de glace, échelonnées les unes sur les autres. Le capitaine Cook conclut que cette vaste étendue confinait au pôle ou à un continent. M. J.-N. Reynolds, dont les vaillants efforts et la persévérance ont à la longue réussi à monter une expérience nationale, dont le but partiel était d'explorer ces régions, parle en ces termes du voyage de la *Resolution* :

« Nous ne sommes pas surpris que le capitaine Cook n'ait pas pu aller au-delà de 71° 10' de latitude, mais nous sommes étonnés qu'il ait pu atteindre ce point par 106° 54' de longitude ouest. La terre de Palmer est située au sud des îles Shetland, à 64° de latitude, et s'étend au sud-ouest plus loin qu'aucun navigateur ait jamais pénétré jusqu'à ce jour. Cook faisait route vers cette terre, quand sa marche fut arrêtée par la glace, cas qui se représentera toujours, nous le craignons fort, surtout dans une saison aussi peu avancée que le 6 janvier, – et nous ne serions pas étonnés qu'une portion des montagnes de glace en question se rattachât au corps principal de la terre de Palmer, ou à quelque autre partie de continent située plus avant vers le sud-ouest. »

En 1803, Alexandre, empereur de Russie, chargea les capitaines Kreutzenstern et Lisiauski d'un grand voyage de circumnavigation. Dans leurs efforts pour pousser vers le sud, ils ne purent aller au-delà de 59° 58' de latitude et 70° 15' de longitude ouest. Là, ils rencontrèrent de forts courants portant vers l'est. La baleine était abondante, mais ils ne virent pas de glaces. Relativement à ce voyage, M. Reynolds remarque que, si Kreutzenstern était arrivé à ce point dans une saison moins avancée, il aurait indubitablement trouvé des glaces ; – c'était en mars qu'il atteignait la latitude désignée. Les vents qui règnent alors du sud-ouest avaient, à l'aide des courants, poussé les banquises vers cette région glacée, bornée au nord par la Georgia, à l'est par les Sandwich et les Orkneys du Sud, et à l'ouest par les Shetland du Sud.

En 1822, le capitaine James Weddell, appartenant à la marine anglaise, pénétra, avec deux petits navires, plus loin dans le sud qu'aucun navigateur précédent, et même sans rencontrer d'extraordinaires difficultés. Il rapporte que, bien qu'il ait été souvent entouré par les glaces *avant* d'atteindre le 72e parallèle, cependant, arrivé là, il n'en vit plus un morceau, et qu'ayant poussé jusqu'à 74° 15' de latitude, il n'aperçut pas de vastes étendues de glace, mais seulement trois petites îles. Ce qui est singulier, c'est que, bien qu'il eût vu de vastes bandes d'oiseaux et d'autres indices de terre, et qu'au sud des Shetland l'homme de vigie eût signalé des côtes inconnues s'étendant vers le sud, Weddell ait persisté à repousser l'idée qu'un continent puisse exister dans les régions polaires du sud.

Le 11 janvier 1823, le capitaine Benjamin Morrell, de la goélette américaine *Wasp*, partit de la terre de Kerguelen avec l'intention de pousser vers le sud aussi loin que possible. Le 1er février, il se trouvait à 64° 52' de latitude sud et 118° 27' de longitude est. J'extrais de son journal, à cette date, le passage suivant :

« Le vent fraîchit bientôt et devint une brise à filer onze nœuds ; nous profitâmes de l'occasion pour nous diriger vers l'est ; étant d'ailleurs pleinement convaincus que plus nous pousserions dans le sud au-delà de 64°, moins nous aurions à craindre les glaces, nous gouvernâmes un peu au sud, et, ayant franchi le cercle Antarctique, nous poussâmes jusqu'à 69° 15' de latitude sud. Nous n'y trouvâmes aucune plaine de glace ; seulement quelques petites îles de glace étaient en vue. »

A la date du 14 mars, je trouve aussi cette note :

« La mer était complètement libre de vastes banquises, et nous n'apercevions pas plus d'une douzaine d'îlots de glace. En même temps la température de l'air et de l'eau était au moins de 13 degrés plus élevée que nous ne l'avions jamais trouvée entre les 60e et 62e parallèles sud. Nous étions alors par 70° 14' de latitude sud, et la température de l'air était à 47, celle de l'eau à 44. Nous estimâmes alors que la déviation de la boussole était de 14° 27' vers l'est, par azimut... J'ai franchi plusieurs fois le cercle Antarctique à différents méridiens, et j'ai constamment remarqué que la température de l'air et de l'eau s'adoucissait de plus en plus, à proportion que je poussais au-delà du 65e degré de latitude sud, et que la déclinaison magnétique diminuait dans la même proportion. Tant que j'étais au nord de cette latitude, c'est-à-dire entre 60° et 65°, le navire avait souvent beaucoup de peine à se frayer un passage entre les énormes et innombrables îles de glace, dont quelques-unes avaient de 1 à 2 milles de circonférence, et s'élevaient à plus de 500 pieds au-dessus du niveau de la mer. »

Se trouvant presque sans eau et sans combustible, privé d'instruments suffisants, la saison étant aussi très avancée, le capitaine Morrell fut obligé de revenir, sans essayer de pousser plus loin vers le sud, bien qu'une mer complètement libre s'ouvrît devant lui. Il prétend que, si ces considérations impérieuses ne l'avaient pas contraint à battre en retraite, il aurait pénétré, sinon jusqu'au pôle, au moins jusqu'au 85e parallèle. J'ai relaté un peu longuement ses idées sur la matière, afin que le lecteur fût à même de juger jusqu'à quel point elles ont été corroborées par ma propre expérience.

En 1831, le capitaine Briscoe, naviguant pour MM. Enderby, armateurs baleiniers à Londres, fit voile sur le brick *Lively* pour les mers du Sud, accompagné du cutter *Tula*. Le 28 février, se trouvant par 66° 30' de latitude sud et 47° 31' de longitude est, il aperçut la terre et « découvrit positivement à travers la neige les pics noirs d'une rangée de montagnes courant à l'est-sud-est ». Il resta dans ces parages pendant tout le mois qui suivit, mais ne put s'approcher de plus de dix lieues de la côte, à cause de l'état effroyable du temps. Voyant qu'il lui était impossible de faire aucune découverte nouvelle pendant cette saison, il remit le cap et alla hiverner à la terre de Van-Diémen.

Au commencement de 1832, il se remit en route pour le sud, et, le 4 février, il vit la terre au sud-est par 67° 15' de latitude et 69° 29' de longitude ouest. Il se trouva que c'était une île située près de la partie avancée de la contrée qu'il avait d'abord découverte. Le 21 du même mois il réussit à atterrir à cette dernière, et en prit possession au nom de Guillaume IV, lui donnant le nom d'île Adélaïde, en l'honneur de la reine d'Angleterre. Ces détails ayant été transmis à la Société royale géographique de Londres, elle en conclut « qu'une vaste étendue de terre se continuait sans interruption depuis 47° 30' de longitude est jusqu'à 69° 29' de longitude ouest, entre les 66e et 67e degrés de latitude sud ».

Relativement à cette conclusion, M. Reynolds fait cette remarque : « Nous ne pouvons pas adopter cette conclusion comme rationnelle, et les découvertes de Briscoe ne justifient pas une pareille hypothèse. C'est justement à travers cet espace que Weddell a marché vers le sud en suivant un méridien à l'est de la Georgia, des Sandwich, de l'Orkney du Sud et des îles Shetland. » On verra que ma propre expérience sert à montrer plus nettement la fausseté des conclusions adoptées par la Société.

Telles sont les principales tentatives qui ont été faites pour pénétrer jusqu'à une haute latitude sud, et l'on voit maintenant qu'il restait, avant le voyage de la *Jane Guy*, environ 300 degrés de longitude par lesquels on n'avait pas encore pénétré au-delà du cercle Antarctique. Ainsi un vaste champ de découvertes s'ouvrait encore devant nous, et ce fut avec un sentiment de voluptueuse et ardente curiosité que j'entendis le capitaine Guy exprimer sa résolution de pousser hardiment vers le sud.

17

TERRE !

Pendant quatre jours, après avoir renoncé à la recherche des îles de Glass, nous courûmes au sud sans trouver de glaces. Le 26, à midi, nous étions par 63° 23' de latitude sud et 41° 25' de longitude ouest. Nous vîmes alors quelques grosses îles de glace et une banquise qui n'était pas, à vrai dire, d'une étendue considérable. Les vents se tenaient généralement au sud-est, mais très faibles. Quand nous avions le vent d'ouest, ce qui était fort rare, il était invariablement accompagné de rafales de pluie. Chaque jour, plus ou moins de neige. Le thermomètre, le 27, était à 35 degrés.

1er janvier 1828. – Ce jour-là nous fûmes complètement environnés de glaces, et notre perspective était en vérité fort triste. Une forte tempête souffla du nord-est pendant toute la matinée et chassa contre le gouvernail et l'arrière du navire de gros glaçons avec une telle vigueur, que nous tremblâmes pour les conséquences. Vers le soir, la tempête soufflait encore avec furie ; mais une vaste banquise en face de nous s'ouvrit, et nous pûmes enfin, en faisant force de voiles, nous frayer un passage à travers les glaçons plus petits jusqu'à la mer libre. Comme nous en approchions, nous diminuâmes la toile graduellement, et, à la fin, nous étant tirés d'affaire, nous mîmes à la cape sous la misaine avec un seul ris.

2 janvier. – Le temps fut assez passable. A midi, nous nous trouvions par 69° 10' de latitude sud et 42° 20' de longitude ouest, et nous avions passé le cercle Antarctique. Du côté du sud, nous n'apercevions que très peu de glace, bien que nous eussions derrière nous de vastes banquises. Nous fabriquâmes une espèce de sonde avec un grand pot de fer, d'une contenance de vingt gallons, et une ligne de deux cents brasses. Nous trouvâmes le courant portant au sud avec une vitesse d'un quart de mille à l'heure. La température de l'air était environ à 33 ; la déviation de l'aiguille, de 14° 28' vers l'est, par azimut.

5 janvier. – Nous nous sommes toujours avancés vers le sud sans trouver beaucoup d'obstacles. Ce matin cependant, étant par 73° 15' de latitude sud et 42° 10' de longitude ouest, nous fîmes une nouvelle halte devant une immense étendue de glace. Néanmoins, nous apercevions au-delà vers le sud la pleine mer, et nous étions persuadés que nous réussirions finalement à l'atteindre. Portant sur l'est et filant le long de la banquise, nous arrivâmes enfin à un passage, large d'un mille à peu près, à travers lequel nous fîmes, tant bien que mal, notre route au coucher du soleil. La mer dans laquelle nous nous trouvâmes alors était chargée d'îlots de glace, mais non plus de vastes bancs, et nous allâmes hardiment de l'avant comme précédemment. Le froid ne semblait pas augmenter, bien que nous eussions fréquemment de la neige et de temps à autre des rafales de grêle d'une violence extrême. D'immenses troupes d'albatros ont passé ce jour-là au-dessus de la goélette, filant du sud-est au nord-ouest.

7 janvier. – La mer toujours à peu près libre et ouverte, en sorte que nous pûmes continuer notre route sans empêchement. Nous vîmes à l'ouest quelques banquises d'une grosseur inconcevable, et dans l'après-midi nous passâmes très près d'une de ces masses, dont le sommet ne s'élevait certainement pas de moins de quatre cents brasses au-dessus de l'Océan. Elle avait probablement à sa base trois quarts de lieue de circuit, et par quelques crevasses sur ses flancs couraient des filets d'eau. Nous gardâmes cette espèce d'île en vue pendant deux jours, et nous ne la perdîmes que dans un brouillard.

10 janvier. – D'assez grand matin nous eûmes le malheur de perdre un homme, qui tomba à la mer. C'était un Américain, nommé Peters Vredenburgh, natif de New York, et l'un des meilleurs matelots que possédât la goélette. En passant sur l'avant, le pied lui glissa, et il tomba entre deux quartiers de glace pour ne jamais se relever. Ce jour-là, à midi, nous étions par 78° 30' de latitude et 40° 15' de longitude ouest. Le froid était maintenant excessif, et nous attrapions continuellement des rafales de grêle du nord-est. Nous vîmes encore dans cette direction quelques banquises énormes, et tout l'horizon à l'est semblait fermé par une région de glaces élevant et superposant ses masses en amphithéâtre. Le soir, nous aperçûmes quelques blocs de bois flottant à la dérive, et au-dessus planait une immense quantité d'oiseaux, parmi lesquels se trouvaient des *nellies*, des pétrels, des albatros, et un gros oiseau bleu du plus brillant plumage. La variation par azimut était alors un peu moins considérable que précédemment, lorsque nous avions traversé le cercle Antarctique.

12 janvier. – Notre passage vers le sud est redevenu une chose fort douteuse ; car nous ne pouvions rien voir dans la direction du Pôle qu'une banquise en apparence sans limites, adossée contre de véritables montagnes de glace dentelée, qui formaient des précipices sourcilleux, échelonnés les uns sur les autres. Nous avons porté à l'ouest jusqu'au 14, dans l'espérance de découvrir un passage.

14 janvier. – Le matin du 14, nous atteignîmes l'extrémité ouest de la banquise énorme qui nous barrait le passage et, l'ayant doublée, nous débouchâmes dans une mer libre où il n'y avait plus un morceau de glace. En sondant avec une ligne de deux cents brasses, nous trouvâmes un courant portant au sud avec une vitesse d'un demi-mille par heure. La température de l'air était à 47, celle de l'eau à 34. Nous cinglâmes vers le sud, sans rencontrer aucun obstacle grave, jusqu'au 16 ; à midi, nous étions par 81° 21' de latitude et 42° de longitude ouest. Nous jetâmes de nouveau la sonde, et nous trouvâmes un courant portant toujours au sud avec une vitesse de trois quarts de mille par heure. La variation par azimut avait diminué, et la température était douce et agréable, le thermomètre marquant déjà 51. A cette époque, on n'apercevait plus un morceau de glace. Personne à bord ne doutait plus de la possibilité d'atteindre le Pôle.

17 janvier. – Cette journée a été pleine d'incidents. D'innombrables bandes d'oiseaux passaient au-dessus de nous, se dirigeant vers le sud, et nous leur tirâmes quelques coups de fusil ; l'un d'eux, une espèce de pélican, nous fournit une nourriture excellente. Vers le milieu du jour, l'homme de vigie découvrit par notre bossoir de bâbord un petit banc de glace et une espèce d'animal fort gros qui semblait reposer dessus. Comme le temps était beau et presque calme, le capitaine Guy donna l'ordre d'amener deux embarcations et d'aller voir ce que ce pouvait être. Dirk Peters et moi, nous accompagnâmes le second dans le plus grand des deux canots. En arrivant au banc de glace, nous vîmes qu'il était occupé par un ours gigantesque de l'espèce arctique, mais d'une dimension qui dépassait de beaucoup celle du plus gros des animaux. Comme nous étions bien armés, nous n'hésitâmes pas à l'attaquer tout d'abord. Plusieurs coups de feu furent tirés rapidement, dont la plupart atteignirent évidemment l'animal à la tête et au corps. Toutefois, le monstre, sans s'en inquiéter autrement, se précipita de son bloc de glace et se mit à nager, les mâchoires ouvertes, vers l'embarcation où nous étions, moi et Peters. A cause de la confusion qui s'ensuivit parmi nous et de la tournure inattendue de l'aventure, personne n'avait pu apprêter immédiatement son second coup, et l'ours avait positivement réussi à poser la moitié de sa masse énorme en travers de notre plat-bord et à saisir un de nos hommes par les reins, avant qu'on eût pris les mesures suffisantes pour le repousser. Dans cette extrémité, nous ne fûmes sauvés que par l'agilité et la promptitude de Peters. Sautant sur le dos de l'énorme bête, il lui enfonça derrière le cou la lame d'un couteau et atteignit du premier coup la moelle épinière. L'animal retomba dans la mer sans faire le moindre effort, inanimé, mais entraînant Peters dans sa chute et roulant sur lui. Celui-ci se releva bientôt ; on lui jeta une corde, et, avant de remonter dans le canot, il attacha le corps de l'animal vaincu. Nous retournâmes en triomphe à la goélette, en remorquant notre trophée à la traîne. Cet ours, quand on le mesura, se trouva avoir quinze bons pieds dans sa plus grande longueur. Son poil était d'une blancheur parfaite, très rude et frisant très serré. Les yeux étaient d'un rouge de sang, plus gros que ceux de l'ours arctique, – le museau plus arrondi et ressemblant presque au museau d'un bouledogue. La chair en était tendre, mais excessivement rance et sentant le poisson ; cependant, les hommes s'en régalèrent avec avidité, et la déclarèrent une nourriture excellente.

A peine avions-nous hissé notre proie le long du bord, que l'homme de vigie fit entendre le cri joyeux de *« Terre par le bossoir de tribord ! »* Tout le monde se tint alors sur le qui-vive, et, une brise s'étant très heureusement levée au nord-est, nous fûmes bientôt sur la côte. C'était un îlot bas et rocheux, d'une lieue environ de circonférence, et complètement privé de végétation à l'exception d'une espèce de raquette épineuse. En approchant par le nord, nous vîmes un singulier rocher, faisant promontoire, qui imitait remarquablement la forme d'une balle de coton cordée. En doublant cette pointe vers l'ouest, nous trouvâmes une petite baie au fond de laquelle nos embarcations purent atterrir commodément.

Il ne nous fallut pas beaucoup de temps pour explorer toutes les parties de l'île ; mais, à une seule exception près, nous n'y trouvâmes rien qui fût digne d'observation. A l'extrémité sud, nous ramassâmes tout près du rivage, à moitié enterrée sous un monceau de pierres éparses, une pièce de bois qui semblait avoir servi de proue à une embarcation. Il y avait eu évidemment quelque intention de sculpture, et le capitaine Guy crut y découvrir une figure de tortue, mais je dois avouer que, pour mon compte, la ressemblance ne me frappa que très médiocrement. Sauf cette proue, si toutefois c'en était une, nous ne découvrîmes aucun indice qui prouvât qu'une créature vivante eût jamais habité ce lieu. Autour de la côte, nous trouvâmes par-ci par-là quelques petits blocs de glace, – mais en très petit nombre. La situation exacte de l'îlot (auquel le capitaine Guy donna le nom d'*îlot de Bennet*, en l'honneur de son associé dans la propriété de la goélette) est par 82° 50' de latitude sud et 42° 20' de longitude ouest.

Nous avions alors pénétré dans le sud de plus de huit degrés au-delà des limites atteintes par tous les navigateurs précédents, et la mer s'étendait toujours devant nous parfaitement libre d'obstacles. Nous trouvions aussi que la variation diminuait régulièrement à mesure que nous avancions, et que la température atmosphérique, et plus récemment celle de l'eau, s'adoucissait graduellement. Le temps pouvait s'appeler un temps agréable, et nous avions une brise très douce mais constante, qui soufflait toujours de quelque point nord du compas. Le ciel était généralement clair ; de temps en temps, une vapeur légère et ténue apparaissait à l'horizon sud ; – mais, invariablement, elle était d'une très courte durée. Nous n'apercevions que deux difficultés : nous étions à court de combustible, et des symptômes de scorbut s'étaient déjà manifestés chez quelques hommes de l'équipage. Ces considérations commençaient à agir sur l'esprit de M. Guy, et il parlait souvent de mettre le cap au nord. Pour ma part, persuadé, comme je l'étais, que nous allions bientôt rencontrer une terre de quelque valeur, en suivant toujours la même route, et que nous n'y trouverions pas le sol stérile des hautes latitudes arctiques, j'insistai chaudement auprès de lui sur la nécessité de persévérer, au moins pendant quelques jours encore, dans la direction suivie jusqu'alors. Une occasion aussi tentante de résoudre le grand problème relatif à un continent antarctique ne s'était pas encore présentée à aucun homme, et je confesse que je me sentais gonflé d'indignation à chacune des timides et inopportunes suggestions de notre commandant. Je crois positivement que tout ce que je ne pus m'empêcher de lui dire à ce sujet eut pour effet de le raffermir dans l'idée de pousser de l'avant. Aussi, bien que je sois obligé de déplorer les tristes et sanglants événements qui furent le résultat immédiat de mon conseil, je crois que j'ai droit de me féliciter un peu d'avoir été, jusqu'à un certain point, l'instrument d'une découverte, et d'avoir servi en quelque façon à ouvrir aux yeux de la science un des plus enthousiasmants secrets qui aient jamais accaparé son attention.

18

HOMMES NOUVEAUX

18 janvier. – Ce matin-là[1] nous reprîmes notre route vers le sud, avec un temps aussi beau que les jours précédents. La mer était complètement unie, le vent du nord-est, suffisamment chaud, la température de l'eau à 53. Nous recommençâmes notre opération de sondage, et, avec une ligne de 150 brasses, nous trouvâmes le courant portant au Pôle avec une vitesse d'un mille par heure. Cette tendance constante du vent et du courant vers le sud suggérèrent passablement de réflexions et même quelque alarme

1. Les termes *matin* et *soir*, dont j'ai fait usage pour éviter, autant que possible, la confusion dans mon récit, ne doivent pas, comme on le comprend d'ailleurs, être pris dans le sens ordinaire. Depuis longtemps, déjà, nous ne connaissions plus la nuit, et nous étions sans cesse éclairés par la lumière du jour. Toutes les dates sont établies conformément au temps nautique, et les notes relevées par quantités de durée abstraite. C'est aussi le lieu de remarquer que je ne prétends pas, dans le commencement de cette partie de mon récit, à une exactitude minutieuse à l'égard des dates, des latitudes et des longitudes, je n'ai commencé à tenir un journal régulier qu'après la période dont traite cette première partie. Dans beaucoup de cas, je me suis fié uniquement à ma mémoire. – *E.A.P.*

parmi le monde de la goélette, et je vis positivement qu'elle avait produit une forte impression sur l'esprit du capitaine Guy. Mais par bonheur il était excessivement sensible au ridicule, et je réussis finalement à le faire lui-même se divertir de ses appréhensions. La variation était maintenant presque insignifiante. Dans le cours de la journée, nous vîmes quelques baleines de l'espèce franche, et d'innombrables volées d'albatros passèrent au-dessus du navire. Nous pêchâmes aussi une espèce de buisson chargé de baies rouges comme celles de l'aubépine, et le corps d'un animal, évidemment terrestre, de l'aspect le plus singulier. Il avait 3 pieds de long sur 6 pouces de hauteur seulement, avec quatre jambes très courtes, les pieds armés de longues griffes d'un écarlate brillant et ressemblant fort à du corail. Le corps était revêtu d'un poil soyeux et uni, parfaitement blanc. La queue était effilée comme une queue de rat, et longue à peu près d'un pied et demi. La tête rappelait celle du chat, à l'exception des oreilles, rabattues et pendantes comme des oreilles de chien. Les dents étaient du même rouge vif que les griffes.

19 janvier. – Ce jour-là, nous trouvant par 83° 20' de latitude et 43° 5' de longitude ouest (la mer était d'un foncé extraordinaire), la vigie signala la terre de nouveau, et, à un examen attentif, nous découvrîmes que c'était une île appartenant à un groupe de plusieurs îles très vastes. La côte était à pic et l'intérieur semblait bien boisé, circonstance qui nous causa une grande joie. Quatre heures environ après avoir découvert la terre, nous jetions l'ancre sur dix brasses de profondeur, avec un fond de sable, à une lieue de la côte ; car un fort ressac, avec des remous courant çà et là, en rendait l'abord d'une commodité douteuse. Nous reçûmes l'ordre d'amener les deux plus grandes embarcations, et un détachement bien armé (dont Peters et moi nous faisions partie) se mit en devoir de trouver ouverture dans le récif qui faisait à l'île une espèce de ceinture. Après avoir cherché pendant quelque temps, nous découvrîmes une passe où nous entrions déjà, quand nous aperçûmes quatre grands canots qui se détachaient du rivage, chargés d'hommes qui semblaient bien armés. Nous les laissâmes arriver, et, comme ils manœuvraient avec une grande célérité, ils furent bientôt à portée de la voix. Le capitaine Guy hissa alors un mouchoir *blanc* à la pointe d'un aviron ; mais les sauvages s'arrêtèrent tout net et se mirent soudainement à jacasser et à baragouiner très haut, poussant de temps en temps de grands cris parmi lesquels nous pouvions distinguer les mots : *Anamoo-moo !* et *Lama-Lama !* Ils continuèrent leur vacarme pendant une bonne demi-heure, durant laquelle nous pûmes examiner leur physionomie tout à loisir.

Dans les quatre canots, qui pouvaient bien avoir cinquante pieds de long et cinq de large, il y avait en tout cent dix sauvages. Ils avaient, à peu de chose près, la stature ordinaire des Européens, mais avec une charpente plus musculeuse et plus charnue. Leur teint était d'un noir de jais, et leurs cheveux, longs, épais et laineux. Ils étaient vêtus de la peau d'un animal noir inconnu, à poils longs et soyeux, et ajustée assez convenablement au corps, la fourrure tournée en dedans, excepté autour du cou, des poignets et des chevilles. Leurs armes consistaient principalement en bâtons d'un bois noir et en apparence très lourd. Cependant, nous aperçûmes aussi quelques lances à pointe de silex et quelques frondes. Le fond des canots était chargé de pierres noires de la grosseur d'un gros œuf.

Quand ils eurent terminé leur harangue (car c'était évidemment une harangue que cet affreux baragouinage), l'un d'eux, qui semblait être le chef, se leva à la proue de son canot et nous fit signe à différentes reprises d'amener nos embarcations au long de son bord. Nous fîmes semblant de ne pas comprendre son idée, pensant que le parti le plus sage était de maintenir, autant que possible, un espace suffisant entre lui et nous ; car ils étaient plus de quatre fois plus nombreux que nous. Devinant notre pensée, le chef commanda aux trois autres canots de se tenir en arrière, pendant qu'il s'avançait vers nous avec le sien. Aussitôt qu'il nous eut atteints, il sauta à bord du plus grand de nos canots, et il s'assit à côté du capitaine Guy, montrant en même temps du doigt la goélette, et répétant les mots : *Anamoo-moo ! Lama-Lama !* Nous retournâmes vers le navire, les quatre canots nous suivant à quelque distance.

En arrivant au long du bord, le chef donna des signes d'une surprise et d'un plaisir extrêmes, claquant des mains, se frappant les cuisses et la poitrine et poussant des éclats de rire étourdissants. Toute sa suite, qui nageait derrière nous, unit bientôt sa gaieté à la sienne, et en quelques minutes ce fut un tapage à nous rendre absolument sourds. Heureux d'être ramené à son bord, le capitaine Guy commanda de hisser les embarcations comme précaution nécessaire et donna à entendre au chef (qui s'appelait *Too-wit*, comme nous le découvrîmes bientôt) qu'il ne pouvait pas recevoir sur le pont plus de vingt de ses hommes à la fois. Celui-ci parut s'accommoder parfaitement de cet arrangement, et transmit quelques ordres aux canots, dont l'un s'approcha, les autres restant à peu près à cinquante yards au large. Vingt des sauvages montèrent à bord et se mirent à fureter dans toutes les parties du pont, à grimper çà et là dans le gréement, faisant comme s'ils étaient chez eux, et examinant chaque objet avec une excessive curiosité.

Il était positivement évident qu'ils n'avaient jamais vu aucun individu de la race blanche, – et d'ailleurs notre couleur semblait leur inspirer une singulière répugnance. Ils croyaient que la *Jane* était une créature vivante, et l'on eût dit qu'ils craignaient de la frapper avec la pointe de leurs lances, qu'ils retournaient soigneusement. Il y eut un moment où tout notre équipage s'amusa beaucoup de la conduite de Too-wit. Le coq était en train de fendre du bois près de la cuisine, et, par accident, il enfonça sa hache dans le pont, où il fit une entaille d'une profondeur considérable. Le chef accourut immédiatement, et, bousculant le coq assez rudement, il poussa un petit gémissement, presque un cri, qui montrait énergiquement combien il sympathisait avec les douleurs de la goélette ; et puis il se mit à tapoter et à patiner la *blessure* avec sa main et à la laver avec un seau d'eau de mer qui se trouvait à côté. Il y avait là un degré d'ignorance auquel nous n'étions nullement préparés, et, pour mon compte, je ne pus m'empêcher de croire à un peu d'affectation.

Quand nos visiteurs eurent satisfait de leur mieux leur curiosité relativement au gréement et au pont, ils furent conduits en bas, où leur étonnement dépassa toutes les bornes. Leur stupéfaction semblait trop forte pour s'exprimer par des paroles, car ils rôdaient partout en silence, ne poussant de temps à autre que de sourdes exclamations. Les armes leur fournissaient une grosse matière à réflexions, et on leur permit de les manier à loisir. Je crois qu'ils n'en soupçonnaient pas le moins du monde l'usage, mais qu'ils les prenaient plutôt pour des idoles, voyant quel soin nous en prenions et l'attention avec laquelle nous guettions tous leurs mouvements pendant qu'ils les maniaient. Les canons redoublèrent leur étonnement. Ils s'en approchèrent en donnant toutes les marques de la vénération et de la terreur la plus grande, mais ne voulurent pas les examiner minutieusement. Il y avait dans la cabine deux grandes glaces, et ce fut là l'apogée de leur émerveillement. Too-wit fut le premier qui s'en approcha, et il était déjà parvenu au milieu de la chambre, faisant face à l'une des glaces et tournant le dos à l'autre, avant de les avoir positivement aperçues. Quand le sauvage leva les yeux et qu'il se vit réfléchi dans le miroir, je crus qu'il allait devenir fou ; mais, comme il se tournait brusquement pour battre en retraite, il se revit encore faisant face à lui-même dans la direction opposée ; pour le coup je crus qu'il allait rendre l'âme. Rien ne put le contraindre à jeter sur l'objet un second coup d'œil ; tout moyen de persuasion fut inutile ; il se jeta sur le parquet, cacha sa tête dans ses mains et resta immobile, si bien qu'enfin nous nous décidâmes à le transporter sur le pont.

Tous les sauvages furent ainsi reçus à bord successivement, vingt par vingt ; quant à Too-wit, il lui fut accordé de rester tout le temps. Nous ne découvrîmes chez eux aucun penchant au vol, et nous ne constatâmes après leur départ la disparition d'aucun objet. Pendant toute la durée de leur visite, ils montrèrent les manières les plus amicales. Il y avait cependant certains traits de leur conduite dont il nous fut impossible de nous rendre compte ; par exemple, nous ne pûmes jamais les faire s'approcher de quelques objets inoffensifs, – tels que les voiles de la goélette, un œuf, un livre ouvert ou une écuelle de farine. Nous essayâmes de découvrir s'ils possédaient quelques articles qui pussent devenir objets de trafic et d'échange, mais nous eûmes la plus grande peine à nous faire comprendre. Toutefois, nous apprîmes avec le plus grand étonnement que les îles abondaient en grosses tortues de l'espèce des Galapagos, et nous en vîmes une dans le canot de Too-wit. Nous vîmes aussi de la *biche de mer* entre les mains d'un des sauvages, qui la dévorait à l'état de nature avec une grande avidité.

Ces anomalies, ou du moins ce que nous considérions comme anomalies relativement à la latitude, poussèrent le capitaine Guy à tenter une exploration complète du pays, dans l'espérance de tirer de sa découverte quelque spéculation profitable. Pour ma part, désireux comme je l'étais de pousser plus loin la découverte, je n'avais qu'une visée et qu'un but, je ne pensais qu'à poursuivre sans délai notre voyage vers le sud. Nous avions alors un beau temps, mais rien ne nous disait combien il durerait ; et, nous trouvant déjà au quatre-vingt-quatrième parallèle, avec une mer complètement libre devant nous, un courant qui portait vigoureusement au sud et un bon vent, je ne pouvais prêter patiemment l'oreille à toute proposition de nous arrêter dans ces parages plus longtemps qu'il n'était absolument nécessaire pour refaire la santé de l'équipage, pour nous ravitailler et embarquer une provision suffisante de combustible. Je représentai au capitaine qu'il nous serait facile de relâcher à ce groupe d'îles lors de notre retour, et même d'y passer l'hiver dans le cas où les glaces nous barreraient le passage. A la longue, il se rangea à mon avis (car j'avais, par quelque moyen inconnu à moi-même, acquis un grand empire sur lui), et finalement il fut décidé que, même dans le cas où nous trouverions la *biche de mer* en abondance, nous ne resterions pas là plus d'une semaine pour nous refaire, et que nous pousserions vers le sud pendant que cela nous était possible.

Nous fîmes conséquemment tous les préparatifs nécessaires, et ayant conduit heureusement, d'après les indications de Too-wit, la goélette à travers les récifs, nous jetâmes l'ancre à un mille environ du rivage, dans une baie excellente, fermée de tous côtés par la terre, sur la côte sud-est de l'île principale, et par dix brasses d'eau, avec un fond de sable noir. A l'extrémité de cette baie coulaient (nous dit-on) trois jolis ruisseaux d'une eau excellente, et nous vîmes que les environs étaient abondamment boisés. Les quatre canots nous suivaient, mais observant toujours une distance respectueuse. Quant à Too-wit, il resta à bord, et, quand nous eûmes jeté l'ancre, il nous invita à l'accompagner à terre et à visiter son village dans l'intérieur. Le capitaine Guy y consentit, et, dix des sauvages ayant été laissés à bord comme otages, un détachement de douze hommes d'entre nous se prépara à suivre le chef. Nous prîmes soin de nous bien armer, mais sans laisser voir la moindre méfiance. La goélette avait mis ses canons aux sabords, hissé ses filets de bastingage, et l'on avait pris toutes les précautions convenables pour se garder d'une surprise. Il fut particulièrement recommandé au second de ne recevoir personne à bord pendant notre absence, et dans le cas où nous n'aurions pas reparu au bout de douze heures, d'envoyer la chaloupe, armée d'un pierrier, à notre recherche autour de l'île.

A chaque pas que nous faisions dans le pays, nous acquérions la conviction que nous étions sur une terre qui différait essentiellement de toutes celles visitées jusqu'alors par les hommes civilisés. Rien de ce que nous apercevions ne nous était familier. Les arbres ne ressemblaient à aucun des produits des zones torrides, des zones tempérées, ou des zones froides du Nord, et différaient essentiellement de ceux des latitudes inférieures méridionales que nous venions de traverser. Les roches elles-mêmes étaient nouvelles par leur masse, leur couleur et leur stratification ; et les cours d'eau, quelque prodigieux que cela puisse paraître, avaient si peu de rapport avec ceux des autres climats, que nous hésitions à y goûter, et que nous avions même de la peine à nous persuader que leurs qualités étaient purement naturelles. A un petit ruisseau qui coupait notre chemin (le premier que nous rencontrâmes), Too-wit et sa suite firent halte pour boire. En raison du caractère singulier de cette eau nous refusâmes d'y goûter, supposant qu'elle était corrompue ; et ce ne fut qu'un peu plus tard que nous parvînmes à comprendre que telle était la physionomie de tous les cours d'eau dans tout cet archipel. Je ne sais vraiment comment m'y prendre pour donner une idée nette de la nature de ce liquide, et je ne puis le faire sans employer beaucoup de mots. Bien que cette eau coulât avec rapidité sur toutes les pentes, comme aurait fait toute eau ordinaire, cependant elle n'avait jamais, excepté dans le cas de chute et de cascade, l'apparence habituelle de la *limpidité*. Néanmoins je dois dire qu'elle était aussi limpide qu'aucune eau calcaire existante, et la différence n'existait que dans l'apparence. A première vue, et particulièrement dans les cas où la déclivité était peu sensible, elle ressemblait un peu, quant à la consistance, à une épaisse dissolution de gomme arabique dans l'eau commune. Mais cela n'était que la moins remarquable de ses extraordinaires qualités. Elle n'était pas incolore ; elle n'était pas non plus d'une couleur uniforme quelconque, et tout en coulant elle offrait à l'œil toutes les variétés possibles de la pourpre, comme des chatoiements et des reflets de soie changeante. Pour dire la vérité, cette variation dans la nuance s'effectuait d'une manière qui produisit dans nos esprits un étonnement aussi profond que les miroirs avaient fait sur l'esprit de Too-wit. En puisant de cette eau plein un bassin quelconque, et en la laissant se rasseoir et prendre son niveau, nous remarquions que toute la masse de liquide était faite d'un certain nombre de veines distinctes, chacune d'une couleur particulière ; que ces veines ne se mêlaient pas ; et que leur cohésion était parfaite relativement aux molécules dont elles étaient formées, et imparfaite relativement aux veines voisines. En faisant passer la pointe d'un couteau à travers les tranches, l'eau se refermait subitement derrière la pointe, et quand on la retirait, toutes les traces du passage de la lame étaient immédiatement oblitérées. Mais, si la lame intersectait soigneusement deux veines, une séparation parfaite s'opérait, que la puissance de cohésion ne rectifiait pas immédiatement. Les phénomènes de cette eau formèrent le premier anneau défini de cette vaste chaîne de miracles apparents dont je devais être à la longue entouré.

19

KLOCK-KLOCK

Nous mîmes à peu près trois heures pour arriver au village ; il était à plus de trois milles dans l'intérieur des terres, et la route traversait une région raboteuse. Chemin faisant, le détachement de Too-wit (les cent dix sauvages des canots) se renforça d'instants en instants de petites troupes de six ou sept individus, qui, débouchant par différents coudes de la route, nous rejoignirent comme par hasard. Il y avait là comme un système, un tel parti pris, que je ne pus m'empêcher d'éprouver de la méfiance et que je fis part de mes appréhensions au capitaine Guy. Mais il était maintenant trop tard pour revenir sur nos pas, et nous convînmes que la meilleure manière de pourvoir à notre sûreté était de montrer la plus parfaite confiance dans la loyauté de Too-wit. Donc, nous poursuivîmes, ayant toujours un œil ouvert sur les manœuvres des sauvages, et ne leur permettant pas de diviser nos rangs par des poussées soudaines. Ayant ainsi traversé un ravin escarpé, nous parvînmes à un groupe d'habitations qu'on nous dit être le seul existant sur toute l'île. Comme nous arrivions en vue du village, le chef poussa un cri et répéta à plusieurs reprises le mot *Klock-Klock*, que nous supposâmes être le nom du village, ou peut-être le nom générique appliqué à tous les villages.

Les habitations étaient de l'espèce la plus misérable qu'on puisse imaginer, et, différant en cela de celles des races les plus infimes dont notre humanité ait connaissance, elles n'étaient pas construites sur un plan uniforme. Quelques-unes (et celles-ci appartenaient aux *Wampoos* ou *Yampoos*, les grands personnages de l'île) consistaient en un arbre coupé à quatre pieds environ de la racine, avec une grande peau noire étalée par-dessus, qui s'épandait à plis lâches sur le sol. C'était là-dessous que nichait le sauvage. D'autres étaient faites au moyen de branches d'arbres non encore dégrossies, conservant encore leur feuillage desséché, piquées de façon à s'appuyer, en faisant un angle de quarante-cinq degrés, sur un banc d'argile, lequel était amoncelé, sans aucun souci de forme régulière, à une hauteur de cinq ou six pieds. D'autres étaient de simples trous creusés perpendiculairement en terre et recouverts de branchages semblables, que l'habitant de la cahute était obligé de repousser pour entrer, et qu'il fallait ensuite rassembler de nouveau. Quelques-unes étaient faites avec les branches fourchues des arbres, telles quelles, les branches supérieures étant entaillées à moitié et retombant sur les inférieures, de manière à former un abri plus épais contre le mauvais temps. Les plus nombreuses consistaient en de petites cavernes peu profondes, dont était, pour ainsi dire, égratignée la surface d'une paroi de pierre noire, tombant à pic et ressemblant fort à de la terre à foulon, qui bordait trois des côtés du village.

A l'entrée de chacune de ces cavernes grossières se trouvait un petit quartier de roche que l'habitant du lieu plaçait soigneusement à l'ouverture chaque fois qu'il quittait sa niche ; – dans quel but, je ne pus pas m'en rendre compte ; car la pierre n'était jamais d'une grosseur suffisante pour boucher plus d'un tiers du passage.

Ce village, si toutefois cela méritait un pareil nom, était situé dans une vallée d'une certaine profondeur, et l'on ne pouvait y arriver que par le sud, la muraille ardue dont j'ai parlé fermant l'accès dans toute autre direction. A travers le milieu de la vallée clapotait un courant d'eau de la même apparence magique que celle déjà décrite. Nous aperçûmes autour des habitations quelques étranges animaux qui semblaient tous parfaitement domestiqués. Les plus gros rappelaient notre cochon vulgaire, tant par la structure du corps que par le groin ; la queue, toutefois, était touffue, et les jambes grêles comme celles de l'antilope. La démarche de la bête était indécise et gauche, et nous ne la vîmes jamais essayant de courir. Nous remarquâmes aussi quelques animaux d'une physionomie analogue, mais plus longs de corps, et recouverts d'une laine noire. Il y avait une grande variété de volailles domestiques qui se promenaient aux alentours, et qui semblaient constituer la principale nourriture des indigènes. A notre grand étonnement, nous aperçûmes parmi les oiseaux des albatros noirs complètement apprivoisés, qui allaient périodiquement en mer chercher leur nourriture, revenant toujours au village comme à leur logis, et se servant seulement de la côte sud qui était à proximité comme de lieu d'incubation. Là, comme d'habitude, ils étaient associés avec leurs amis les pingouins, mais ces derniers ne les suivaient jamais jusqu'aux habitations des sauvages. Parmi les autres oiseaux apprivoisés, il y avait des canards qui ne différaient pas beaucoup du *canvass-back* ou *anas valisneria* de notre pays, des boubies noires, et un gros oiseau qui ressemblait assez au busard, mais qui n'était pas carnivore. Le poisson semblait en grande abondance. Nous vîmes, pendant notre excursion, une quantité considérable de saumons secs, de morues, de dauphins bleus, de maquereaux, de tautogs, de raies, de congres, d'éléphants de mer, de mulets, de soles, de scares ou perroquets de mer, de *leather-jackets*, de rougets, de merluches, de carrelets, de *paracutas*, et une foule d'autres espèces. Nous remarquâmes qu'elles ressemblaient, pour la plupart, à celles qu'on trouve dans les parages de l'archipel de Lord Auckland, à 51° de latitude sud. La tortue galapago était aussi très abondante. Nous ne vîmes que très peu d'animaux sauvages, aucun de grosses proportions, aucun non plus qui nous fût connu. Un ou deux serpents d'un aspect formidable traversèrent notre chemin, mais les naturels n'y firent pas grande attention, et nous en conclûmes qu'ils n'étaient pas venimeux.

Comme nous approchions du village avec Too-wit et sa bande, une immense populace se précipita à notre rencontre, poussant de grands cris parmi lesquels nous distinguions les éternels *Anamoo-moo !* et *Lama-Lama !* Nous fûmes très étonnés de voir que ces nouveaux arrivants étaient, à une ou deux exceptions près, entièrement nus, les peaux à fourrures n'étant à l'usage que des hommes des canots. Toutes les armes du pays semblaient aussi en la possession de ces derniers, car nous n'en voyions pas une seule entre les mains des habitants du village. Il y avait aussi une multitude de femmes et d'enfants, celles-ci ne manquant pas absolument de ce qu'on peut appeler beauté personnelle. Elles étaient droites, grandes, bien faites et douées d'une grâce et d'une liberté d'allure qu'on ne trouve pas dans une société civilisée. Mais leurs lèvres, comme celles des hommes, étaient épaisses et massives, à ce point que même en riant elles ne découvraient jamais les dents. Leur chevelure était d'une nature plus fine que celle des hommes. Parmi tous ces villageois nus, on pouvait bien trouver dix ou douze hommes habillés de peaux, comme la bande de Too-wit, et armés de lances et de lourdes massues. Ils paraissaient avoir une grande influence sur les autres, et on ne leur parlait jamais sans les honorer du titre de *Wampoo*. C'étaient les mêmes hommes qui habitaient les fameux palais de peaux noires. L'habitation de Too-wit était située au centre du village, et beaucoup plus grande et un peu mieux construite que les autres de même espèce. L'arbre qui en formait le support avait été coupé à une distance de douze pieds environ de la racine, et au-dessous du point de la coupe quelques branches avaient été laissées, qui servaient à étaler la toiture et l'empêchaient ainsi de battre contre le tronc. Cette toiture, qui consistait en quatre grandes peaux reliées entre elles par des chevilles de bois, était assujettie par le bas avec de petits pieux qui la traversaient et s'enfonçaient dans la terre. Le sol était jonché d'une énorme quantité de feuilles sèches qui remplissaient l'office de tapis.

Nous fûmes conduits à cette hutte en grande solennité, et derrière nous s'amassa une foule de naturels, autant qu'il en put tenir. Too-wit s'assit sur les feuilles et nous engagea par signes à suivre son exemple.

Nous obéîmes, et nous nous trouvâmes alors dans une situation singulièrement incommode, si ce n'est même critique. Nous étions assis par terre, au nombre de douze, avec les sauvages, au nombre de quarante, accroupis sur leurs jarrets, et nous serrant de si près que, s'il était survenu quelque désordre, il nous eût été impossible de faire usage de nos armes, ou même de nous dresser sur nos pieds. La cohue n'était pas seulement en dedans de la tente, mais aussi en dehors, où se foulait probablement toute la population de l'île, que les efforts et les vociférations de Too-wit empêchaient seuls de nous écraser sous ses pieds. Notre principale sécurité était dans la présence de Too-wit parmi nous, et, voyant que c'était encore la meilleure chance de nous tirer d'affaire, nous résolûmes de le serrer de près et de ne pas le lâcher, décidés à le sacrifier immédiatement à la première manifestation hostile.

Après quelque tumulte, il fut possible d'obtenir un peu de silence, et le chef nous fit une harangue d'une belle longueur, qui ressemblait fort à celle qui nous avait été adressée des canots, sauf que les *Anamoo-moo !* s'y trouvaient un peu plus vigoureusement accentués que les *Lama-Lama !* Nous écoutâmes ce discours dans un profond silence jusqu'à la péroraison ; le capitaine Guy y répondit en assurant le chef de son amitié et de son éternelle bienveillance, et il conclut sa réplique en lui faisant cadeau de quelques chapelets ou colliers de verroterie bleue et d'un couteau. En recevant les colliers, le monarque, à notre grand étonnement, releva le nez avec une certaine expression de dédain ; mais le couteau lui causa une satisfaction indescriptible, et il commanda immédiatement le dîner.

Ce repas fut passé dans la tente par-dessus les têtes des assistants, et il consistait en entrailles palpitantes de quelque animal inconnu, probablement d'un de ces cochons à jambes grêles que nous avions remarqués en approchant du village. Voyant que nous ne savions comment nous y prendre, il commença, pour nous montrer l'exemple, à engloutir la séduisante nourriture yard par yard, si bien qu'à la fin il nous fut positivement impossible de supporter plus longtemps un pareil spectacle et que nous laissâmes voir des haut-le-cœur et de telles rébellions stomachiques, que Sa Majesté en éprouva un étonnement presque égal à celui que lui avaient causé les miroirs. Nous refusâmes, malgré tout, de partager les merveilles culinaires qui nous étaient présentées, et nous nous efforçâmes de lui faire comprendre que nous n'avions aucun appétit, puisque nous venions tout justement d'achever un solide déjeuner.

Quand le monarque eut fini son régal, nous commençâmes à lui faire subir une espèce d'interrogatoire, de la façon la plus ingénieuse que nous pûmes imaginer, dans le but de découvrir quels étaient les principaux produits du pays, et s'il y en avait quelques-uns dont nous puissions tirer profit. A la longue, il parut avoir quelque idée de ce que nous voulions dire, et il nous offrit de nous accompagner jusqu'à un certain endroit de la côte, où nous devions, nous assura-t-il (et il désignait en même temps un échantillon de l'animal), trouver la *biche de mer* en grande abondance. Nous saisîmes avec bonheur cette occasion d'échapper à l'oppression de la foule, et nous signifiâmes notre impatience de partir. Nous quittâmes donc la tente, et, accompagnés par toute la population du village, nous suivîmes le chef à l'extrémité sud-est de l'île, pas très loin de la baie où notre navire était mouillé. Nous attendîmes là une heure environ, jusqu'à ce que les quatre canots fussent ramenés par quelques-uns des sauvages jusqu'au lieu de notre station. Tout notre détachement s'embarqua dans l'un de ces canots, et nous fûmes conduits à la pagaie le long du récif dont j'ai parlé, puis vers un autre situé un peu plus au large, où nous vîmes une quantité de *biches de mer* plus abondante que n'en avait jamais vu le plus vieux de nos marins dans les archipels des latitudes inférieures si renommés pour cet article de commerce. Nous restâmes le long de ces récifs assez longtemps pour nous convaincre que nous en aurions facilement chargé une douzaine de navires s'il eût été nécessaire ; et puis nous remontâmes à bord de la goélette, et nous prîmes congé de Too-wit, après lui avoir fait promettre qu'il nous apporterait, dans le délai de vingt-quatre heures, autant de canards *canvass-back* et de tortues galapagos que ses canots en pourraient contenir. Pendant toute cette aventure, nous ne vîmes dans la conduite des naturels rien de propre à éveiller nos soupçons, sauf la singulière manière systématique dont ils avaient grossi leur bande pendant notre marche de la goélette au village.

20

ENTERRÉS VIVANTS !

Le chef fut fidèle à sa parole, et nous fûmes abondamment pourvus de provisions fraîches. Nous trouvâmes les tortues aussi bonnes qu'aucune que nous eussions jamais goûtée, et les canards étaient supérieurs à nos meilleures espèces d'oiseaux sauvages, – excessivement tendres, juteux, et d'une saveur exquise. En outre, les sauvages nous apportèrent, après que nous leur eûmes fait comprendre notre désir, une grande quantité de céleri brun et de cochléaria, ou herbe au scorbut, avec un plein canot de poisson frais et de poisson sec. Le céleri fut pour nous un vrai régal, et le cochléaria eut un résultat admirable et servit à guérir ceux de nos hommes chez qui avaient déjà paru les symptômes du mal. En très peu de temps nous n'eûmes plus un seul cas sur le rôle des malades. Nous reçûmes aussi d'autres provisions fraîches en abondance, parmi lesquelles je dois citer une espèce de coquillage qui par sa forme ressemblait à la moule, mais qui avait le goût de l'huître. Nous eûmes également en abondance des crevettes des deux espèces et des œufs d'albatros et d'autres oiseaux dont les coquilles étaient noires. Nous embarquâmes encore une bonne provision de chair de cochon, de l'espèce dont j'ai déjà parlé. La plupart de nos hommes y trouvèrent une nourriture agréable ; mais pour ma part elle me sembla imprégnée d'une odeur de poisson, et d'ailleurs répugnante. En retour de toutes ces bonnes choses, nous offrîmes aux naturels des colliers à grains bleus, des bijoux de cuivre, des clous, des couteaux et des morceaux de toile rouge, et ils se montrèrent complètement enchantés de l'échange. Nous établîmes sur la côte un marché régulier, juste sous les canons de la goélette, et tout le trafic s'y opéra avec toutes les apparences de la bonne foi et avec un ordre auquel nous ne nous serions pas attendus de la part de ces sauvages, à en juger par leur conduite au village de *Klock-Klock*.

Les choses allèrent ainsi fort aimablement pendant quelques jours, et durant cette période des bandes de naturels vinrent fréquemment à bord de la goélette et des détachements de nos hommes descendirent souvent à terre, faisant de longues excursions dans l'intérieur et n'éprouvant de la part des habitants aucune espèce de vexation. Voyant avec quelle facilité le navire pouvait être chargé de *biche de mer*, grâce aux dispositions amicales des insulaires, et quel secours ils pouvaient prêter pour la ramasser, le capitaine Guy résolut d'entrer en négociation avec Too-wit relativement à l'érection de bâtiments commodes pour préparer l'article, et à la récompense due à lui et à ses hommes qui se chargeraient d'en recueillir le plus possible, pendant que nous profiterions du beau temps pour poursuivre notre voyage vers le sud. Quand il fit entendre son projet au chef, celui-ci sembla très disposé à entrer en accommodement. Un marché fut donc conclu, parfaitement satisfaisant pour les deux parties, et on convint qu'après avoir fait les préparatifs nécessaires, tels que le tracé d'un emplacement convenable, l'érection d'une partie des bâtiments, et quelques autres besognes pour lesquelles tout notre équipage serait mis en réquisition, la goélette se remettrait en route, laissant sur l'île trois de ses hommes pour surveiller l'accomplissement du projet et enseigner aux naturels la dessiccation de la *biche de mer*. Quant aux conditions du traité, elles dépendaient du zèle et de l'activité des sauvages pendant notre absence. Ils devaient recevoir une quantité convenue de verroterie bleue, de couteaux, de toile rouge, et ainsi de suite, pour autant de fois un certain nombre de *piculs* de *biche de mer*, que nous devions trouver préparée à notre retour.

Une description de la nature de cet important article de commerce et de la méthode de le préparer peut être de quelque intérêt pour mes lecteurs, et je ne vois pas de meilleure place que celle-ci pour introduire ce compte rendu. La notice complète qui suit, relative à la substance en question, est tirée d'une relation moderne de voyage dans les mers du Sud :

« C'est dans ce mollusque des mers de l'Inde qui est connu dans le commerce sous le nom français de *bouche de mer* (fin morceau tiré de la mer). Si je ne me trompe pas, l'illustre Cuvier l'appelle *gasteropoda pulmonifera*. On le recueille en abondance sur les côtes des îles du Pacifique, principalement pour le marché chinois, où il est coté à un très haut prix, presque autant que ces fameux nids comestibles, qui sont probablement faits d'une matière gélatineuse ramassée par une espèce d'hirondelle sur le corps de ces mollusques. Ils n'ont ni coquilles ni pattes, ni aucun membre proéminent, – rien que deux organes, l'un d'absorption, l'autre d'excrétion, situés à l'opposite l'un de l'autre ; mais, grâce à leurs anneaux, élastiques comme ceux des chenilles et des vers, ils rampent vers les hauts-fonds, où, quand la mer est basse, ils sont aperçus par une espèce d'hirondelle, dont le bec aigu, piquant dans le corps tendre du mollusque, en retire une substance gommeuse et filamenteuse qui lui sert, en séchant, à solidifier les parois de son nid. De là le nom de *gasteropoda pulmonifera*.

« Ces mollusques sont de forme oblongue et d'une dimension variable de 3 à 18 pouces de long ; j'en ai vu qui n'avaient pas moins de 2 pieds. Ils sont presque ronds, mais légèrement aplatis sur un côté, celui qui est tourné vers le fond de la mer, et ils sont d'une grosseur qui varie de 1 à 8 pouces. Ils grimpent en rampant dans les hauts-fonds à certaines époques de l'année, – probablement pour se reproduire, car on les voit souvent alors par couples. C'est quand le soleil agit puissamment sur l'eau et qu'il l'attiédit qu'ils approchent de la côte ; et ils vont quelquefois sur des fonds où l'eau est si basse que, la marée se retirant, ils restent à sec, exposés à la chaleur du soleil. Mais ils ne produisent pas leurs petits dans les hauts-fonds, car nous n'avons jamais vu un seul de ceux-ci, et quand on les a observés remontant des eaux profondes, ils étaient toujours parvenus à leur pleine croissance. Ils se nourrissent principalement de cette classe de zoophytes qui produit le corail.

« On prend généralement la *biche de mer* à une profondeur de trois ou quatre pieds ; après quoi on la porte à la côte, et on la fend par un bout avec un couteau, l'incision étant d'un pouce ou de plus, suivant la dimension du mollusque. A travers cette ouverture, l'on fait par la pression sortir les entrailles, qui d'ailleurs ressemblent beaucoup à celles de tous les menus habitants de la mer. On lave alors l'objet, puis on le fait bouillir à une certaine température qui ne doit être ni élevée ni trop faible. On l'ensevelit ensuite dans la terre pendant quatre heures, et on le fait encore bouillir pendant un peu de temps, après quoi on le met à sécher soit au feu, soit au soleil. Les mollusques qu'on fait sécher au soleil sont les meilleurs ; mais quand j'en puis obtenir par ce moyen la valeur d'un *picul* (133 livres 1/3), j'en puis faire sécher trente *piculs* par le feu. Quand ils sont convenablement séchés, on peut les conserver sans danger trois ou quatre ans dans un endroit sec ; mais il faut les examiner de loin en loin, soit quatre fois par an, pour voir si quelque humidité ne les a pas atteints et gâtés.

« Les Chinois, comme nous l'avons dit, considèrent la *biche de mer* comme une friandise des plus recherchées, comme un mets des plus nourrissants et des plus fortifiants, et aussi comme très propre à rajeunir un tempérament épuisé par les voluptés immodérées. L'article de première qualité est coté à un très haut prix à Canton et se vend 90 dollars le *picul* ; la seconde qualité, 75 dollars ; la troisième, 50 dollars ; la quatrième, 30 dollars ; la cinquième, 20 dollars ; la sixième, 12 dollars ; la septième, 8 dollars ; et la huitième, 4 dollars ; toutefois, il arrivera souvent que de petites cargaisons rapporteront davantage sur les marchés de Manille, de Singapour et de Batavia. »

Nous entrâmes donc en arrangement et nous débarquâmes immédiatement tout ce qui était nécessaire pour commencer les bâtiments et déblayer le terrain. Nous fîmes choix d'un vaste espace uni près de la côte est de la baie, où se trouvaient en égale abondance l'eau et le bois, et à une distance convenable des principaux récifs sur lesquels on pouvait se procurer la *biche de mer*. Nous nous mîmes tous à l'œuvre avec une grande ardeur ; bientôt, au grand étonnement des sauvages, nous eûmes abattu un nombre d'arbres suffisant pour notre dessein, et nous les fixâmes régulièrement pour établir la charpente des bâtiments, qui en deux ou trois jours se trouvèrent assez avancés pour abandonner en toute confiance le reste de la besogne aux trois hommes que nous devions laisser derrière nous. Ces hommes étaient John Carson, Alfred Harris et... Peterson (tous trois natifs de Londres, à ce que je crois), qui d'ailleurs s'offrirent d'eux-mêmes pour ce service.

A la fin du mois nous avions fait tous nos préparatifs de départ. Cependant nous étions convenus de faire une solennelle visite d'adieux au village, et Too-wit insista si opiniâtrement sur la nécessité de tenir notre promesse, que nous ne jugeâmes pas convenable de l'offenser par un refus définitif. Je crois que pas un de nous à cette époque n'avait le plus léger soupçon relativement à la bonne foi des sauvages. Ils s'étaient tous conduits avec les plus grands égards, nous aidant avec empressement dans notre besogne, nous offrant leurs marchandises souvent gratuitement, et jamais, dans aucun cas, n'escamotant un seul objet, bien qu'ils manifestassent par leurs éternelles et extravagantes démonstrations de joie, à chaque présent que nous leur faisions, quelle haute valeur ils attribuaient aux articles que nous avions en notre possession. Les femmes particulièrement étaient extrêmement obligeantes en toutes choses, et, en somme, nous aurions été les hommes les plus défiants du monde si nous avions soupçonné la moindre pensée de perfidie de la part d'un peuple qui nous traitait si bien. Il nous suffit de très peu de temps pour nous convaincre que cette bienveillance apparente n'était que le résultat d'un plan profondément étudié pour amener notre destruction, et que les insulaires qui nous avaient inspiré de si singuliers sentiments d'estime appartenaient à la race des plus barbares, des plus subtils et des plus sanguinaires misérables qui aient jamais contaminé la face du globe.

Ce fut le 1er février que nous allâmes à terre pour rendre visite au village. Bien que nous n'eussions pas, je le répète, le plus léger soupçon, cependant aucune précaution convenable ne fut négligée. Six hommes restèrent à bord de la goélette, avec ordre de ne laisser approcher aucun sauvage pendant notre absence, sous quelque prétexte que ce fût, et de rester constamment sur le pont. On hissa les filets de bastingage, les canons reçurent une double charge de grappes de raisin et de mitraille, et les pierriers furent chargés de boîtes à balles de fusils. Le navire était mouillé, avec son ancre à pic, à un mille environ de la côte, et aucun canot ne pouvait en approcher d'aucun côté sans être aperçu et sans s'exposer immédiatement au feu de nos pierriers.

Les six hommes laissés à bord, notre détachement se composait en tout de trente-deux individus. Nous étions armés jusqu'aux dents ; nous avions des fusils, des pistolets et des poignards ; chaque homme possédait en outre un long couteau de marin, ressemblant un peu au *bowie-knife* si popularisé maintenant dans toutes nos contrées du sud et de l'ouest. Une centaine de guerriers revêtus de peaux noires vint à notre rencontre au débarquement pour nous faire la conduite. Je dois dire que nous remarquâmes alors, non sans quelque surprise, qu'ils étaient complètement sans armes ; et quand nous questionnâmes Too-wit relativement à cette circonstance, il répondit simplement : *Mattee non we papa si*, – c'est-à-dire : *Là où tous sont frères, il n'est pas besoin d'armes*. Nous prîmes cela en bonne part, et nous continuâmes notre route.

Nous avions passé la source et le ruisseau dont j'ai déjà parlé, et nous entrions dans une gorge étroite qui serpentait à travers les collines de pierre de savon au milieu desquelles se trouvait situé le village. Cette gorge était rocheuse et très inégale, au point que, lors de notre première excursion à Klock-Klock, nous n'avions pu la franchir qu'avec la plus grande difficulté. Le ravin, dans toute sa longueur, pouvait bien avoir un mille et demi ou même deux milles. Il se contournait en mille sinuosités à travers les collines (il avait probablement, à une époque reculée, formé le lit d'un torrent), et jamais il ne se continuait plus de vingt yards sans faire un brusque coude. Je suis sûr que les versants de cette vallée s'élevaient, en moyenne, à 70 ou 80 pieds de hauteur perpendiculaire dans toute son étendue, et en quelques endroits les parois montaient à une élévation surprenante, obscurcissant tellement la passe que la lumière du jour n'y pénétrait plus qu'à peine. La largeur ordinaire était de quarante pieds environ, et quelquefois elle se rétrécissait au point de ne livrer passage qu'à cinq ou six hommes de front. Bref, il ne pouvait pas y avoir au monde d'endroit mieux choisi pour une embuscade, et il n'était que trop naturel de veiller soigneusement à nos armes aussitôt que nous y entrâmes.

Quand maintenant je pense à notre prodigieuse folie, mon principal sujet d'étonnement est que nous ayons pu nous aventurer ainsi, dans n'importe quelles circonstances, et nous remettre à la discrétion de sauvages inconnus, au point de leur permettre de marcher devant et derrière nous tout le long de la ravine. Cependant, tel fut l'ordre de marche que nous adoptâmes en aveugles, nous fiant sottement à la force de notre troupe, à la disparition des armes chez Too-wit et ses hommes, à l'effet sûr de nos armes à feu (qui était encore un secret pour les naturels), et, avant toutes choses, à la longue affectation d'amitié de ces infâmes misérables. Cinq ou six d'entre eux ouvraient la marche, comme pour nous montrer la route, faisant grand étalage de bons soins et écartant pompeusement les grosses pierres et les débris qui entravaient nos pas. Ensuite venait notre bande. Nous marchions serrés les uns contre les autres, ne prenant souci que d'empêcher notre séparation. Derrière suivait le corps principal des sauvages qui observait un ordre et un décorum tout à fait insolites.

Dirk Peters, un nommé Wilson Allen et moi, nous marchions à la droite de nos camarades, examinant tout le long de notre route les singulières stratifications de la muraille qui surplombait nos têtes. Une fissure dans la roche tendre attira notre attention. Elle était assez large pour permettre à un homme d'y entrer sans se serrer, et elle s'enfonçait dans la montagne à dix-huit ou vingt pieds en droite ligne, biaisant ensuite vers la gauche. La hauteur de cette ouverture, aussi loin que notre regard put pénétrer, était peut-être de soixante ou soixante-dix pieds. A travers les crevasses s'allongeaient deux ou trois arbustes rabougris, rappelant un peu le coudrier, que j'eus la curiosité d'examiner ; m'avançant vivement dans ce but, je détachai cinq ou six noisettes d'une grappe, et je me retirai en toute hâte. Comme je me retournais, je vis que Peters et Allen m'avaient suivi. Je les priai de reculer, parce qu'il n'y avait pas place pour laisser passer deux personnes, et je leur dis que je leur donnerais quelques-unes de mes noisettes. En conséquence ils se retournèrent, et ils se faufilaient vers la route, Allen étant presque à l'orifice de la crevasse, quand j'éprouvai soudainement une secousse qui ne ressemblait à rien qui m'eût été familier jusqu'alors et qui m'inspira comme une vague idée (si en vérité je puis dire que j'eus une idée quelconque) que les fondations de notre globe massif s'entrouvraient tout à coup, et que nous touchions à l'heure de la destruction universelle.

21

CATACLYSME ARTIFICIEL

Aussitôt que je pus rappeler mes sens éperdus, je me sentis presque suffoqué, pataugeant dans une nuit complète parmi une masse de terre diffuse qui croulait lourdement sur moi de tous les côtés et menaçait de m'ensevelir entièrement. Horriblement alarmé par cette idée, je m'efforçai de reprendre pied, et à la fin j'y réussis. Je restai alors immobile pendant quelques instants, m'appliquant à comprendre ce qui m'était arrivé et où je pouvais être. Bientôt j'entendis un profond gémissement tout contre mon oreille et peu de temps après la voix étouffée de Peters qui me suppliait au nom de Dieu de venir à son aide. Je m'avançai péniblement d'un ou deux pas et je tombai juste sur la tête et les épaules de mon camarade, que je trouvai enseveli jusqu'à mi-corps dans une masse de terre molle, et qui luttait avec désespoir pour se délivrer de cette oppression. J'arrachai la terre tout autour de lui avec toute l'énergie dont je pouvais disposer, et je réussis à la longue à le tirer d'affaire.

Aussitôt que nous fûmes suffisamment revenus de notre frayeur et de notre surprise et que nous pûmes causer raisonnablement, nous en vînmes tous deux à cette conclusion, que les murailles de la fissure dans laquelle nous nous étions aventurés s'étaient, par quelque convulsion de la nature ou probablement par leur propre poids, effondrées par le haut, et que, nous trouvant ainsi ensevelis tout vivants, nous étions perdus à jamais. Pendant longtemps, nous nous abandonnâmes lâchement à la douleur et au désespoir le plus affreux, tels que ceux qui ne se sont pas trouvés dans une situation semblable ne pourront jamais se les figurer. Je crois fermement qu'aucun des accidents dont peut être semée l'existence humaine n'est plus propre à créer le paroxysme de la douleur physique et morale qu'un cas semblable au nôtre : – Etre enterrés vivants ! La noirceur des ténèbres qui enveloppent la victime, l'oppression terrible des poumons, les exhalaisons suffocantes de la terre humide se joignent à cette effrayante considération, – que nous sommes exilés au-delà des confins les plus lointains de l'espérance et que nous sommes bien dans la condition spéciale des *morts*, – pour jeter dans le cœur humain un effroi, une horreur glaçante qui sont intolérables, – qu'il est impossible de concevoir !

A la longue, Peters fut d'avis que nous devions avant tout vérifier jusqu'où s'étendait notre malheur et tâtonner à travers notre prison ; car il n'était pas absolument impossible, ajouta-t-il, que nous pussions découvrir une ouverture pour nous échapper. Je m'accrochai vivement à cet espoir, et, rappelant mon énergie, je m'efforçai de me frayer une voie à travers cet amas de terre éparse. J'avais à peine avancé d'un pas qu'un filet de lumière arriva jusqu'à moi, imperceptible, il est vrai, mais suffisant pour me convaincre qu'en tout cas nous ne péririons pas immédiatement par manque d'air. Nous reprîmes alors un peu courage, et nous tâchâmes de nous persuader mutuellement que tout irait pour le mieux. Ayant grimpé par-dessus un banc de décombres qui obstruait notre passage dans la direction de la lumière, nous eûmes moins de peine à avancer, et nous éprouvâmes aussi quelque soulagement à l'excessive oppression qui torturait nos poumons. Il nous fut bientôt possible de distinguer les objets autour de nous et nous découvrîmes que nous étions presque à l'extrémité de la partie de la fissure qui s'étendait en ligne droite, c'est-à-dire à l'endroit où elle faisait un coude sur la gauche. Encore quelques efforts, et nous atteignions le coude, où nous aperçûmes, avec une joie inexprimable, une longue cicatrice ou lézarde qui s'étendait à une vaste distance vers la région supérieure, faisant généralement un angle de quarante-cinq degrés environ, mais quelquefois beaucoup plus ardue. Notre œil ne pouvait pas parcourir toute l'étendue de cette ouverture ; mais la lumière y descendant en quantité suffisante, nous avions presque la certitude (si toutefois nous pouvions grimper jusqu'au sommet) de trouver en haut un passage débouchant en plein air.

Je me souvins alors que nous étions trois qui avions quitté la gorge principale pour entrer dans cette fissure, et que notre camarade Allen n'était pas encore retrouvé ; nous résolûmes donc de revenir sur nos pas et de le chercher. Après une longue perquisition, qui était d'ailleurs pleine de dangers à cause de la masse de terre supérieure qui s'effondrait sur nous, Peters me cria enfin qu'il venait d'empoigner l'un des pieds de notre camarade, et que tout son corps était si profondément enseveli sous les décombres qu'il était impossible de l'en retirer. Je découvris bientôt que ce que disait Peters n'était que trop vrai, et que la vie devait être éteinte depuis longtemps. Le cœur rempli de tristesse, nous abandonnâmes donc le corps à sa destinée et nous nous acheminâmes de nouveau vers le coude du corridor.

La largeur de la déchirure était à peine suffisante pour notre corps, et, après une ou deux tentatives infructueuses pour remonter, nous recommençâmes à désespérer. J'ai déjà dit que la chaîne de hauteurs à travers lesquelles se faufilait la gorge principale était formée d'une espèce de roches ressemblant à la stéatite ou pierre de savon. Les parois de l'ouverture sur lesquelles nous nous efforcions alors de grimper étaient faites de la même substance, et si glissantes et si mouillées que nos pieds pouvaient à peine mordre sur les parties les moins ardues ; en quelques endroits, quand la montée devenait presque perpendiculaire, la difficulté se trouvait naturellement beaucoup plus grave et pendant quelque temps nous crûmes positivement qu'elle serait insurmontable. Nous tirâmes toutefois le courage du désespoir, et, ayant eu l'heureuse idée de tailler des degrés dans la roche tendre avec nos *bowie-knives*, nous nous suspendîmes, au risque de nous tuer, à de petites proéminences faites d'une espèce d'argile schisteuse un peu plus dure, qui saillaient çà et là de la masse générale, et nous arrivâmes enfin à une plate-forme naturelle d'où l'on pouvait apercevoir un lambeau de ciel bleu, à l'extrémité d'une ravine solidement boisée. Regardant alors derrière nous et examinant un peu plus à loisir le passage à travers lequel nous avions émergé, nous vîmes clairement, à l'aspect de ses parois, qu'il était de formation récente, et nous en conclûmes que la secousse, de quelque nature qu'elle fût, qui nous avait si inopinément engloutis, nous avait en même temps ouvert cette voie de salut. Presque épuisés par nos efforts et vraiment si faibles que nous pouvions à peine nous tenir sur nos pieds et prononcer une parole, Peters eut l'idée de donner l'alarme à nos compagnons en déchargeant nos pistolets qui étaient restés fixés à notre ceinture ; – car, pour les fusils et les coutelas, nous les avions perdus parmi les décombres de terre molle au fond de l'abîme. Les événements subséquents prouvèrent que, si nous avions fait feu, nous nous en serions amèrement repentis ; mais par grand bonheur un demi-soupçon de l'infâme tour dont nous étions victimes s'était pendant ce temps-là éveillé dans mon esprit, et nous prîmes bien garde de faire connaître aux sauvages en quel lieu nous nous trouvions.

Après nous être reposés pendant une heure environ, nous poussâmes lentement vers le haut de la ravine, et nous n'étions pas allés bien loin que nous entendîmes une série de hurlements effroyables. Nous atteignîmes enfin ce que nous pouvions décidément appeler la surface du sol ; car notre route jusque-là, depuis que nous avions quitté la plate-forme, avait serpenté sous une voûte de roches élevées et de feuillage, à une grande distance au-dessus de nos têtes. Avec la plus grande prudence, nous nous coulâmes vers une étroite ouverture d'où il nous fut facile d'embrasser du regard toute la contrée environnante, et enfin tout le terrible secret du tremblement de terre nous fut révélé en un moment et au premier coup d'œil.

Notre point de vue n'était pas loin du sommet du

pic le plus élevé parmi cette chaîne de montagnes de stéatite. La gorge dans laquelle s'était engagé notre détachement de trente-deux hommes courait à cinquante pieds à notre gauche. Mais, dans une étendue de cent yards au moins, le défilé, ou lit de cette gorge, était absolument comblé par les débris chaotiques de plus d'un million de tonnes de terre et de pierres, véritable avalanche artificielle qui y avait été adroitement précipitée. La méthode employée pour faire s'écrouler cette vaste masse était aussi simple qu'évidente, car il restait encore des traces positives de l'œuvre meurtrière. En quelques endroits, le long de la crête du côté est de la gorge (nous étions alors à l'ouest), nous pouvions apercevoir des poteaux de bois plantés dans la terre. En ces endroits-là la terre n'avait pas fléchi ; mais tout le long de la paroi du précipice d'où la masse s'était détachée, il était évident d'après certaines traces empreintes dans le sol et ressemblant à celles laissées par la sape, que des pieux semblables à ceux que nous voyions subsistant encore avaient été fixés, à une distance d'un yard au plus l'un de l'autre, dans une longueur peut-être de trois cents pieds, sur une ligne située à dix pieds environ du bord du précipice. De forts ligaments de vigne adhéraient encore aux poteaux subsistant sur la colline, et il était évident que des cordes de même nature avaient été attachées à chacun des autres poteaux. J'ai déjà parlé de la singulière stratification de ces collines de pierre de savon, et la description que j'ai faite tout à l'heure de l'étroite et profonde crevasse à travers laquelle nous avions échappé à notre terrible sépulture doit servir à en faire plus complètement comprendre la nature. Elle était telle que la première convulsion naturelle devait, à coup sûr, fendre le sol en couches perpendiculaires ou lignes de partage parallèles les unes aux autres, et qu'un effort très modéré de l'art pouvait suffire pour obtenir le même résultat. C'était de cette stratification particulière que les sauvages s'étaient servis pour mener à bonne fin leur abominable traîtrise. Il est impossible de mettre en doute qu'une rupture partielle du sol n'ait été opérée, grâce à cette ligne continue de poteaux, à une profondeur d'un ou deux pieds peut-être, et qu'un sauvage placé à l'extrémité de chacune des cordes et tirant à lui (ces cordes étant attachées à la pointe des poteaux et s'étendant depuis la crête de la colline) n'ait obtenu une énorme puissance de levier capable de précipiter, à un signal donné, toute la paroi de la colline dans le fond du gouffre. La destinée de nos pauvres camarades ne pouvait plus être l'objet d'un doute. Seuls nous avions échappé à cet écrasant cataclysme artificiel. Nous étions les seuls hommes blancs restés vivants sur l'île.

22

TEKELI-LI !

Notre situation, telle qu'elle nous apparut alors, était à peine moins terrible que lorsque nous nous étions crus enterrés à tout jamais. Nous n'avions pas d'autre perspective que d'être mis à mort par les sauvages ou de traîner parmi eux une misérable existence de captifs. Nous pourrions, il est vrai, pendant quelque temps, échapper à leur attention dans les replis des collines, et, à la dernière extrémité, dans l'abîme d'où nous venions de sortir ; mais il nous fallait ou mourir de froid et de faim pendant le long hiver polaire, ou finalement trahir notre existence dans nos efforts pour trouver quelques ressources.

Tout le pays environnant semblait fourmiller de sauvages, et de nouvelles bandes, que nous aperçûmes alors, étaient arrivées sur des radeaux des îles situées au sud, indubitablement pour aider à prendre et à piller la *Jane*. Le navire était toujours tranquillement à l'ancre dans la baie, les hommes à bord ne pouvant pas soupçonner qu'un danger quelconque les menaçât. Combien nous brûlâmes en ce moment d'être avec eux, soit pour les aider à opérer leur fuite, soit pour périr ensemble en essayant de nous défendre ! Nous n'apercevions même aucun moyen de les avertir du péril sans attirer immédiatement la mort sur nos têtes, et encore dans ce cas n'avions-nous que peu d'espoir de leur être utiles. Un coup de pistolet aurait suffi pour leur annoncer qu'il était arrivé un malheur ; mais cet avis ne pouvait pas leur faire comprendre que leur seule chance de salut consistait à lever l'ancre immédiatement, – qu'aucun principe d'honneur ne les contraignait à rester, puisque leurs compagnons avaient disparu du rôle des vivants. Pour avoir entendu la décharge, ils ne pouvaient pas être mieux préparés qu'ils n'étaient et qu'ils n'avaient été jusqu'alors à recevoir un ennemi prêt à l'attaque. Aucun avantage ne pouvait résulter d'une alarme donnée par un coup de feu, et il en pouvait résulter un mal infini ; aussi, après mûre réflexion, nous nous en abstînmes.

Nous eûmes ensuite l'idée de nous précipiter vers le navire, de nous emparer d'un des quatre canots amarrés à l'entrée de la baie, et d'essayer de nous frayer un passage jusqu'à la goélette. Mais l'absolue impossibilité de réussir dans cette tentative désespérée devint bientôt évidente. Tout le pays, comme je l'ai dit, fourmillait littéralement de sauvages, qui se rasaient derrière les buissons et les replis des collines, de manière à ne pas être aperçus de la goélette. Particulièrement dans notre voisinage immédiat, et bloquant le seul passage par lequel nous pouvions espérer atteindre le rivage au bon endroit, était postée toute la bande des guerriers aux peaux noires, Too-wit à leur tête, qui semblait n'attendre que quelques renforts pour commencer l'abordage de la *Jane*. Les canots aussi, à l'entrée de la baie, étaient montés par des sauvages, non armés, il est vrai, mais ayant sans aucun doute des armes à leur portée ; nous fûmes donc forcés, malgré tout notre bon vouloir, de rester dans notre cachette, simples spectateurs de la bataille qui ne tarda pas à s'engager.

Au bout d'une demi-heure à peu près, nous vîmes soixante ou soixante-dix radeaux, ou bateaux plats, à balanciers de pirogue, se remplir de sauvages et doubler la pointe sud de la baie. Il ne paraissait pas qu'ils eussent d'autres armes que de courtes massues et des pierres amassées au fond des bateaux. Aussitôt après, un autre détachement, encore plus considérable, s'approcha par une direction opposée, avec des armes semblables. Les quatre canots se remplirent aussi très rapidement d'une foule de naturels qui sortaient des fourrés, se dirigeant tous vers l'entrée du port, et qui poussèrent vivement au large pour rejoindre les autres troupes. Ainsi, en moins de temps qu'il ne m'en a fallu pour le raconter, et comme par magie, la *Jane* se vit assiégée par une multitude immense de forcenés évidemment résolus de s'en emparer à tout prix.

Qu'ils dussent réussir dans cette entreprise, nous n'osions pas en douter un seul instant. Les six hommes laissés sur le navire, quelque résolus qu'ils fussent à se bien défendre, étaient bien loin de suffire au service convenable des pièces, et de toute façon ils étaient incapables de soutenir un combat aussi inégal. Je pouvais à peine me figurer qu'ils fissent la moindre résistance ; mais en cela je me trompais, car je les vis bientôt s'embosser et amener le côté de tribord de manière que toute la bordée portât sur les canots qui se trouvaient alors à portée de pistolet, les radeaux restant à peu près à un quart de mille au vent. Par suite de quelque cause inconnue, probablement de l'agitation de nos pauvres amis se voyant dans une position aussi désespérée, la décharge ne fut qu'un four complet. Pas un canot ne fut atteint, pas un sauvage blessé, le tir étant trop court, et la charge faisant ricochet par-dessus leurs têtes. Le seul effet produit sur eux fut un grand étonnement à cette détonation inattendue et à cette fumée ; et cet étonnement fut si grand que je crus pendant quelques instants qu'ils allaient abandonner leur dessein et regagner la côte. Et à coup sûr il en eût été comme je le crus d'abord, si nos hommes avaient soutenu leur bordée par une décharge de mousqueterie ; car pour le coup, les canots étant si près d'eux, ils n'auraient pas manqué de faire quelques ravages qui eussent au moins suffi à empêcher cette bande-là de s'approcher davantage, et qui leur eussent permis de lâcher une autre bordée sur les radeaux. Mais au contraire, en courant à bâbord pour recevoir les radeaux, ils laissèrent aux hommes des canots le temps de revenir de leur panique, et, en regardant autour d'eux, de vérifier qu'ils n'avaient subi aucun dommage.

La bordée de bâbord produisit l'effet le plus terrible. La mitraille et les boulets ramés des gros canons coupèrent complètement sept ou huit des radeaux, et tuèrent roide trente ou quarante sauvages peut-être, pendant qu'une centaine au moins se trouvaient précipités dans l'eau, dont la plupart cruellement blessés. Ceux qui restaient, perdant complètement la tête, commencèrent tout de suite une retraite précipitée, ne se donnant même pas le temps de repêcher leurs compagnons mutilés, qui nageaient çà et là de tous côtés, criant et hurlant au secours. Ce grand succès néanmoins arriva trop tard pour sauver nos énergiques camarades. La bande des canots était déjà à bord de la goélette au nombre de plus de cent cinquante hommes, la plupart d'entre eux ayant réussi à grimper aux porte-haubans et par-dessus les filets de bastingages, même avant que les mèches fussent appliquées aux canons de bâbord. Rien ne pouvait plus arrêter la rage de ces brutes. Nos hommes furent tout de suite culbutés, écrasés, foulés aux pieds et complètement mis en lambeaux en un instant.

Voyant cela, les sauvages des radeaux revinrent de leur frayeur et arrivèrent en foule pour le pillage. En cinq minutes la *Jane* fut le théâtre déplorable d'une dévastation et d'un désordre sans pareils. Le pont fut fendu, arraché, entrouvert ; les cordages, les voiles et toutes les manœuvres, démolis comme par magie ; cependant que, poussant à l'arrière, remorquant avec ses canots et halant sur les côtés, cette multitude de misérables qui nageait autour du navire parvint facilement à l'échouer à la côte (le câble ayant été filé par le bout), et le remit aux bons soins de Too-wit, qui, durant toute la bataille, comme un général consommé, avait précieusement gardé son poste d'observation au milieu des collines, mais qui, maintenant que la victoire était aussi complète qu'il le désirait, consentait à accourir avec son état-major velu et à prendre sa part du butin.

La descente de Too-wit nous permit de quitter notre cachette et de faire une reconnaissance dans la colline aux environs du ravin. A cinquante yards à peu près de l'entrée, nous vîmes une petite source où nous étanchâmes la soif brûlante qui nous consumait. Non loin de cette source nous découvrîmes quelques coudriers de l'espèce dont j'ai déjà parlé. En goûtant aux noisettes, nous les trouvâmes assez passables et ressemblant par leur saveur à la noisette anglaise commune. Nous en remplîmes immédiatement nos chapeaux, nous les déposâmes dans la ravine et nous retournâmes à la cueillette. Pendant que nous nous occupions activement à les ramasser, un frémissement dans les buissons nous causa une vive alarme, et nous étions au moment de nous raser vers notre gîte, quand un gros oiseau noir du genre butor s'éleva lentement et pesamment des arbrisseaux. J'étais si surpris que je ne savais que faire ; mais Peters eut assez de présence d'esprit pour courir sus à l'oiseau avant qu'il pût s'échapper, et pour l'empoigner par le cou. L'animal se débattait furieusement et poussait de si effroyables cris que nous fûmes au moment de le lâcher, craignant que le bruit ne donnât l'alarme à quelques-uns des sauvages qui pouvaient encore être en embuscade aux environs. A la fin cependant, un bon coup de *bowie-knife* le terrassa, et nous le traînâmes dans la ravine, en nous félicitant d'avoir, en tout cas, mis la main sur une provision de nourriture qui pouvait nous suffire pour une semaine.

Nous sortîmes de nouveau pour regarder autour de nous, et nous nous aventurâmes à une distance considérable sur la pente sud de la montagne ; mais nous ne découvrîmes rien de plus à ajouter à nos provisions. Nous ramassâmes donc une bonne quantité de bois sec, et nous nous en revînmes, voyant une ou deux grandes bandes de naturels qui se dirigeaient vers leur village, tout chargés du butin du navire, et qui pouvaient, nous le craignions fort, nous apercevoir en passant au pied de la colline.

Nous appliquâmes immédiatement nos soins à rendre notre lieu de retraite aussi sûr que possible, et dans ce but nous arrangeâmes quelques broussailles au-dessus de l'ouverture dont j'ai parlé, celle à travers laquelle nous avions aperçu un morceau de ciel bleu, quand, remontant du gouffre, nous avions atteint la plate-forme. Nous ne laissâmes qu'un très petit orifice, juste assez large pour nous permettre de surveiller la baie, sans courir le risque d'être aperçus d'en bas. Quand nous eûmes fini, nous nous félicitâmes de la sûreté de notre position ; car aussi longtemps qu'il nous plairait de rester dans la ravine et de ne pas nous hasarder sur la colline, nous étions absolument à l'abri de toute observation. Nous n'apercevions aucune trace qui prouvât que les sauvages fussent jamais entrés dans ce trou ; mais quand nous en vînmes à réfléchir que la fissure à travers laquelle nous y étions parvenus avait été probablement opérée tout récemment par la chute du versant opposé, et que nous ne pouvions découvrir aucune autre voie pour y arriver, nous ne fûmes pas aussi portés à nous réjouir de la sécurité de notre abri qu'effrayés de l'idée qu'il nous serait absolument impossible de descendre. Nous résolûmes d'explorer entièrement le sommet de la colline, jusqu'à ce qu'une bonne occasion vînt s'offrir à nous. Cependant nous surveillions tous les mouvements des sauvages à travers notre lucarne.

Ils avaient déjà complètement dévasté le navire, et ils se préparaient maintenant à y mettre le feu. En peu de temps nous vîmes la fumée monter en lourds tourbillons à travers la grande écoutille, et bientôt une masse épaisse de flammes s'élança du gaillard d'avant. Le gréement, les mâts et ce qui pouvait rester des voiles prirent feu immédiatement, et l'incendie se propagea rapidement tout le long du pont. Cependant une foule de sauvages restaient toujours à leur poste sur le navire, attaquant avec de grosses pierres, des haches et des boulets de canon tous les boulons, toutes les ferrures et tous les cuivres. Sur la côte, dans les canots, sur les radeaux, tout autour de la goélette, il y avait bien en tout dix mille insulaires, sans compter les bandes de ceux qui s'en retournaient chargés de butin vers l'intérieur ou vers les îles voisines. Nous comptâmes alors sur une catastrophe, et nous ne fûmes pas déçus dans notre espoir. Comme premier symptôme, il se produisit une vive secousse (dont nous sentîmes parfaitement le contrecoup comme si nous avions éprouvé une légère décharge de pile voltaïque), mais qui ne fut pas suivie de signes visibles d'explosion. Les sauvages furent évidemment surpris, et ils interrompirent pour un instant leur besogne et leurs cris.

Ils étaient au moment de se remettre à l'œuvre, quand l'entrepont vomit une masse soudaine de fumée qui ressemblait à un lourd et ténébreux nuage électrique ; – puis, comme jaillissant de ses entrailles, s'éleva une longue colonne de flamme brillante à une hauteur apparente d'un quart de mille, puis il y eut une soudaine expansion circulaire de la flamme, – toute l'atmosphère fut magiquement criblée, un instant, d'un effroyable chaos de bois, de métal et de membres humains, – et finalement se produisit la secousse suprême dans toute sa furie, qui nous renversa impétueusement, pendant que les collines se renvoyaient les échos multipliés de ce tonnerre et qu'une pluie de fragments imperceptibles s'abattait, droite et drue, de tous côtés autour de nous.

Le ravage parmi les insulaires dépassa nos plus belles espérances, et ils recueillirent les fruits mûrs et parfaits de leur trahison. Un millier d'hommes peut-être périrent par l'explosion, et mille autres au moins furent effroyablement mutilés. Toute la surface de la baie était littéralement jonchée de ces misérables se débattant et se noyant, et sur la côte les choses étaient pires encore. Ils semblaient entièrement terrifiés par la soudaineté et la perfection de leur déconfiture, et ils ne faisaient aucun effort pour se prêter secours les uns aux autres. A la fin nous remarquâmes un changement total dans leur conduite. D'une stupeur absolue ils parurent tout d'un coup passer au degré le plus élevé de l'excitation ; ils se précipitèrent çà et là d'une manière désordonnée, courant vers un certain point de la baie et s'enfuyant aussitôt, avec les plus étranges expressions de rage, de terreur et d'ardente curiosité peintes sur leurs physionomies, et vociférant de toute la force de leurs poumons : *Tekeli-li ! Tekeli-li !*

Nous vîmes bientôt une grande troupe se retirer dans les collines, d'où ils sortirent au bout de peu de temps, avec des pieux de bois. Ils les portèrent à l'endroit où la presse était le plus compacte, et cette multitude s'ouvrit comme pour nous révéler l'objet d'une si grande agitation. Nous aperçûmes quelque chose de *blanc* qui reposait sur le sol, mais nous ne pûmes pas distinguer immédiatement ce que c'était. A la longue, nous vîmes que c'était le corps de l'étrange animal aux dents et aux griffes écarlates, que la goélette avait pêché en mer, le 18 janvier. Le capitaine Guy avait fait conserver le corps pour empailler la peau et la rapporter en Angleterre. Je me rappelle qu'il avait donné quelques ordres à ce sujet, juste avant de toucher à l'île, et qu'on avait porté dans la cabine et serré dans un des caissons ce précieux échantillon ; il venait d'être jeté sur la côte par l'explosion ; mais pourquoi causait-il une si grande agitation parmi les sauvages, c'est ce qui dépassait notre intelligence. Bien que la foule se fût amassée autour de la bête, à une petite distance, aucun d'eux n'avait l'air de vouloir en approcher tout à fait. Bientôt, les hommes armés de pieux les plantèrent en cercle autour du cadavre, et à peine cet arrangement fut-il achevé, que toute cette immense multitude se précipita vers l'intérieur de l'île, en vociférant ses *Tekeli-li ! Tekeli-li !*

23

LE LABYRINTHE

Pendant les six ou sept jours qui suivirent, nous restâmes dans notre cachette sur la colline, ne sortant que de temps à autre, et toujours avec les plus grandes précautions, pour chercher de l'eau et des noisettes. Nous avions établi sur la plate-forme une espèce d'appentis ou de cabane, et nous l'avions meublée d'un lit de feuilles sèches et de trois grosses pierres plates, lesquelles nous servaient également de cheminée et de table. Nous allumâmes du feu sans peine en frottant l'un contre l'autre deux morceaux de bois, l'un tendre, l'autre dur. L'oiseau que nous avions pris si à propos nous procura une nourriture excellente, bien qu'un peu coriace. Ce n'était pas un oiseau océanique, mais une espèce de butor, avec un plumage d'un noir de jais parsemé de gris et des ailes fort petites relativement à sa grosseur. Nous en vîmes plus tard trois autres de même espèce dans les environs du ravin, qui avaient l'air de chercher celui que nous avions capturé ; mais, comme ils ne s'abattirent pas une seule fois, nous ne pûmes nous en emparer.

Tant que dura l'animal, nous n'eûmes pas à souffrir de notre situation ; mais il était maintenant entièrement consommé, et il y avait absolue nécessité d'aviser aux provisions. Les noisettes ne suffisaient pas à apaiser les angoisses de la faim ; de plus elles nous causaient de cruelles coliques d'intestins, et même de violents maux de tête quand nous en mangions abondamment. Nous avions aperçu quelques grosses tortues près du rivage, à l'est de la colline, et nous avions vu qu'il nous serait facile de nous en emparer, pourvu que nous pussions arriver jusqu'à elles sans être découverts par les naturels. Nous résolûmes donc de tenter une descente.

Nous commençâmes par descendre le long de la pente sud, qui semblait nous présenter de moindres difficultés ; mais nous avions à peine fait cent yards que notre marche (comme nous l'avions prévu d'après l'inspection des lieux faite du sommet de la colline) fut complètement barrée par un embranchement de la gorge dans laquelle nos camarades avaient péri. Nous longeâmes le bord de cette ravine pendant un quart de mille à peu près ; mais nous fûmes arrêtés de nouveau par un précipice d'une immense profondeur, et, comme il nous était impossible de descendre le long de sa paroi, nous fûmes contraints de revenir sur nos pas en suivant la ravine principale.

Nous poussâmes alors vers l'est, mais nous n'eûmes pas meilleure chance, et le cas se trouva exactement semblable. Après une heure d'une gymnastique à nous casser le cou, nous découvrîmes que nous étions simplement descendus dans un vaste abîme de granit noir, dont le fond était recouvert d'une poussière fine et d'où nous ne pouvions sortir que par la route raboteuse que nous avions suivie pour y descendre. Nous

nous échinâmes donc de nouveau sur ce chemin périlleux, et puis nous tentâmes la crête nord de la montagne. Là, nous fûmes obligés de manœuvrer avec toutes les précautions imaginables, car la plus légère imprudence pouvait nous exposer en plein à la vue des sauvages du village. Nous nous mîmes donc à ramper sur nos mains et sur nos genoux, et de temps en temps il nous fallait nous jeter à plat ventre, traînant alors notre corps en tirant sur les arbustes. Avec toutes ces précautions nous n'avions encore fait que fort peu de chemin, quand nous arrivâmes à un abîme encore plus profond qu'aucun que nous eussions vu jusque-là, et qui conduisait directement dans la gorge principale. Ainsi nous vîmes nos craintes parfaitement confirmées, et nous nous trouvâmes complètement isolés et sans accès possible vers la contrée située au-dessous de nous. Radicalement épuisés par tant d'efforts, nous regagnâmes de notre mieux la plate-forme, et, nous jetant sur notre lit de feuilles, nous dormîmes pendant quelques heures d'un sommeil profond et bienfaisant.

Après cette recherche infructueuse, nous nous occupâmes pendant quelques jours à explorer dans toutes ses parties le sommet de la montagne pour vérifier quelles ressources réelles il pouvait nous offrir. Nous vîmes qu'il était impossible d'y trouver aucune nourriture, à l'exception des pernicieuses noisettes et d'une espèce très drue de cochléaria qui croissait sur une petite étendue de quatre verges carrées au plus, et que nous eûmes bientôt épuisée. Le 15 février, autant du moins que je puis me rappeler, il n'en restait plus un brin et les noisettes devenaient rares : aussi nous était-il difficile de concevoir une situation plus déplorable[1]. Le 16, nous recommençâmes à longer les remparts de notre prison dans l'espérance de trouver quelque échappée ; mais ce fut en vain. Nous redescendîmes aussi dans le trou dans lequel nous avions été engloutis, avec le faible espoir de découvrir, en suivant ce couloir, quelque ouverture aboutissant sur la ravine principale. Là encore nous fûmes désappointés ; mais nous trouvâmes et nous rapportâmes avec nous un fusil.

Le 17, nous sortîmes, résolus à examiner plus soigneusement l'abîme de granit noir dans lequel nous étions entrés lors de notre première exploration. Nous nous souvînmes de n'avoir regardé qu'imparfaitement à travers l'une des fissures qui sillonnaient la paroi du gouffre, et nous nous sentîmes impatients de l'explorer, bien que nous n'eussions guère l'espoir de découvrir une issue.

Nous pûmes atteindre sans trop de peine le fond de cette cavité, comme nous avions déjà fait, et il nous fut alors possible de l'examiner tout à loisir. C'était positivement un des endroits les plus singuliers du monde, et il nous était difficile de nous persuader que ce fût là purement l'œuvre de la nature. L'abîme avait, de l'extrémité est à l'extrémité ouest, à peu près cinq cents yards de long, en supposant toutes les sinuosités alignées bout à bout ; la distance de l'est à l'ouest, en ligne droite, n'était guère de plus de quarante à cinquante yards, autant que je pus conjecturer, car je n'avais pas de moyens exacts de mesurage. Au commencement de notre descente, c'est-à-dire jus-

1. Ce jour-là fut un jour notable, en ce que nous observâmes du côté du sud quelques-unes de ces immenses ondulations de vapeur grisâtre dont j'ai parlé déjà. – *E.A.P.*

qu'à une centaine de pieds à partir du sommet de la colline, les parois de l'abîme ressemblaient fort peu l'une à l'autre et ne paraissaient pas avoir été jamais réunies, l'une des surfaces étant de pierre de savon, l'autre de marne, mais granulée de je ne sais quelle substance métallique. La largeur moyenne, ou intervalle entre les deux murailles, était quelquefois de soixante pieds environ ; mais ailleurs disparaissait toute régularité de formation. Toutefois, en descendant encore, au-delà de la limite que j'ai indiquée, l'intervalle se rétrécissait rapidement, et les parois commençaient à courir parallèlement l'une à l'autre, quoiqu'elles fussent encore, jusqu'à une certaine étendue, différentes par la matière et par la physionomie de leur surface. En arrivant à cinquante pieds du fond commençait la régularité parfaite. Les murailles apparaissaient complètement uniformes quant à la substance, à la couleur et à la direction latérale, la matière étant un granit très noir et très brillant, et l'intervalle entre les deux côtés, qui se faisaient régulièrement face l'un à l'autre, restant exactement de vingt yards. La forme précise de ce gouffre sera plus facile à comprendre grâce à un dessin pris sur les lieux ; car j'avais heureusement sur moi un portefeuille et un crayon, que j'ai très soigneusement conservés à travers une longue série d'aventures subséquentes, et auxquels je dois une foule de notes de toute espèce qui autrement auraient disparu de ma mémoire.

Cette figure *(figure 1)* donne le contour général de l'abîme, sauf les cavités moindres sur les parois, qui étaient assez fréquentes, chaque enfoncement correspondant à une saillie opposée. Le fond du gouffre était recouvert, jusqu'à 3 ou 4 pouces de profondeur, d'une poussière presque impalpable, sous laquelle nous trouvâmes un prolongement du granit noir. A droite, à l'extrémité inférieure, on remarquera la figuration d'une petite ouverture ; c'est la fissure dont j'ai parlé ci-dessus, et dont un examen plus minutieux faisait l'objet de notre seconde visite. Nous nous y poussâmes alors avec vigueur, élaguant une masse de ronces qui obstruaient notre route, et écartant des tas de cailloux aigus, dont la forme rappelait celle des sagittaires.

FIG. 1.

FIG. 2.

Toutefois, nous nous sentîmes encouragés à persévérer, en apercevant une faible lumière qui venait de l'autre extrémité. A la longue, nous nous faufilâmes douloureusement pendant un espace de 30 pieds environ, et nous découvrîmes que l'ouverture en question était une voûte basse et d'une forme régulière, avec un fond de cette même poussière impalpable qui tapissait l'abîme principal. Une lumière vigoureuse éclata alors sur nous, et, faisant un brusque coude, nous nous trouvâmes dans une autre galerie élevée, semblable à tous égards, sauf par sa forme longitudinale, à celle que nous venions de quitter. J'en donne ici la figure générale *(fig. 2)*.

La longueur totale de cet abîme, en commençant par l'ouverture *a*, et en tournant par la courbe *b* jusqu'à l'extrémité *d*, est de 550 yards. A *c* nous découvrîmes une petite fissure semblable à celle par laquelle nous étions sortis de l'autre abîme, et celle-ci était pareillement encombrée de ronces et d'une masse de cailloux jaunâtres en têtes de flèches. Nous nous y frayâmes notre chemin, et nous vîmes qu'à une distance de 40 pieds environ elle aboutissait à un troisième abîme. Celui-là aussi était exactement semblable au premier, sauf par sa forme longitudinale, que représente la figure 3.

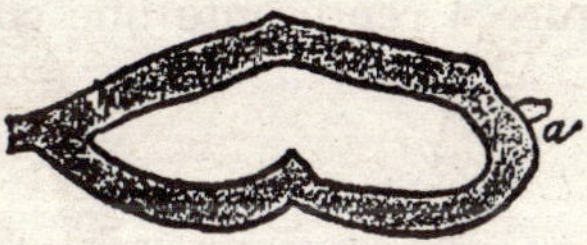

FIG. 3.

La longueur totale du troisième abîme se trouva être de 320 yards. Au point *a* était une ouverture large de 6 pieds environ, qui s'enfonçait à une profondeur de 15 pieds dans le roc, où elle se terminait par une couche de marne ; au-delà il n'y avait pas d'autre abîme, comme d'ailleurs nous nous y attendions. Nous étions au moment de quitter cette fissure, dans laquelle la lumière ne pénétrait qu'à peine, quand Peters appela mon attention sur une rangée d'entailles d'apparence bizarre dont était décorée la surface de marne qui terminait le cul-de-sac. Avec un très léger effort d'imagination, on aurait pu prendre l'entaille située à gauche, ou le plus au nord, pour la représentation intentionnelle, quoique grossière, d'une figure humaine se tenant debout avec un bras étendu. Quant aux autres, elles avaient quelque peu de ressemblance avec des caractères alphabétiques, et cette opinion en l'air, – que c'étaient réellement des caractères, – séduisit Peters, qui adopta cette conclusion à tout hasard. Je le convainquis finalement de son erreur en dirigeant son attention vers le sol de la crevasse, où, parmi la poussière, nous ramassâmes, morceau par morceau, quelques gros éclats de marne qui avaient évidemment jailli, par l'effet de quelque convulsion, de la surface où apparaissaient les entailles, et qui gardaient encore des points de saillie s'adaptant exactement aux creux de la muraille ; preuve que c'était bien l'ouvrage de la nature. La figure 4 représente une copie soignée de l'ensemble.

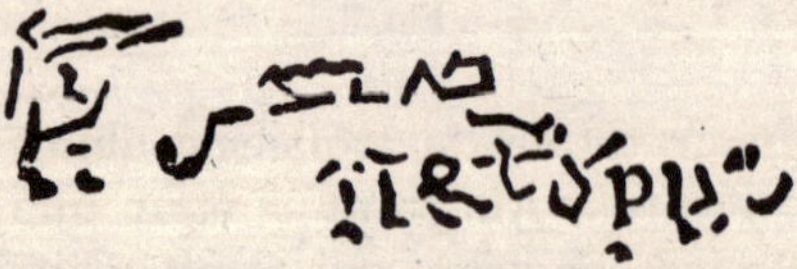

FIG. 4.

Après nous être bien convaincus que ces singulières cavités ne nous offraient aucun moyen de sortir de notre prison, nous reprîmes notre route, abattus et désespérés, vers le sommet de la colline. Pendant les vingt-quatre heures suivantes, il ne nous arriva rien valant la peine d'être rapporté, sauf qu'en examinant le terrain à l'est du troisième abîme, nous découvrîmes deux trous triangulaires d'une grande profondeur, dont les parois étaient également de granit noir. Quant à descendre dans ces trous, nous jugeâmes qu'ils n'en valaient pas la peine ; car ils étaient sans issue et avaient l'apparence de simples puits naturels. Ils avaient chacun vingt pieds environ de circonférence, et leur forme, ainsi que leur position relativement au troisième gouffre, est indiquée dans la figure 5.

FIG. 5.

24

L'ÉVASION

Le 20 du mois, voyant qu'il nous était absolument impossible de vivre plus longtemps sur les noisettes, dont l'usage nous causait des tortures atroces, nous résolûmes de faire une tentative désespérée pour descendre le versant méridional de la colline. De ce côté, la paroi du précipice était d'une espèce de pierre de savon extrêmement tendre, mais presque perpendiculaire dans toute son étendue (une profondeur de cent cinquante pieds au moins), et même surplombant en plusieurs endroits. Après un long examen, nous découvrîmes une étroite saillie à vingt pieds à peu près au-dessous du bord du précipice ; Peters réussit à sauter dessus ; encore lui prêtai-je toute l'assistance possible avec nos mouchoirs attachés ensemble. J'y descendis à mon tour avec un peu plus de difficulté ; et nous vîmes alors qu'il y avait possibilité de descendre jusqu'au bas par le même procédé que nous avions employé pour grimper du gouffre où nous avait ensevelis la colline écroulée, c'est-à-dire en taillant avec nos couteaux des degrés sur la paroi de stéatite. On peut à peine se figurer jusqu'à quel point l'entreprise était hasardeuse ; mais, comme il n'y avait pas d'autre ressource, nous nous décidâmes à tenter l'aventure.

Sur la saillie où nous étions placés s'élevaient quelques méchants coudriers ; à l'un d'eux nous attachâmes par un bout notre corde de mouchoirs. L'autre bout étant assujetti autour de la taille de Peters, je le descendis le long du précipice jusqu'à ce que les mouchoirs fussent tendus roides. Il se mit alors à creuser un trou profond (de huit ou dix pouces environ) dans la pierre de savon, talutant la roche à un pied au-dessus à peu près, de manière à pouvoir planter, avec la crosse d'un pistolet, une cheville suffisamment forte dans la surface nivelée. Je le hissai alors de quatre pieds à peu près, et là il creusa un trou semblable au trou inférieur, planta une nouvelle cheville de la même manière, et obtint ainsi un point d'appui pour les deux pieds et les deux mains. Je détachai alors les mouchoirs de l'arbrisseau, et je lui jetai le bout, qu'il assujettit à la cheville du trou supérieur ; il se laissa ensuite glisser doucement à trois pieds environ plus bas qu'il n'avait encore été, c'est-à-dire de la longueur totale des mouchoirs. Là il creusa un nouveau trou et planta une nouvelle cheville. Alors il se hissa lui-même, de manière à poser ses pieds dans le trou qu'il venait de creuser, empoignant avec ses mains la cheville dans le trou au-dessus.

Il lui fallait alors détacher le bout du mouchoir de la cheville supérieure pour le fixer à la seconde, et ici il s'aperçut qu'il avait commis une faute en creusant les trous à une si grande distance l'un de l'autre. Néanmoins, après une ou deux tentatives périlleuses pour atteindre le nœud (ayant à se retenir avec sa main gauche pendant que la droite travaillait à défaire le nœud), il se décida enfin à couper la corde, laissant un lambeau de six pouces fixé à la cheville. Attachant alors les mouchoirs à la seconde cheville, il descendit d'un degré au-dessous de la troisième, ayant bien soin cette fois de ne pas se laisser aller trop bas. Grâce à ce procédé (que pour mon compte je n'aurais jamais su inventer, et dont nous fûmes absolument redevables à l'ingéniosité et au courage de Peters), mon camarade réussit enfin, en s'aidant de temps à autre des saillies de la paroi, à atteindre le bas de la colline sans accident.

Il me fallut un peu de temps pour rassembler l'énergie nécessaire pour le suivre ; mais enfin j'entrepris la chose. Peters avait ôté sa chemise avant de descendre, et, en y joignant la mienne, je fis la corde nécessaire pour l'opération. Après avoir jeté le fusil trouvé dans l'abîme, j'attachai cette corde aux buissons et je me laissai couler rapidement, m'efforçant, par la vivacité de mes mouvements, de bannir l'effroi qu'autrement je n'aurais pas pu dominer.

Ce moyen me réussit en effet pour les quatre ou cinq premiers degrés ; mais bientôt mon imagination se trouva terriblement frappée en pensant à l'immense hauteur que j'avais encore à descendre, à la fragilité et à l'insuffisance des chevilles et des trous glissants qui faisaient mon seul support. C'était en vain que je m'efforçais de chasser ces réflexions et de maintenir mes yeux fixés sur la muraille unie qui me faisait face. Plus je luttais vivement pour *ne pas penser*, plus mes pensées devenaient vives, intenses, affreusement distinctes.

A la longue, arriva la crise de l'imagination, si redoutable dans tous les cas de cette nature, la crise dans laquelle nous appelons à nous les impressions qui doivent infailliblement nous faire tomber, – nous figurant le mal de cœur, le vertige, la résistance suprême, le demi-évanouissement et enfin toute l'horreur d'une chute perpendiculaire et précipitée. Et je voyais alors que ces images se transformaient d'elles-mêmes en réalités, et que toutes les horreurs évoquées fondaient positivement sur moi. Je sentais mes genoux s'entrechoquer violemment tandis que mes doigts lâchaient graduellement, mais très certainement leur prise. Il y avait un bourdonnement dans mes oreilles, et je me disais : C'est le glas de ma mort ! – Et voilà que je fus pris d'un désir irrésistible de regarder au-dessous de moi. Je ne pouvais plus, je ne voulais plus condamner mes yeux à ne voir que la muraille, et avec une émotion étrange, indéfinissable, moitié d'horreur, moitié d'oppression soulagée, je plongeai mes regards dans l'abîme.

Pour un instant mes doigts s'accrochèrent convulsivement à leur prise, et une fois encore l'idée de mon salut possible flotta, ombre légère, à travers mon esprit ; un instant après, toute mon âme était pénétrée d'*un immense désir de tomber*, – un désir, une tendresse pour l'abîme ! une passion absolument immaîtrisable ! Je lâchai tout à coup la cheville, et faisant un demi-tour contre la muraille, je restai une seconde vacillant sur cette surface polie. Mais alors se produisit un tournoiement dans mon cerveau ; une voix imaginaire et stridente criait dans mes oreilles ; une figure noirâtre, diabolique, nuageuse, se dressa juste au-dessous de moi ; je soupirai, je sentis mon cœur prêt à se briser, et je me laissai tomber dans les bras du fantôme.

Je m'étais évanoui, et Peters s'était emparé de moi

comme je tombais. De sa place au bas de la colline, il avait étudié mes mouvements, et, apercevant mon imminent danger, il avait essayé de m'inspirer du courage par tous les moyens qui lui étaient venus à la pensée ; mais le trouble de mon esprit était si grand que je n'avais pu entendre ce qu'il me disait et que je n'avais même pas soupçonné qu'il me parlât. A la fin, me voyant chanceler, il s'était dépêché de venir à mon secours, et enfin il était arrivé juste à temps pour me sauver. Si j'étais tombé de tout mon poids, la corde de linge se serait inévitablement rompue, et j'aurais été précipité dans l'abîme ; mais grâce à Peters qui amortit la secousse, je pus tomber doucement, de manière à rester suspendu, sans danger, jusqu'à ce que je revinsse à la vie. Cela eut lieu au bout de quinze minutes. Quand je recouvrai mes sens, ma terreur s'était entièrement évanouie ; je sentais en moi comme un être nouveau, et, en me faisant aider encore un peu par mon camarade, j'atteignis le fond sain et sauf.

Nous nous trouvâmes alors à peu de distance de la ravine qui avait été le tombeau de nos amis et au sud de l'endroit où la colline était tombée. Le lieu avait un aspect de dévastation étrange, qui me rappelait les descriptions que font les voyageurs de ces lugubres régions qui marquent l'emplacement de la Babylone ruinée. Pour ne pas parler des décombres de la colline arrachée qui formaient une barrière chaotique devant l'horizon du nord, la surface du sol, de tous les autres côtés, était parsemée de vastes tumuli qui semblaient les débris de quelques gigantesques constructions artificielles. Cependant, en examinant les détails, il était impossible d'y découvrir un semblant d'art. Les scories étaient abondantes et de gros blocs de granit noir se mêlaient à des blocs de marne[1], les deux espèces étant grenaillées de métal. Aussi loin que l'œil pouvait atteindre, il n'y avait aucune trace de végétation quelconque dans toute l'étendue de cette surface désolée. Nous vîmes quelques énormes scorpions et divers reptiles qui ne se trouvent pas ailleurs dans les hautes latitudes.

Comme la nourriture était notre but immédiat, nous résolûmes de nous diriger vers la côte, qui n'était située qu'à un demi-mille, dans l'idée de faire une chasse aux tortues, car nous en avions remarqué quelques-unes du haut de notre cachette sur la colline. Nous avions fait quelque chose comme cent yards, filant avec précaution derrière les grosses roches et les tumuli, et nous tournions un angle, quand cinq sauvages s'élancèrent sur nous d'une petite caverne et terrassèrent Peters d'un coup de massue. Comme il tombait, toute la bande se jeta sur lui pour s'assurer de sa victime, et me laissa du temps pour revenir de ma surprise. J'avais encore le fusil, mais le canon avait été si endommagé par sa chute du haut de la montagne que je le jetai comme une arme de rebut, préférant me fier à mes pistolets que j'avais soigneusement conservés et qui étaient en bon état. Je m'avançai avec mes armes sur les assaillants, et je les ajustai rapidement l'un après l'autre. Deux des sauvages tombèrent, et un troisième, qui était au moment de percer Peters de sa lance, sauta sur ses pieds sans accomplir son dessein. Mon compagnon se trouvant ainsi dégagé, nous n'éprouvâmes plus d'em-

1. La marne aussi était noire. En somme, nous ne remarquâmes dans l'île aucune substance qui fût d'une couleur claire. – *E.A.P.*

barras. Il avait aussi ses pistolets, mais il jugea prudent de n'en pas faire usage, se fiant à son énorme force personnelle, qui était vraiment plus considérable que celle d'aucun homme que j'aie jamais connu. S'emparant du bâton d'un des sauvages qui étaient tombés, il fit sauter instantanément la cervelle des trois qui restaient, et tua chacun d'un seul coup de son arme, ce qui nous rendit complètement maîtres du champ de bataille.

Ces événements s'étaient passés si rapidement que nous pouvions à peine croire à leur réalité, et nous nous tenions debout auprès des cadavres dans une espèce de contemplation stupide, quand nous fûmes rappelés à nous-mêmes par des cris retentissant dans le lointain. Il était évident que les coups de feu avaient donné l'alarme aux sauvages, et que nous étions en grand danger d'être découverts. Pour regagner la montagne il eût fallu nous diriger dans la direction des cris ; et quand même nous aurions réussi à atteindre la base, nous n'aurions pas pu remonter sans être vus. Notre situation était des plus périlleuses, et nous ne savions de quel côté diriger notre fuite, quand un des sauvages sur lequel j'avais fait feu, et que je croyais mort, sauta vivement sur ses pieds et essaya de décamper. Cependant nous nous emparâmes de lui avant qu'il eût fait quelques pas, et nous allions le mettre à mort, quand Peters eut l'idée qu'il y aurait peut-être quelque avantage pour nous à le contraindre à nous accompagner dans notre tentative de fuite. Nous le traînâmes donc avec nous, lui faisant bien comprendre que nous étions décidés à le tuer, s'il faisait la moindre résistance. Au bout de quelques minutes il devint parfaitement docile, se faufila à nos côtés pendant que nous nous poussions à travers les roches, toujours dans la direction du rivage.

Jusque-là les inégalités du terrain que nous avions parcouru avaient caché la mer à nos regards, excepté par intervalles, et quand enfin nous l'aperçûmes pleinement devant nous, elle était peut-être à une distance de deux cents yards. Comme nous surgissions à découvert dans la baie, nous vîmes, à notre grand effroi, une foule immense de naturels qui se précipitaient du village et de tous les points visibles de l'île, se dirigeant vers nous avec une gesticulation pleine de fureur, et hurlant comme des bêtes sauvages. Nous étions au moment de retourner sur nos pas et d'essayer de faire une retraite dans les abris que pouvaient nous offrir les irrégularités du terrain, quand nous découvrîmes l'avant de deux canots se projetant de derrière une grosse roche qui se continuait dans l'eau. Nous y courûmes de toute notre vitesse, et, les ayant atteints, nous les trouvâmes non occupés, chargés seulement de trois grosses tortues galapagos et pourvus des pagaies nécessaires pour soixante rameurs. Nous prîmes immédiatement possession d'un de ces canots, et, jetant notre captif à bord, nous poussâmes au large avec toute la vigueur dont nous pouvions disposer.

Mais nous ne nous étions pas éloignés du rivage de cinquante yards que, nous trouvant un peu plus de sang-froid, nous comprîmes quelle énorme bévue nous avions commise en laissant l'autre canot au pouvoir des sauvages, qui pendant ce temps s'étaient rapprochés de la baie, ne se trouvant plus qu'à une distance double de celle qui nous en séparait, et avançaient rapidement dans leur course. Il n'y avait pas de temps à perdre. Notre espoir était un espoir chétif ;

mais enfin nous n'en avions point d'autres. Il était douteux que, même en faisant les plus grands efforts, nous puissions arriver à temps pour nous emparer du canot avant eux mais, cependant, il y avait chance. Si nous réussissions, nous pouvions nous sauver ; mais, si nous ne faisions pas la tentative, nous n'avions qu'à nous résigner à une boucherie inévitable.

Notre canot était construit de telle façon que l'avant et l'arrière se trouvaient semblables, et au lieu de virer, nous changeâmes simplement de mouvement pour ramer. Aussitôt que les sauvages s'en aperçurent, ils redoublèrent de cris et de vitesse et se rapprochèrent avec une inconcevable rapidité. Cependant nous nagions avec toute l'énergie du désespoir, et, quand nous atteignîmes le point disputé, un seul des sauvages y était arrivé. Cet homme paya cher son agilité supérieure ; Peters lui déchargea un coup de pistolet dans la tête comme il touchait au rivage. Les plus avancés parmi les autres étaient peut-être à une distance de vingt ou trente pas quand nous nous emparâmes du canot. Nous nous efforçâmes d'abord de le tirer pour le mettre à flot ; mais, voyant qu'il était trop solidement échoué, et n'ayant pas de temps à perdre, Peters, d'un ou deux vigoureux coups avec la crosse du fusil, réussit à briser un bon morceau de l'avant et d'un des côtés. Alors nous poussâmes au large. Pendant ce temps, deux des naturels avaient empoigné notre bateau et refusaient obstinément de le lâcher, si bien que nous fûmes obligés de les expédier avec nos couteaux.

Pour le coup, nous étions tirés d'affaire et nous filâmes rondement sur la mer. Le gros des sauvages, en arrivant au canot brisé, poussa les plus épouvantables cris de rage et de désappointement qu'on puisse imaginer. En vérité, d'après tout ce que j'ai pu connaître de ces misérables, ils m'ont apparu comme la race la plus méchante, la plus hypocrite, la plus vindicative, la plus sanguinaire, la plus positivement diabolique qui ait jamais habité la face du globe. Il était clair que nous n'avions pas de miséricorde à espérer si nous étions tombés dans leurs mains. Ils firent une tentative insensée pour nous poursuivre avec le canot fracassé ; mais, voyant qu'il ne pouvait plus servir, ils exhalèrent de nouveau leur rage dans une série de vociférations horribles, et puis ils se précipitèrent vers leurs collines.

Nous étions donc délivrés de tout danger immédiat, mais notre situation était toujours passablement sinistre. Nous savions que quatre canots de la même espèce que le nôtre avaient été, à un certain moment, en la possession des sauvages, et nous ignorions (fait qui nous fut plus tard affirmé par notre prisonnier) que deux de ces bateaux avaient été mis en pièces par l'explosion de la *Jane Guy*. Nous calculâmes donc que nous serions poursuivis aussitôt que nos ennemis auraient fait le tour et seraient arrivés à la baie (distante de trois milles environ) où les canots étaient ordinairement amarrés. Dans cette crainte, nous fîmes tous nos efforts pour laisser l'île derrière nous, et nous nous avançâmes rapidement en mer, forçant notre prisonnier de prendre une pagaie. Au bout d'une demi-heure à peu près, comme nous avions probablement fait cinq ou six milles vers le sud, nous vîmes une vaste flotte de radeaux et de bateaux à fond plat surgir de la baie, évidemment dans le but de nous poursuivre. Mais bientôt ils s'en retournèrent, désespérant de nous attraper.

25

LE GÉANT BLANC

Nous nous trouvâmes alors sur l'océan Antarctique, immense et désolé, à une latitude de plus de 84 degrés dans un canot fragile, sans autres provisions que les trois tortues. De plus, nous devions considérer que le long hiver polaire n'était pas très éloigné, et il était indispensable de réfléchir mûrement sur la route à suivre. Nous avions six ou sept îles en vue, appartenant au même groupe, à une distance de cinq ou six lieues l'une de l'autre ; mais nous n'étions pas tentés de nous aventurer sur aucune d'elles. En arrivant par le nord sur la *Jane Guy*, nous avions graduellement laissé derrière nous les régions les plus rigoureuses de glace, – et, bien que cela puisse paraître un absolu démenti aux notions généralement acceptées sur l'océan Antarctique, c'était là un fait que l'expérience ne nous permettait pas de nier. Aussi, essayer de retourner vers le nord eût été folie, – particulièrement à une période si avancée de la saison. Une seule route semblait encore ouverte à l'espérance. Nous nous décidâmes à gouverner hardiment vers le sud, où il y avait pour nous quelque chance de découvrir d'autres îles, et où il était plus que probable que nous trouverions un climat de plus en plus doux.

Jusqu'ici nous avions trouvé l'océan Antarctique, comme l'Arctique, exempt de violentes tempêtes ou de lames trop rudes ; mais notre canot était, pour ne pas dire pis, d'une construction fragile, quoique grand ; et nous nous mîmes vivement à l'œuvre pour le rendre aussi sûr que le permettaient les moyens très limités dont nous pouvions disposer. La matière qui composait le fond du bateau était tout simplement de l'écorce, – écorce de quelque arbre inconnu. Les membrures étaient faites d'un osier vigoureux dont la nature s'appropriait parfaitement à l'usage en question. De l'avant à l'arrière nous avions un espace de cinquante pieds, de quatre à six en largeur, avec une profondeur générale de quatre pieds et demi ; – ces bateaux, comme on le voit, diffèrent singulièrement par leur forme de ceux de tous les habitants de l'Océan du Sud avec lesquels les nations civilisées ont pu entretenir des relations. Nous n'avions jamais cru qu'ils pussent être l'œuvre des ignorants insulaires qui les possédaient ; et, quelques jours après, nous découvrîmes, en questionnant notre prisonnier, qu'en réalité ils avaient été construits par les naturels habitant un groupe d'îles au sud-ouest de la contrée où nous les avions trouvés, et qu'ils étaient tombés accidentellement dans les mains de nos affreux barbares.

Ce que nous pouvions faire pour la sûreté de notre bateau était vraiment bien peu de chose. Nous découvrîmes quelques larges fentes auprès des deux bouts, et nous nous ingéniâmes à les raccommoder de notre mieux avec des morceaux de nos chemises de laine. A l'aide des pagaies superflues, qui se trouvaient en grande quantité, nous dressâmes une espèce de charpente autour de l'avant, de manière à amortir la force des lames qui pouvaient menacer d'embarquer par ce côté. Nous installâmes aussi deux avirons en guise de mâts, les plaçant à l'opposite l'un de l'autre, chacun sur un des plats-bords, nous épargnant ainsi la nécessité d'une vergue. A ces mâts nous attachâmes une voile faite avec nos chemises ; – ce qui nous donna passablement de mal, car en cela il nous fut impossible de nous faire aider par notre prisonnier, bien qu'il ne se fût pas refusé à travailler à toutes les autres opérations. La vue de la toile parut l'affecter d'une façon très singulière. Nous ne pûmes jamais le décider à y toucher ou même à en approcher ; il se mit à trembler quand nous voulûmes l'y contraindre, criant de toute sa force : *Tekeli-li !*

Quand nous eûmes terminé tous nos arrangements relativement à la sûreté du canot, nous naviguâmes vers le sud-sud-est, de manière à doubler l'île du groupe située le plus au sud. Nous ne pouvions en aucune façon trouver le temps désagréable. Nous avions une brise très douce qui soufflait constamment du nord, une mer unie, et un jour permanent. Nous n'apercevions aucune glace, *et même nous n'en avions pas vu un morceau depuis que nous avions franchi le parallèle de l'îlot Bennet*. La température de l'eau était alors vraiment trop chaude pour laisser subsister la moindre glace. Nous tuâmes la plus grosse de nos tortues, d'où nous tirâmes non seulement notre nourriture, mais encore une abondante provision d'eau, et nous continuâmes notre route, sans aucun incident important, pendant sept ou huit jours peut-être ; et durant cette période nous dûmes avancer vers le sud d'une distance énorme, car le vent fut toujours pour nous, et un très fort courant nous poussa continuellement dans la direction que nous voulions suivre.

1er mars[1]. – Plusieurs phénomènes insolites nous indiquèrent alors que nous entrions dans une région de nouveauté et d'étonnement. Une haute barrière de vapeur grise et légère apparaissait constamment à l'horizon sud, s'empanachant quelquefois de longues raies lumineuses, courant tantôt de l'est à l'ouest, tantôt de l'ouest à l'est, et puis se rassemblant de nouveau de manière à offrir un sommet d'une seule ligne, – bref, se produisant avec toutes les étonnantes variations de l'aurore boréale. La hauteur moyenne de cette vapeur, telle qu'elle nous apparaissait du point où nous étions situés, était à peu près de vingt-cinq degrés. La température de la mer semblait s'accroître à chaque instant, et il y avait dans sa couleur une très sensible altération.

2 mars – Ce jour-là, à force de questionner notre prisonnier, nous avons appris quelques détails relativement à l'île, théâtre du massacre, à ses habitants et à leurs usages ; mais ces choses pourraient-elles *maintenant* arrêter l'attention du lecteur ? Je puis dire cependant que nous apprîmes que le groupe comprenait huit îles ; – qu'elles étaient gouvernées par un seul roi, nommé *Tsalemon* ou *Psalemoun*, qui résidait dans la plus petite de toutes ; – que les peaux noires composant le costume des guerriers provenaient d'un animal énorme qui ne se trouvait que dans une vallée

1. Pour des raisons qui sautent aux yeux, je n'affirme en aucune façon l'exactitude de mes dates. Je ne les donne que pour éclaircir le récit, et je les transcris telles que je les trouve dans mes notes au crayon. – *E.A.P.*

près de la résidence du roi ; – que les habitants du groupe ne construisaient pas d'autres embarcations que les radeaux à fond plat ; les quatre canots étant tout ce qu'ils possédaient dans l'autre genre et leur étant venus, par pur accident, d'une grande île située vers le sud-ouest ; – que son nom, à lui, était Nu-Nu ; – qu'il n'avait aucune connaissance de l'îlot *Bennet*, – et que le nom de l'île que nous venions de quitter était Tsalal. Le commencement des mots *Tsaleman* et *Tsalal* s'accusait avec un sifflement prolongé qu'il nous fut impossible d'imiter, même après des efforts répétés, et qui rappelait précisément l'accent du butor noir que nous avions mangé sur le sommet de la colline.

3 mars. – La chaleur de l'eau était alors vraiment remarquable, et sa couleur, subissant une altération rapide, perdit bientôt sa transparence et prit une nuance opaque et laiteuse. A proximité de nous, la mer était habituellement unie, jamais assez rude pour mettre le canot en danger ; – mais nous étions souvent étonnés d'apercevoir à notre droite et à notre gauche, à différentes distances, de soudaines et vastes agitations à la surface, lesquelles, nous le remarquâmes à la longue, étaient toujours précédées par d'étranges vacillations dans la région de vapeur au sud.

4 mars. – Le 4, dans le but d'agrandir notre voile, comme la brise du nord tombait sensiblement, je tirai de la poche de mon paletot un mouchoir blanc. Nu-Nu était assis tout contre moi, et, le linge lui ayant par hasard effleuré le visage, il fut pris de violentes convulsions. Cette crise fut suivie de prostration, de stupeur et de ses éternels : *Tekeli-li ! Tekeli-li !* soupirés d'une voix sourde.

5 mars. – Le vent était entièrement tombé, mais il était évident que nous nous précipitions toujours vers le sud, sous l'influence d'un puissant courant. En vérité, il eût été tout naturel d'éprouver quelque frayeur au tour singulier que prenait l'aventure ; – mais non, nous n'en éprouvions aucune ! La physionomie de Peters ne trahissait rien de semblable, bien que de temps à autre elle revêtît une expression mystérieuse dont je ne pouvais pénétrer le sens. L'hiver polaire approchait évidemment, – mais il s'approchait sans son cortège de terreurs. Je sentais un engourdissement de corps et d'esprit, – une propension étonnante à la rêverie ; – mais c'était tout.

6 mars. – La vapeur s'était alors élevée de plusieurs degrés au-dessus de l'horizon, et elle perdait graduellement sa nuance grisâtre. La chaleur de l'eau était excessive et sa nuance laiteuse plus évidente que jamais. Ce jour-là une violente agitation dans l'eau se produisit très près du canot. Elle fut, comme d'ordinaire, accompagnée d'un étrange flamboiement de la vapeur à son sommet et d'une séparation momentanée à sa base. Une poussière blanche très fine, ressemblant à de la cendre, – mais ce n'en était certainement pas, – tomba sur le canot et sur une vaste étendue de mer, pendant que la palpitation lumineuse de la vapeur s'évanouissait et que la commotion de l'eau s'apaisait. Nu-Nu se jeta alors sur le visage au fond du canot, et il fut impossible de lui persuader de se relever.

7 mars. – Nous questionnâmes Nu-Nu sur les motifs qui avaient pu pousser ses compatriotes à détruire nos camarades ; mais il semblait dominé par une terreur qui l'empêchait de nous faire aucune réponse raisonnable. Il se tenait toujours obstinément couché au fond du bateau ; et comme nous recommencions sans cesse nos questions relativement au motif du massacre, il ne répondait que par des gestes idiots, comme, par exemple, de soulever avec son index sa lèvre supérieure et de montrer les dents qu'elle recouvrait. Elles étaient noires. Jusqu'alors nous n'avions jamais vu les dents d'un habitant de Tsalal.

8 mars. – Ce jour-là, passa à côté de nous un de ces animaux blancs dont l'apparition sur la baie de Tsalal avait causé un si grand émoi parmi les sauvages. J'eus envie de l'accrocher au passage ; mais un oubli, une indolence soudaine s'abattirent sur moi, et je n'y pensai plus. La chaleur de l'eau augmentait toujours, et la main ne pouvait plus la supporter. Peters parla peu, et je ne savais que penser de son apathie. Nu-Nu soupirait, et rien de plus.

9 mars. – La substance cendreuse pleuvait alors incessamment autour de nous et en énorme quantité. La barrière de vapeur au sud s'était élevée à une hauteur prodigieuse au-dessus de l'horizon, et elle commençait à prendre une grande netteté de formes. Je ne puis la comparer qu'à une cataracte sans limites, roulant silencieusement dans la mer du haut de quelque immense rempart perdu dans le ciel. Le gigantesque rideau occupait toute l'étendue de l'horizon sud. Il n'émettait aucun bruit.

21 mars. – De funestes ténèbres planaient alors sur nous ; mais des profondeurs laiteuses de l'océan jaillissait un éclat lumineux qui glissait sur les flancs du canot. Nous étions presque accablés par cette averse cendreuse et blanche qui s'amassait sur nous et sur le bateau, mais qui fondait en tombant dans l'eau. Le haut de la cataracte se perdait entièrement dans l'obscurité et dans l'espace. Cependant, il était évident que nous en approchions avec une horrible vélocité. Par intervalles, on pouvait apercevoir sur cette nappe de vastes fentes béantes ; mais elles n'étaient que momentanées, et à travers ces fentes, derrière lesquelles s'agitait un chaos d'images flottantes et indistinctes, se précipitaient des courants d'air puissants, mais silencieux, qui labouraient dans leur vol l'océan enflammé.

22 mars. – Les ténèbres s'étaient sensiblement épaissies et n'étaient plus tempérées que par la clarté des eaux, réfléchissant le rideau blanc tendu devant nous. Une foule d'oiseaux gigantesques, d'un blanc livide, s'envolaient incessamment de derrière le singulier voile, et leur cri était le sempiternel *Tekeli-li !* qu'ils poussaient en s'enfuyant devant nous. Sur ces entrefaites, Nu-Nu remua un peu dans le fond du bateau ; mais, comme nous le touchions, nous nous aperçûmes que son âme s'était envolée. Et alors nous nous précipitâmes dans les étreintes de la cataracte, où un gouffre s'entrouvrit, comme pour nous recevoir. Mais voilà qu'en travers de notre route se dressa une figure humaine voilée, de proportions beaucoup plus vastes que celles d'aucun habitant de la terre. Et la couleur de la peau de la silhouette était de la blancheur parfaite de la neige...

26

CONJECTURES

Les circonstances relatives à la mort de M. Pym, si soudaine et si déplorable, sont déjà bien connues du public, grâce aux communications de la presse quotidienne. Il est à craindre que les chapitres restants qui devaient compléter sa relation, et qu'il avait gardés, pour les revoir, pendant que les précédents étaient sous presse, ne soient irrévocablement perdus par suite de la catastrophe dans laquelle il a péri lui-même. Cependant il se pourrait que tel ne fût pas le cas, et le manuscrit, si finalement on le retrouve, sera livré au public.

On a tenté tous les moyens pour remédier à ce défaut. Le gentleman dont le nom est cité dans la préface, et qu'on aurait supposé capable, d'après ce qui est dit de lui, de combler la lacune, a décliné cette tâche, – et cela, pour des raisons suffisantes tirées de l'inexactitude générale des détails à lui communiqués, de sa défiance relativement à l'absolue vérité des dernières parties du récit. Peters, de qui on pourrait espérer quelques renseignements, est encore vivant et réside dans l'Illinois ; mais on ne peut pas le trouver pour le moment. Plus tard, on pourra le voir, et sans aucun doute il fournira des documents pour compléter le compte rendu de M. Pym.

La perte des deux ou trois derniers chapitres (car il n'y en avait que deux ou trois) est une perte d'autant plus déplorable qu'ils contenaient indubitablement la matière relative au Pôle même, ou du moins aux régions situées dans la proximité immédiate du Pôle, et que les affirmations de l'auteur relativement à ces régions pourraient être bientôt vérifiées ou contredites par l'expédition dans l'océan Antarctique que le gouvernement prépare en ce moment même.

Il y a un point de la relation sur lequel il est bon de présenter quelques observations ; et ce sera pour l'auteur de cet appendice un plaisir très vif, si ses réflexions ont pour résultat de donner un certain crédit aux très singulières pages récemment publiées. Nous voulons parler des gouffres découverts dans l'île de Tsalal et de l'ensemble des figures comprises dans le chapitre 23.

M. Pym a donné les dessins des abîmes sans commentaires, et il décide résolument que les entailles trouvées à l'extrémité du gouffre situé le plus à l'est n'ont qu'une ressemblance fantastique avec des caractères alphabétiques, – enfin, et d'une manière positive, qu'elles ne sont pas des caractères. Cette assertion est faite d'une manière si simple et soutenue par une sorte de démonstration si concluante (c'est-à-dire l'adaptation des fragments trouvés dans la poussière dont les saillies remplissaient exactement les entailles du mur), que nous sommes forcés de croire l'écrivain de bonne foi ; et aucun lecteur raisonnable ne supposera qu'il en soit autrement. Mais comme les faits relatifs à *toutes* les figures sont des plus singuliers (particulièrement quand on les rapproche de certains détails dans le corps du récit), nous ferons peut-être bien de toucher quelques mots de l'ensemble de ces faits, et cela nous paraît d'autant plus à propos que les faits en question ont, sans aucun doute, échappé à l'attention de M. Poe.

Ainsi, les figures 1, 2, 3, 4 et 5, quand on les joint l'une à l'autre dans l'ordre précis suivant lequel se présentent les gouffres eux-mêmes, et quand on les débarrasse des petits embranchements latéraux ou galeries voûtées (qui, on se le rappelle, servaient simplement de moyens de communication entre les galeries principales et étaient d'un caractère totalement différent) constituent un mot racine éthiopien, – la racine ጸለመ፡, ou *être ténébreux*, – d'où viennent tous les dérivés ayant trait à l'ombre et aux ténèbres.

Quant à l'entaille placée *à gauche et le plus au nord*, dans la figure 4, il est plus que probable que l'opinion de Peters était bonne, et que son apparence hiéroglyphique était véritablement l'ouvrage de l'art et une représentation intentionnelle de la forme humaine. Le lecteur a le dessin sous les yeux ; il saisira ou ne saisira pas la ressemblance indiquée ; mais la suite des entailles fournit une forte confirmation de l'idée de Peters. La rangée supérieure est évidemment le mot racine arabe 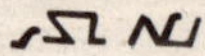, ou *être blanc*, d'où tous les dérivés ayant trait à l'éclat et à la blancheur. La rangée inférieure n'est pas aussi nette ni aussi facile à saisir. Les caractères sont quelque peu cassés et disjoints ; néanmoins il n'y a pas à douter que, dans leur état parfait, ils ne formassent complètement le mot égyptien ⲠⲀϢⲨⲢⲎⲤ, ou *la région du sud*. On remarquera que ces interprétations confirment l'opinion de Peters relativement à la figure *située le plus au nord*. Le bras est étendu vers le sud.

De telles conclusions ouvrent un vaste champ aux rêveries et aux conjectures les plus excitantes. Peut-être doit-on les rapprocher de quelques-uns des incidents du récit qui sont le plus faiblement indiqués ; quoique la chaîne des rapports ne saute pas aux yeux, elle est bien complète. *Tekeli-li !* était le cri des naturels de Tsalal épouvantés à la vue du cadavre de l'animal *blanc* ramassé en mer. *Tekeli-li !* était aussi l'exclamation de terreur du captif tsalalien au contact des objets *blancs* appartenant à M. Pym. C'était aussi le cri des gigantesques oiseaux *blancs* au vol rapide qui sortaient du rideau *blanc* de vapeur au sud. On n'a rien trouvé de *blanc* à Tsalal, et rien au contraire qui ne fût tel dans le voyage subséquent vers la région ultérieure. Il ne serait pas impossible que *Tsalal*, le nom de l'île aux abîmes, soumis à une minutieuse analyse philologique, ne trahît quelque parenté avec les gouffres alphabétiques ou quelque rapport avec les caractères éthiopiens si mystérieusement façonnés par leurs sinuosités.

J'ai gravé cela dans la montagne, et ma vengeance est écrite dans la poussière du rocher.

TABLE

Préface 5
1. Aventuriers précoces 9
2. La cachette 23
3. Tigre enragé 44
4. Révolte et massacre 57
5. La lettre de sang 68
6. Lueur d'espoir 79
7. Plan de délivrance 92
8. Le revenant 102
9. La pêche aux vivres 114
10. Le brick mystérieux 125
11. La bouteille de Porto 132
12. La courte paille 142
13. Enfin ! 154
14. Albatros et pingouins 169
15. Les îles introuvables 181
16. Exploration vers le Pôle 188
17. Terre ! 196
18. Hommes nouveaux 204
19. Klock-Klock 214
20. Enterrés vivants ! 222
21. Cataclysme artificiel 232
22. Tekeli-li ! 239
23. Le labyrinthe 249
24. L'Evasion 258
25. Le géant blanc 268
26. Conjectures 276

Grands romans

La littérature conjuguée au présent, pour votre plaisir. Des œuvres de grands romanciers français et étrangers, des histoires passionnantes, dramatiques, drôles ou émouvantes, pour tous les goûts...

ADLER PHILIPPE

Bonjour la galère !
1868/1

Les amies de ma femme
2439/3

Mais qu'est-ce qu'elles veulent ces bonnes femmes ? Elles passent des heures au téléphone, boudent ou pleurent des amants qui les ignorent. Quand il rentre chez lui, Albert aimerait que Victoire s'occupe de lui mais rien à faire : les copines d'abord. Jusqu'au jour où Victoire se fait la malle et où ce sont ses copines qui consolent Albert.

Qu'est-ce qu'elles me trouvent ?
3117/3

ANDREWS™ VIRGINIA C.

Fleurs captives

Dans un immense et ténébreux grenier, quatre enfants vivent séquestrés. Pour oublier leur détresse, ils font de leur prison le royaume de leurs jeux, le refuge de leur tendresse, à l'abri du monde. Mais le temps passe et le grenier devient un enfer. Et le seul désir de ces enfants devenus adolescents est désormais de s'évader... à n'importe quel prix.

- Fleurs captives
1165/4
- Pétales au vent
1237/4
- Bouquet d'épines
1350/4
- Les racines du passé
1818/4
- Le jardin des ombres
2526/4

La saga de Heaven

- Les enfants des collines
2727/5

Les enfants des collines, c'est l'envers de l'Amérique : la misère à deux pas de l'opulence. Dans la cabane sordide où elle vit avec ses quatre frères et sœurs, Heaven se demande comment ses parents ont eu l'idée de lui donner ce prénom : «Paradis». Un jour, elle apprendra le secret de sa naissance, si lourd que la vie de son père en a été brisée, mais si beau qu'elle croit naître une seconde fois.

- L'ange de la nuit
2870/5
- Cœurs maudits
2971/5
- Un visage du paradis
3119/5
- Le labyrinthe des songes
3234/6

Ma douce Audrina
1578/4

Aurore

- Aurore
3464/5
- Les secrets de l'aube
3580/6

ATTANÉ CHANTAL

Le propre du bouc
3337/2

AVRIL NICOLE

Après des études de lettres, elle s'est imposée dès ses premiers livres. D'autres ont suivi qui furent autant de succès.

Monsieur de Lyon
1049/2

La disgrâce
1344/3

Un père doux et bon, une mère si belle, une grande maison face à l'océan : Isabelle est heureuse. Jusqu'au jour où elle découvre qu'elle est laide. A cette disgrâce qui la frappe comme une malédiction, elle survivra, lucide, dure, hostile, adulte soudain.

Jeanne
1879/3

Don Juan aujourd'hui pourrait-il être une femme ? La belle Jeanne a appris à jouir d'une existence qu'elle sait toujours menacée. D'homme en homme, elle poursuit sa quête de l'éternel masculin.

L'été de la Saint-Valentin
2038/1

La première alliance
2168/3

Sur la peau du Diable
2707/4

Dans les jardins de mon père
3000/2

Il y a longtemps que je t'aime
3506/3

L'amour impossible entre Antoine, 14 ans, et Pauline, sa belle-mère.

BACH RICHARD

Jonathan Livingston le goéland
1562/1 Illustré

Illusions/Le Messie récalcitrant
2111/1

Un pont sur l'infini
2270/4

Un cadeau du ciel
3079/3

Grands romans

BELLETTO René
Le revenant
2841/5
Sur la terre comme au ciel
2943/5
La machine
3080/6
L'Enfer
3150/5
Dans une ville déserte et terrassée par l'été, Michel erre. C'est alors qu'une femme s'offre à lui, belle et mystérieuse...

BERBEROVA Nina
Le laquais et la putain
2850/1
Dans le Paris des années folles, une jeune émigrée russe s'étourdit dans les cabarets tziganes et cherche désespérément celui qui la tirera de la misère. Une écriture implacable et glacée.

Astachev à Paris
2941/2
La résurrection de Mozart
3064/1
C'est moi qui souligne
3190/8
L'accompagnatrice
3362/4
Fascinée par la cantatrice qui l'a engagée, une jeune pianiste russe découvre un monde qu'elle ne soupçonnait pas. Peu à peu, elle se laisse submerger par la jalousie que lui inspire la gloire, la beauté et le bonheur d'une autre.

De cape et de larmes
3426/1
Roquenval
3679/1 (Mai 94)

BERGER Thomas
Little Big Man
3281/8

BEYALA Calixthe
C'est le soleil qui m'a brûlée
2512/2
Le petit prince de Belleville
3552/3

BLAKE Michael
Danse avec les loups
2958/4

BULLEN Fiona
Les amants de l'équateur
3636/6 (Mars 94)

CATO Nancy
Lady F.
2603/4
Tous nos jours sont des adieux
3154/8

CHAMSON André
La tour de Constance
3342/7

CHEDID Andrée
La maison sans racines
2065/2
Le sixième jour
2529/3
Lorsque le choléra frappe Le Caire, ce sont les quartiers pauvres les plus touchés. Ignorante et superstitieuse, la population préfère cacher les malades car, lorsqu'une ambulance vient les chercher, ils ne reviennent plus. Il faut attendre le sixième jour. L'instituteur l'a dit : «Le sixième jour, si le choléra ne t'a pas tué, tu es guéri.»

Le sommeil délivré
2636/3
L'autre
2730/3
Les marches de sable
2886/3
L'enfant multiple
2970/3
Le survivant
3171/2
La cité fertile
3319/1

CLANCIER Georges-Emmanuel
Le pain noir
651/3
Le pain noir, c'est celui des pauvres, si dur, que même les chiens n'en veulent pas. Placée à huit ans comme domestique chez des patrons avares, Cathie n'en connaîtra pas d'autre. Récit d'une enfance en pays Limousin, au siècle dernier.

COCTEAU Jean
Orphée
2172/1

COLETTE
Le blé en herbe
2/1

COLOMBANI Marie-Françoise
Donne-moi la main, on traverse
2881/3
Derniers désirs
3460/2

COLLARD Cyril
Cinéaste, musicien, il a adapté à l'écran et interprété lui-même son second roman Les nuits fauves.
Le film 4 fois primé, a été élu meilleur film de l'année aux Césars 1993. Quelques jours plus tôt Cyril Collard mourait du sida.
Les nuits fauves
2993/3
Condamné amour
3501/4
Cyril Collard : la passion
3590/4 (par Guerand & Moriconi)

Grands romans

CONROY Pat

Le Prince des marées
2641/5 & 2642/5

Dans une Amérique actuelle et méconnue, au cœur du Sud profond, un roman bouleversant, qui mêle humour et tragédie.

CORMAN Avery

Kramer contre Kramer
1044/3

Un divorce et des existences se brisent : celle du petit Billy et de son père, Ted Kramer. En plein désarroi, Ted tente de parer au plus pressé. Et puis un jour, Joanna réapparaît...

DENUZIERE Maurice

Helvétie
3534/9

A l'aube du XIXe siècle, le pays de Vaud apparaît comme une oasis de paix au milieu d'une Europe secouée par de furieux soubresauts. C'est cette joie de vivre oubliée que découvre Blaise de Fonsalte, soldat de l'Empire, déjà las de l'épopée napoléonienne. De ses amours clandestines avec Charlotte, la femme de son hôte, va naître une petite fille aux yeux vairons. Premier volume d'une nouvelle et passionnante série romanesque par l'auteur de *Louisiane*.

La trahison des apparences
3674/1 (Mai 94)

DHÔTEL André

Le pays où l'on n'arrive jamais
61/2

DICKEY James

Délivrance
531/3

DIWO Jean

Au temps où la Joconde parlait
3443/7

1469. Les Médicis règnent sur Florence et Léonard de Vinci entame sa carrière, aux côtés de Machiavel, de Michel-Ange, de Botticelli, de Raphaël... Une pléiade de génies vont inventer la Renaissance.

DJIAN Philippe

Né en 1949, sa pudeur, son regard à la fois tendre et acerbe, et son style inimitable, ont fait de lui l'écrivain le plus lu de sa génération.

37°2 le matin
1951/4

Se fixer des buts dans la vie, c'est s'entortiller dans des chaînes... Oui, mais il y a Betty et pour elle, il irait décrocher la lune. C'est là qu'ils commencent à souffrir. Car elle court derrière quelque chose qui n'existe pas. Et lui court derrière elle. Derrière un amour fou...

Bleu comme l'enfer
1971/4

Zone érogène
2062/4

Maudit manège
2167/5

50 contre 1
2363/2

Echine
2658/5

Dan a sacrifié ses jours, ses amis, ses amours à l'écriture. Il avait du talent, du succès. Et puis plus rien : la source est tarie. Depuis, Dan écrit des scénarios pour la télévision, sans honte et sans passion. Mais il y a son fils Herman, la bière mexicaine et les femmes, toujours belles, qui s'en vont parce qu'on les aime trop, ou trop mal...

Crocodiles
2785/2

Cinq histoires qui racontent le blues des amours déçues ou ignorées. Mais c'est parce que l'amour dont ils rêvent se refuse à eux que les personnages de Djian se cuirassent d'indifférence ou de certitudes. Au fond d'eux-mêmes, ils sont comme les crocodiles : «des animaux sensibles sous leur peau dure.»

DORIN Françoise

*Elle poursuit avec un égal bonheur une double carrière. Ses pièces (*La facture, L'intoxe...*) dépassent le millier de représentations et ses romans sont autant de best-sellers.*

Les lits à une place
1369/4

Pour avoir vu trop de couples déchirés, de mariages ratés (dont le sien !), Antoinette a décidé que seul le lit à une place est sûr. Et comme elle a aussi horreur de la solitude, elle a partagé sa maison avec les trois êtres qui lui sont le plus chers. Est-ce vraiment la bonne solution ?

Les miroirs truqués
1519/4

Les jupes-culottes
1893/4

Les corbeaux et les renardes
2748/5

Baron huppé mais facile à duper, Jean-François de Brissandre trouve astucieux de prendre la place de son chauffeur pour séduire sa dulcinée. Renarde avisée, Nadège lui tient le même langage. Et voilà notre corbeau pris au piège, lui qui croyait abuser une ingénue.

Nini Patte-en-l'air
3105/6

Grands romans

DORIN Françoise (suite)
Au nom du père
et de la fille
3551/5
Un beau matin, Georges Vals aperçoit l'affiche d'un film érotique, sur laquelle s'étale le corps superbe et intégralement nu de sa fille. De quoi chambouler un honorable conseiller fiscal de soixante-trois ans ! Mais son entourage est loin de partager son indignation. Que ne ferait-on pas, à notre époque, pour être médiatisé ?

DUBOIS Jean-Paul
Les poissons me regardent
3340/3
Une année sous silence
3635/3 (Mars 94)

DUNKEL Elizabeth
Toutes les femmes
aiment un poète russe
3463/7

DUROY Lionel
Priez pour nous
3138/4 (Février 94)

EDMONDS Lucinda
En coulisse
3676/6 (Mai 94)

FOSSET Jean-Paul
Chemins d'errance
3067/3
Saba
3270/3

FOUCHET Lorraine
Jeanne, sans domicile fixe
2932/4
Taxi maraude
3173/4

FREEDMAN J.-F.
Un coupable sur mesure
3658/9 (Avril 94)

FRISON-ROCHE
Né à Paris en 1906, l'alpinisme et le journalisme le conduisent à une carrière d'écrivain. Aujourd'hui il partage son temps entre de grands reportages, les montagnes du Hoggar et Chamonix.

La peau de bison
715/2
La vallée sans hommes
775/3
Carnets sahariens
866/2
Premier de cordée
936/3
Le mont Blanc, ses aiguilles acérées, ses failles abruptes, son pur silence a toujours été la passion de Jean Servettaz, l'un des meilleurs guides de Chamonix. C'est aussi pour cela qu'il a décidé d'en écarter son fils. Pierre s'est incliné, la mort dans l'âme. Mais lorsque la montagne vous tient, rien ne peut contrarier cette vocation.

La grande crevasse
951/3
Retour à la montagne
960/3
La piste oubliée
1054/3
La Montagne
aux Écritures
1064/2
Le rendez-vous
d'Essendilène
1078/3
Le rapt
1181/4
Djebel Amour
1225/4
En 1870, une jolie couturière, Aurélie Picard, épouse un prince de l'Islam. A la suite de Si Ahmed Tidjani, elle découvre, éblouie, la splendeur du Sahara. Décidée à conquérir son peuple, elle apprend l'arabe, porte le saroual et prend le nom de Lalla Yamina. Au pied du djebel Amour se dresse encore le palais de Kourdane où vécut cette pionnière.

La dernière migration
1243/4
Les montagnards de la
nuit
1442/4
Frison-Roche, qui a lui-même appartenu aux maquis savoyards, nous raconte le quotidien de ces combattants de l'ombre.

L'esclave de Dieu
2236/6
Le versant du soleil
3480/9

GEDGE Pauline
La dame du Nil
2590/6
L'histoire d'Hatchepsout, qui devint reine d'Egypte à quinze ans. Les splendeurs de la civilisation pharaonique et un destin hors série.

GEORGY Guy
La folle avoine
3391/4
Le petit soldat de
l'Empire
3696/4 (Juin 94)

GOLDSMITH Olivia
La revanche
des premières épouses
3205/7

Grands romans

GOLON Anne et Serge

Angélique

Marquise des Anges
2488/7

Lorsque son père, ruiné, la marie contre son gré à un riche seigneur toulousain, Angélique se révolte. Défiguré et boîteux, le comte de Peyrac jouit en outre d'une inquiétante réputation de sorcier. Derrière cet aspect repoussant, Angélique va pourtant découvrir que son mari est un être fascinant...

Le chemin de Versailles
2489/7

Angélique et le Roy
2490/7

Indomptable Angélique
2491/7

Angélique se révolte
2492/7

Angélique et son amour
2493/7

Angélique et le Nouveau Monde
2494/7

La tentation d'Angélique
2495/7

Angélique et la Démone
2496/7

Le complot des ombres
2497/5

Angélique à Québec
2498/5 & 2499/5

La route de l'espoir
2500/7

La victoire d'Angélique
2501/7

GROULT Flora

Après des études à l'Ecole des arts décoratifs, elle devient journaliste et romancière. Elle écrit d'abord avec sa sœur Benoite, puis seule.

Maxime ou la déchirure
518/1

Un seul ennui, les jours raccourcissent
897/2

A quarante ans, Lison épouse Claude, diplomate à Helsinki. Elle va découvrir la Finlande et les trois enfants de son mari. Jusqu'au jour où elle se demande si elle n'a pas commis une erreur.

Ni tout à fait la même, ni tout à fait une autre
1174/3

Une vie n'est pas assez
1450/3

Mémoires de moi
1567/2

Le passé infini
1801/2

Le temps s'en va, madame...
2311/2

Belle ombre
2898/4

Le coup de la reine d'Espagne
3569/1

HARVEY Kathryn

Butterfly
3252/7 Inédit

A deux pas d'Hollywood, un monde réservé aux femmes riches en mal d'amour, qui s'y choisissent des compagnons à la carte. Pendant ce temps, une vague de puritanisme déferle sur l'Amérique. Le vice et la vertu vont s'affronter.

TERROIR

Romans et histoires vraies d'une France paysanne qui nous redonne le goût de nos racines.

CLANCIER G.-E.

Le pain noir
651/3

GEORGY Guy

La folle avoine
3391/4

Orphelin, Guy-Noël vit chez sa grand-mère, une vieille dame qui connaît tout le folklore et les légendes du pays sarladais. Dans ce merveilleux Périgord, où la forêt ressemble à une cathédrale, l'enfant s'épanouit comme la folle avoine.

JEURY Michel

Le vrai goût de la vie
2946/4

Le soir du vent fou
3394/5

Un soir de 1934, alors que souffle le vent fou, un feu de broussailles se propage rapidement et détruit la maison du maire. La toiture s'effondre sur un vieux domestique. Lolo avait si mauvaise réputation que les gendarmes ne cherchent pas plus loin...

LAUSSAC Colette

Le sorcier des truffes
3606/1 (Février 94)

MASSE Ludovic

Les Grégoire/
Le livret de famille
3653/5 (Avril 94)

VIGNER Alain

L'arcandier
3625/4

Grands romans

HEBRARD Frédérique

Auteur de nombreux livres portés avec succès à l'écran ; son œuvre reçoit la consécration avec Le Harem, *Grand Prix du Roman de l'Académie française 1987.*

Un mari, c'est un mari
823/2

Chaque année la famille Marten se retrouve à Foncoude, une grande maison un peu délabrée mais pleine de charme, entourée de platanes et de vignes. Viennent aussi les cousins, les amis... Et Ludovique passe l'été à astiquer et à cuisiner. Jusqu'au jour où elle décide de faire une fugue.

La vie reprendra au printemps
1131/3

La chambre de Goethe
1398/3

Un visage
1505/2

La Citoyenne
2003/3

Le mois de septembre
2395/1

Le Harem
2456/3

La petite fille modèle
2602/3

La demoiselle d'Avignon
avec Louis Velle
2620/4

C'est une princesse, perdue au cœur de Paris, incognito, sans argent, à la recherche de l'homme qu'elle aime. Lui, c'est un diplomate. Il croit aimer une étudiante et ignore qu'elle porte une couronne. Une histoire d'amour pleine de charme, de rebondissements et de quiproquos.

Le mari de l'Ambassadeur
3099/6

Sixtine est ambassadeur. Pierre-Baptiste est chercheur à l'Institut Pasteur. Ils n'auraient jamais dû se rencontrer. L'aventure les réunit pourtant, au beau milieu d'une révolution en Amérique centrale. Et l'amour va les entraîner jusqu'au Kazakhstan, en passant par Beyrouth et le Vatican !

Félix, fils de Pauline
3531/2

Le Château des Oliviers
3677/7 (Mai 94)

Entre Rhône et Ventoux, au milieu des vignes, se dresse le Château d'Estelle, son paradis. Lorsqu'elle décide de le ramener à la vie, elle ne sait pas encore que son domaine est condamné. Aidée par l'amour des siens et surtout celui d'un homme, Estelle se battra jusqu'au bout pour préserver son univers.

HOFFMAN Alice

L'enfant du hasard
3465/4

La maison de Nora Silk
3611/5 (Mai 94)

HUBERT Jean-Loup

Le grand-chemin
3425/3

JAGGER Brenda

Les chemins de Maison Haute
2818/8

A dix-sept ans, Virginia hérite de la fortune et des filatures des Barthforth. Mais dans cette Angleterre victorienne, une femme peut-elle choisir son destin ? Contrainte d'épouser un homme qu'elle n'aime pas, Virginia se révolte. C'est dans les bras d'un autre homme qu'elle découvrira l'amour et la tendresse.

La chambre bleue
2838/7

JEAN Raymond

La lectrice
2510/1

Elle a une voix chaude et claire, et une ambition : lire à domicile des textes dont elle pourra exalter les beautés. Mais insensiblement tout bascule. Ce n'est plus seulement sa voix, c'est elle qui est désirée et Marie se sent piégée.

JEKEL Pamela

Bayou
3554/9

En 1786, les Doucet s'installent au bayou Lafourche, en Lousiane. Quatre femmes exceptionnelles vont traverser, en un siècle et demi, l'histoire de cette famille, qu'elles feront vibrer du bruit et et de la fureur de leurs passions. Une saga inoubliable.

JULIET Charles

L'année de l'éveil
2866/3

KANE Carol

Une diva
3697/6 (Juin 94)

KAYE M.M.

Pavillons lointains
1307/4 &1308/4

Dans l'Inde coloniale, un officier britannique reçoit l'ordre d'accompagner dans le Rajputana le cortège nuptial des sœurs du maharadjah de Karidkote. Il est loin de s'imaginer que cette mission va décider de toute sa vie.

KENEALLY Thomas

La liste de Schindler
2316/6

Venu en Pologne avec l'armée nazie, l'industriel allemand Schindler a vite prospéré, en faisant fabriquer de la vaisselle émaillée : la main-d'œuvre est bon marché, à Cracovie, en 1943. Mais en faisant travailler des juifs, Schindler les sauve de l'extermination, car Auschwitz-Birkenau est à deux pas.

Grands romans

KOSINSKI Jerzy

L'oiseau bariolé
270/3

Au début de la guerre, un jeune garçon trouve refuge à la campagne. Mais dans ces pays d'Europe de l'Est où tous sont blonds aux yeux bleus, on persécute l'enfant aux cheveux noirs. Bohémien ou juif, il ne peut que porter malheur. Lui, du haut de ses dix ans, essaie de comprendre et de survivre.

KONSALIK Heinz G.

Amours sur le Don
497/5
La passion du Dr Bergh
578/4
Dr Erika Werner
610/3

Lorsque le célèbre Pr Bornholm rencontre Erika Werner, une jeune assistante en chirurgie, une passion folle les lie immédiatement. A tel point que, le jour où son amant commet une tragique erreur professionnelle, Erika s'accuse à sa place...

Mourir sous les palmes
655/4
Aimer sous les palmes
686/3
L'or du Zephyrus
817/2
Les damnés de la taïga
939/4
Une nuit de magie noire
1130/2
Le médecin de la tsarine
1185/2
Bataillons de femmes
1907/6
Coup de théâtre
2127/3
Clinique privée
2215/3
L'héritière
1653/2
La guérisseuse
2314/6
Conjuration amoureuse
2399/1
La jeune fille et le sorcier
2474/3
Le sacrifice des innocents
2897/3
La saison des dames
2999/4 Inédit
Le pavillon des rêves
3122/5 Inédit
La vallée sans soleil
3254/5 Inédit
La baie des perles noires
3413/5 Inédit

Un beau jour, Rudolph abandonne tout pour aller s'installer au bout du monde, sur un atoll du Pacifique Sud. En compagnie de la belle Tana'Olu, il apprend à récolter les fameuses perles noires, au plus profond des eaux turquoise. Mais à chercher leur secret, il risque de tout perdre.

LACAMP Ysabelle

Coréenne par sa mère, cévenole par son père, elle revendique sa double appartenance. Egalement comédienne et chanteuse, elle conjugue tous les talents.

La Fille du Ciel
2863/5

Dans la Chine décadente et raffinée du Xe siècle la trop belle Shu-Meï, fragile mais rebelle, a décidé de prendre en main son destin.

L'éléphant bleu
3209/5
Une jeune fille bien comme il faut
3513/3

L'histoire d'une jeune fille en apparence comblée par la vie, qui tombe amoureuse du meilleur ami de son père. Alors rien ne va plus. Sarah se ronge de culpabilité et devient anorexique. Peut-être parce qu'elle n'a pas d'autre moyen de se révolter ou de s'affirmer.

LEFEVRE Françoise

Le petit prince cannibale
3083/3

Sylvestre, c'est un peu le Petit Prince. Il habite une autre planète, s'isole dans son monde, écoute le silence, officiellement catalogué comme autiste. Il dévore littéralement sa mère. Et elle, tout en essayant de le sortir de cette prison, tente de poursuivre son œuvre d'écrivain. Un livre tragique et superbe.

McCULLOUGH Colleen

Les oiseaux se cachent pour mourir
1021/4 & 1022/4

Lorsque les Cleary s'installent en Australie, sur un immense domaine où paissent des troupeaux innombrables, la petite Meggie sait déjà qu'un seul homme comptera pour elle. Beau comme un prince, intelligent et doux, Ralph est prêtre et donc rien n'est vraiment possible entre eux. Mais l'amour ne transgresse-t-il pas tous les interdits ?

Tim
1141/3
Un autre nom pour l'amour
1534/4

Un hôpital dans une île du Pacifique. Et là, le pavillon X, où sont regroupés les soldats que les horreurs de la guerre ont rendu fous. Infirmière, Honora s'occupe avec un dévouement admirable de ces hommes hantés par des images atroces. Jusqu'au jour où l'arrivée de Mike Wilson fait du pavillon X un enfer.

La passion du Dr Christian
2250/6
Les dames de Missalonghi
2558/3
L'amour et le pouvoir
3276/7 & 3277/7
La couronne d'herbe
3583/6 & 3584/6

Grands romans

McMURTRY Larry
Texasville
3321/8

MALLET-JORIS Françoise
Née à Anvers, fille d'un homme d'Etat belge et de l'écrivain Suzanne Lilar, elle fait partie de l'académie Goncourt.

Adriana Sposa
3062/5
Divine
3365/4

Jeanne est grosse et heureuse. Mais le jour où l'ascenseur tombe en panne, elle se rend compte que son poids est un handicap. Par défi, elle entame un régime. Et son corps mince devient quelque chose d'étranger. Jeanne a l'impression d'être rentrée dans le rang. Un roman truculent, plein d'humanité et d'intelligence.

MARIE-POSA
Eclipse
3189/3

MARKANDAYA Kamala
Le riz et la mousson
117/2

MICHAEL Judith
L'amour entre les lignes
2441/4 & 2442/4
Une héritière de haut vol
2913/6 & 2914/6
Une autre femme
3012/8
Une femme en colère
3300/6 & 3301/6

MILES Rosalind
Les promesses du péché
3485/7

Pour lecteurs avertis

APOLLINAIRE
Les onze mille verges
704/1

Les prouesses du prince Mony Vibescu, doué d'une étonnante vigueur et d'une imagination débridée. Un classique de la littérature érotique, écrit par un grand poète.

ARSAN Emmanuelle
Toute Emmanuelle
1046/2 (Février 94)
Chargée de mission
3427/3

CICCIOLINA
Confessions
3085/3 Illustré

DONOSO José
La mystérieuse disparition de la jeune marquise de Loria
1439/2 (Février 94)

DURIES Vanessa
Le lien
3678/3 (Mai 94)

Récit troublant d'une passion soumise, dans un univers d'un érotisme extrême.

HOLLANDER Xaviera
Nouvelles aventures pimentées
2758/3

LAHAIE Brigitte
Moi, la scandaleuse
2362/3 Illustré

«J'ai été la comédienne érotique la plus célèbre, la mieux payée de France... J'ai presque tout fait sur un écran et bien davantage dans ma vie privée.» Une autobiographie très particulière.

La femme modèle
3102/3 inédit

LAUREY Joy
Joy
1467/2

A quinze ans, Joy découvre le plaisir et le pouvoir de sa beauté. La voici aussitôt emportée, enlacée, passant d'amants en maîtresses, goûtant à tout et pourtant toujours affamée.

Joy et Joan
1703/2 (Février 94)
Le retour de Joy
3388/3

MAYERSBERG Paul
Homme fatal
3317/6

McNEILL Elizabeth
9 semaines 1/2
2259/2

Grands romans

MILLER Sue
Portraits de famille
3656/7 (Avril 94)

MONNIER Thyde
Les Desmichels/
Nans le berger
218/4
Deux bébés naissent à deux mois d'intervalle sur le domaine de Guirande. Firmin, le fils de Laurent Michel est l'héritier du nom et de cette terre. Nans, l'enfant de la servante, gardera les moutons. Pourtant, le premier conçu, l'enfant de l'amour, c'est lui.

MONSIGNY Jacqueline
Michigan Mélodie
(Un mariage à la carte)
1289/2
Quelque part, sur une route du Middle West, un camion brinquebalant s'arrête pour prendre une ravissante autostoppeuse. Bo, le conducteur est américain, barbu et bâti en athlète. Très vite, il trouve que cette jeune Française est exaspérante. Mais Audrey a décidé de l'épouser...

Le roi sans couronne
2332/6
Gulf Stream
3280/6

MORAVIA Alberto
La belle Romaine
1712/5

MORRIS Edita
Les fleurs d'Hiroshima
141/1

NELL DUBUS Elisabeth
Beau-Chêne
2346/6
En Louisiane les Clouet édifient Beau-Chêne, un domaine luxuriant. D'une génération à l'autre, les femmes lui donnent son âme.

Comme un feu éternel
3014/7
Folles chimères
3045/4 Inédit

PEYREFITTE Roger
Les amitiés particulières
17/4

PIAT Jean
Le parcours du combattant
3028/4
La vieille dame de la librairie
3278/4
Un livre émouvant et authentique sur la vie, l'amour, et la Grande guerre.

PILCHER Rosamunde
Les pêcheurs de coquillages
3106/8
September
3446/9

PLAIN Belva
Tous les fleuves vont à la mer
1479/4 & 1480/4
En 1911, une jeune juive polonaise arrive, seule, à New York et se marie. Pauvreté, richesse, deuils atroces, Anna surmontera tout. Jusqu'à cet amour secret qu'elle voue à Pierre, qui cependant n'entamera jamais celui qu'elle porte à son mari.

La splendeur des orages
1622/5
Les Werner
2662/5
Pour le meilleur et pour le pire
3116/6
Le collier de Jérusalem
3336/7
Les Farrel
3540/8

RADIGUET Raymond
Le diable au corps
2969/1

RAGUENEAU Philippe
L'histoire édifiante et véridique du chat Moune
1623/2 (Février 94)

RASPAIL Jean
Qui se souvient des Hommes...
2344/3
Autrefois, la Terre de Feu était habitée par un peuple, les Kaweskars. Dans leur langue, cela signifiait les Hommes. Décimés par l'impitoyable civilisation du progrès technologique, ils ont aujourd'hui pratiquement disparu. Une immense et terrible histoire.

Moi, Antoine de Tounens, roi de Patagonie
2595/4

RIPLEY Alexandra
Charleston
3220/8

ROBERTS Nora
Les illusionnistes
3608/8 (Février 94)

ROUSSEAU Nita
Les iris bleus
3500/1

SADOUL Jacques
Le domaine de R.
- La passion selon Satan
1000/2 (Février 94)
- Le Jardin de la licorne
1045/2 (Février 94)
- Les hautes terres du rêve
1079/2 (Février 94)

La Cité Fabuleuse
3412/4
Un beau jour, la nymphe Mylène se matérialise sur un banc du Luxembourg. Sa beauté subjugue immédiatement René Charvin. Au même moment, une série de meurtres atroces est commis dans le Morvan. Y aurait-il un rapport entre Mylène et les monstres assassins ?

La-Belle-est-venue
3532/4

Grands romans

SEDA
Le fumoir de l'ambassade
3368/3

SEGAL Erich
Love story
412/1
Oliver et Jenny se sont rencontrés à l'université. Oliver est riche et Jenny pauvre. Il fait du hockey sur glace, elle joue du piano. Ils s'aiment et se marient, envers et contre tout. Dans l'Amérique des années 70, une pathétique histoire d'amour.

Oliver's story
1059/2

SHALIT Béatrice
Lisa, Lisa
3389/3

SILVASI Louis
Noël
3571/8 Inédit

STEEL Danielle
Après avoir travaillé dans la mode, Danielle Steel écrit aujourd'hui des romans qui sont autant de best-sellers.

Leur promesse
1075/3
Sur le campus d'Harvard, Michael et Nancy s'éprennent follement l'un de l'autre. Mais Michael est l'héritier de la dynastie Hilliard et sa mère nourrit pour lui d'autres ambitions. Pas question de laisser Michael gâcher son avenir avec une fille qui n'est pas de leur milieu. Mais si l'argent confère tous les pouvoirs, donne-t-il le droit de briser des vies ?

Une saison de passion
1266/4
Un monde de rêve
1733/3
Celle qui s'ignorait
1749/5
Kezia est prisonnière de sa caste, de sa fortune et surtout de son nom. C'est pourquoi elle signe d'un pseudonyme les articles qu'elle publie dans la presse new-yorkaise, dans lesquels elle fustige la haute société new-yorkaise. Un homme va bouleverser sa vie, en lui faisant comprendre qu'elle est passée à côté de l'essentiel, et l'obliger à choisir.

L'anneau de Cassandra
1808/4
Palomino
2070/3
Lorsque son mari lui annonce qu'il la quitte, le monde de Samantha s'écroule. Tout à New York lui rappelle son bonheur perdu. Alors, pour réapprendre à vivre, elle se réfugie dans un ranch en Californie. Là-bas, elle découvrira que l'amour a plus d'un visage et qu'il faut parfois payer très cher le droit au bonheur.

Souvenirs d'amour
2175/5
Maintenant
et pour toujours
2240/6

SWINDELLS Madge
Ecoute ce que dit le vent
2280/6
Comme des ombres
sur la neige
2899/7

TAN Amy
Le club de la chance
3589/4 (Février 94)

TOLKIN Michael
The Player
3483/3

TUROW Scott
Le poids de la preuve
3505/9

WALKER Alice
La couleur pourpre
2123/3

WESLEY Mary
Sans avoir l'air
d'y toucher
3026/6
La pelouse de camomille
3233/5
Chaque année, les cinq neveux de Richard et d'Helena se retrouvent en Cornouailles. C'est le temps béni des baignades au pied de la falaise, des après-midi paresseux sur la pelouse de camomille, sans autre souci que ces tourments de l'amour qui vous rongent une jeunesse. Ces étés vont les marquer pour toujours.

WHARTON Edith
Le temps de l'innocence
3393/5

WOOD Barbara
Les battements du cœur
2909/6

XENAKIS Françoise
La natte coupée
1790/2
Elle lui dirait dans l'île
2994/3

Aventures et témoignages

Des aventures, des drames, des découvertes, racontés par ceux qui les ont vécus ou des témoins passionnés.

BELLEMARE PIERRE
Les dossiers d'Interpol
2844/4 & 2845/4
Le crime ne connaît pas de frontière et l'imagination des criminels semble sans limite. A travers une cinquantaine de courts récits, les auteurs démontrent que la justice finit cependant par triompher.

BELLEMARE P. ET ANTOINE J.
Les dossiers extraordinaires
2820/4 & 2821/4
Les affaires criminelles les plus extraordinaires du siècle.

CHOW CHING LEE
Le palanquin des larmes
859/4
Le concerto du fleuve Jaune
1202/3

DERLICH DIDIER
Intuitions
3334/4

DURIEUX EVELYN
Princesse aux pieds nus
3556/3 (Avril 94)
L'histoire commence comme un conte de fées : Evelyn, une jolie métisse, épouse un prince africain richissime. Mais ce prince n'est autre que le fils aîné des cinquante-cinq enfants de Jean-Bedel Bokassa et le rêve tourne vite au cauchemar...

DR ETIENNE J.-L.
Transantarctica
3232/5
En dépit des conditions extrêmes, le Dr Etienne et ses compagnons vont parcourir 6 300 km dans un désert glacé, avec trois traîneaux et quarante chiens. Un pari insensé.

FAVIER SOPHIE
L'accroche-cœurs
3673/4 (Mai 94)
Petit guide du savoir-plaire au féminin.

GARRISON JIM
JFK
3267/5 Inédit

GEORGY GUY
Le petit soldat de l'Empire
3696/4 (Juin 94)
Souvenirs irrésistibles d'une Afrique aujourd'hui disparue, par un petit périgourdin qui devint gouverneur de la France d'Outre-mer.

GLASER & PALMER
En l'absence des anges
3318/6

GRAY MARTIN
Le livre de la vie
839/2
Les forces de la vie
840/2 (Février 94)

HAWKING STEPHEN
Une brève histoire du temps
3361/3
Dans un langage simple et accessible, l'un des plus brillants physiciens de notre époque expose les découvertes récentes sur la nature du temps et du cosmos. Un livre fascinant.

HUET & COQUART
Bourvil ou la tendresse du rire
3195/4

JOHNSON "MAGIC" E.
L'amour sans risque
3363/2
L'un des sportifs les plus aimés du public, devenu séropositif, s'est donné pour mission d'informer les jeunes sur le sida et ce que l'on doit absolument savoir sur cette terrible maladie.

LE BARS ANDRÉ
Flics des beaux quartiers
3370/6

MAALOUF AMIN
Les croisades vues par les Arabes
1916/4
A partir des récits des chroniqueurs arabes, Maalouf reconstitue deux siècles d'affrontement entre l'Islam et la Chrétienté. Amin Maalouf s'est vu décerné le Prix Goncourt 93.

MACLAINE SHIRLEY
Amour et lumière
2771/4
Vivre sa vie
2869/3

MANIGUET XAVIER
Les dents de la mort
3302/7 Illustré

MARIN MAUD
Le saut de l'ange
2443/4
Depuis sa plus tendre enfance, Jean sait que la nature s'est trompée et qu'il est en réalité une femme. L'étonnant parcours d'un transsexuel : un document bouleversant et un plaidoyer contre l'intolérance.

Tristes plaisirs
2884/3
L'auteur a connu la prostitution. Devenue avocate, elle s'est vouée à la défense des filles de joie, dont elle a partagé les souffrances.

Le quartier des maudites
3214/4

Aventures et témoignages

MARTINO Bernard
Le bébé est une personne
2128/3

OGER Armelle
Enquête sur la vie très privée des Français
3341/6

PAULY Francis
O Garimpeiro
3250/5

RABANNE Paco
Trajectoire
3411/3
Créateur d'avant-garde ce célèbre couturier a étonné le monde en habillant les femmes de plastique et de métal. Aujourd'hui, il livre le secret de son étonnant parcours spirituel.

RONSAC Charles
On ne se lasse pas d'aimer
3657/3 (Avril 94)
«Je ne peux plus parler. Je ne vois plus clair. Je perds la tête, le voyage m'a achevée...» Celle qui parle, c'est Marthe, atteinte au soir de sa vie d'un mal terrible, la maladie d'Alzheimer. Mais Charles, qui partage son existence depuis cinquante ans, refuse de l'abandonner. Alors commence une lutte farouche, au nom de l'amour.

SPALDING Baird T.
La vie des Maîtres
2437/5
Inde, Népal, Tibet, Perse : des hommes aux facultés étonnantes communiquent à distance, voyagent par lévitation et guérissent des malades incurables. Un extraordinaire voyage initiatique.

VALLEE Brian
Une femme en enfer
3176/3

VAUJOUR Nadine
La fille de l'air
3478/3

VILOTEAU Nicole
La femme aux serpents
2022/4 Illustré
Dès l'enfance, Nicole Viloteau nourrit une véritable passion pour les reptiles. Adulte, elle réalise son rêve : parcourir tous les continents pour capturer ou photographier , parfois au risque de sa vie, les serpents les plus dangereux.

ZAMBERLAN Anne
Mon corps en désaccord
3231/3

Classiques

Les grands classiques aux plus petits prix.

La plupart des ouvrages sont précédés d'un cahier inédit et illustré sur la vie et l'œuvre de l'auteur.

BALZAC Honoré de
Le père Goriot
1988/2

BAUDELAIRE Charles
Les Fleurs du mal
1939/2

DAUDET Alphonse
Tartarin de Tarascon
34/1
Les aventures cocasses et délirantes d'un chasseur de lion provençal.
Lettres de mon moulin
844/1
Le Petit Chose
3339/3

DICKENS Charles
Oliver Twist
3442/9

DIDEROT Denis
Jacques le fataliste
2023/3

DUMAS Alexandre
La reine Margot
3279/8 (Mars 94)
Intrigues et passions à la cour des Valois. Un formidable roman d'aventures avec, pour toile de fond, les guerres de religion et le massacre de la Saint Barthélémy...
Les Trois Mousquetaires
3461/7

FLAUBERT Gustave
Madame Bovary
103/3
L'éducation sentimentale
3695/4 (Juin 94)

HAGGARD H. Rider
Les mines du roi Salomon
3607/1 (Février 94)
A la conquête d'un fabuleux trésor, Allan Quatermain, Sir Henry Curtis et le capitaine Good s'enfoncent dans une contrée inexplorée, au cœur du continent africain. Ils y découvriront, au péril de leurs vies, une civilisation oubliée et les diamants de Salomon.

KIPLING Rudyard
Le livre de la jungle
2297/2

LONDON Jack
Croc-Blanc
2887/3
Martin Eden
3553/5

LOTI Pierre
Le roman d'un spahi
2793/3

MALOT Hector
Sans famille
3588/5

de MAUPASSANT Guy
Une vie
1952/2
L'ami Maupassant
2047/2
Le Horla
2187/1
Bel-Ami
3366/3
Surnommé Bel-Ami par ses innombrables conquêtes, un cynique fait son chemin grâce aux femmes, qu'il utilise sans scrupules.
Apparition
3514/1

POE Edgar Allan
Le chat noir
2004/3
Les aventures d'Arthur Gordon Pym
3675/3 (Mai 94)

RENARD Jules
Poil de carotte
11/1
Dans une ferme du Nivernais, le dernier-né, rouquin, est victime de la méchanceté des adultes.

RIMBAUD
Une saison en enfer...
3153/3

ROSTAND Edmond
Cyrano de Bergerac
3137/3

SAND George
La mare au diable
3194/1
Leone Leoni...
3410/3

SHELLEY Mary W.
Frankenstein
3567/3

STENDHAL
Le rouge et le noir
1927/4
La Chartreuse de Parme
2755/5

STOKER Bram
Dracula
3402/6

TWAIN Mark
Tom Sawyer
3030/3
Huckleberry Finn
3570/5

VERLAINE
Poésies
3212/2

ZOLA Émile
Germinal
901/3
Un plaidoyer contre les effroyables conditions de vie des mineurs du Nord, au XIXe siècle.
Thérèse Raquin
1018/2 (Février 94)

Anthologie
La poésie des Romantiques
par B. Vargaftig
3535/2

Sur les écrans

Livre après livre, J'ai lu édifie l'étonnante bibliothèque du cinéma.

Les titres vous sont présentés ci-dessous par ordre alphabétique.

Abyss
CARD Orson Scott 2657/4
L'accompagnatrice
BERBEROVA Nina 3362/4
Adieu ma concubine
LEE Lilian 3633/4 (Mars 94)
Un grand roman qui inspira le film Palme d'or au Festival de Cannes en 1993.

Alice au pays des merveilles
CARROLL Lewis 3486/2
Alien
FOSTER Alan Dean 1115/3
AlienS
FOSTER Alan Dean 2105/4
Alien 3
FOSTER Alan Dean 3294/4
L'ami Maupassant
de MAUPASSANT Guy 2047/2
Les amies de ma femme
ADLER Philippe 2439/3
Les amitiés particulières
PEYREFITTE Roger 17/4
L'année de l'éveil
JULIET Charles 2866/3
L'autre
CHEDID Andrée 2730/3
Beignets de tomates vertes
FLAGG Fannie 3315/7
Bel-Ami
de MAUPASSANT Guy 3366/3
La belle Romaine
MORAVIA Alberto 1712/5
Beverly Hills
GILDEN Mel 3637/4 & 3638/4 (Mars 94)
Brenda, Dylan, Brandon et les autres... Retrouvez les aventures, les fous-rires et les peines de cœur des héros de votre feuilleton télévisé dans une série de livres illustrés.

Blade Runner
DICK Philip K. 1768/3
Bleu comme l'enfer
DJIAN Philippe 1971/4
Body
ARNSTON Harrison 3479/5
Bonjour la galère !
ADLER Philippe 1868/1
La brute
des CARS Guy 47/3
Carrie
KING Stephen 835/3
Charlie
KING Stephen 2089/5
La Chartreuse de Parme
STENDHAL 2755/5
Le Château des Oliviers
HÉBRARD Frédérique 3677/7 (Mai 94)
Chiens perdus sans collier
CESBRON Gilbert 6/2
Christine
KING Stephen 1866/4
Le club de la chance
TAN Amy 3589/4 (Février 94)
Conan le barbare
HOWARD Robert E. 1449/3 (avec Sprague de Camp)
Conan le destructeur
HOWARD Robert E. 1689/2 (avec R.Jordan)
La couleur pourpre
WALKER Alice 2123/3
Le crime de Mathilde
des CARS Guy 2375/4
Croc-Blanc
LONDON Jack 2887/3
Cujo
KING Stephen 1590/4
Cyrano de Bergerac
ROSTAND Edmond 3137/3
Dans la ligne de mire
COLLINS Max Alban 3626/5
Danse avec les loups
BLAKE Michael 2958/4
Délivrance
DICKEYJames 531/3
La demoiselle d'Avignon
HEBRARD Frédérique 2620/4

Demolition Man
OSBORNE Richard 3628/4
Dans un futur d'une violence terrifiante, un flic surnommé Demolition Man en raison de ses méthodes peu orthodoxes, affronte un meurtrier sanguinaire, évadé de prison.

Le dernier des Mohicans
COOPER Fenimore J. 2990/5
2001-l'odyssée de l'espace
CLARKE Arthur C. 349/2
Le diable au corps
RADIGUET Raymond 2969/1
Entre Ciel et Terre
SINGER Michaël 3630/4
Une Vietnamienne émigrée aux Etat-Unis décide un jour de retrouver son pays natal. Commence alors un long et déchirant périple, au terme duquel elle aura renoué avec l'histoire des siens.

L'Espagnol
CLAVEL Bernard 309/4
E.T. L'extra-terrestre
SPIELBERG Steven 1378/3
E.T. La planète verte
SPIELBERG Steven 1980/3
L'été en pente douce
PELOT Pierre 3249/3
Fearless
YGLESIAS Rafael 3629/6 (Fév.)
Des fleurs pour Algernon
KEYES Daniel 427/3
Le Fugitif
DILLARD J.-M. 3585/4
Frankenstein
SHELLEY Mary 3567/3
Germinal
ZOLA Emile 901/3
Le grand-chemin
HUBERT Jean-Loup 3425/3
Gremlins
SPIELBERG Steven 1741/3
L'homme sans visage
HOLLAND Isabelle 3518/3
Hook
BROOKS Terry 3298/4
Horizons lointains
MASSIE Sonja 3356/6

Sur les écrans

L'impure
des CARS Guy 173/4
Isaura
GUIMARAES Bernardo 2200/2
J'étais empereur de Chine
PU-YI 2327/6
Le jardin secret
BURNETT Frances Hodgson 3655/4 (Avril 94)
Trois enfants découvrent un mystérieux jardin à l'abandon, auquel ils décident de redonner sa splendeur passée. Et peu à peu, comme par magie, le jardin transforme leurs vies.
JF partagerait appartement
LUTZ John 3335/4
JFK
GARRISON Jim 3267/5 Inédit
Jonathan Livingston le goéland
BACH Richard 1562/1 Illustré
Joy
LAUREY Joy 1467/2
Joy (Le retour de)
LAUREY Joy 3388/3
Kramer contre Kramer
CORMAN Avery 1044/3
King of the hill
HOTCHNER A.E. 3582/4
La lectrice
JEAN Raymond 2510/1
Little Big Man
BERGER Thomas 3281/8
La liste de Schindler
KENEALLY Thomas 2316/6 (Mars 94)
Love story
SEGAL Erich 412/1
Lucas
LEBLANC Alain 3392/4
Madame Bovary
FLAUBERT Gustave 103/3
Le Magicien d'Oz
BAUM Frank 1652/1 (Février)
Malpertuis
RAY Jean 1677/2
Un mari, c'est un mari
HEBRARD Frédérique 823/2

Le mari de l'Ambassadeur
HEBRARD Frédérique 3099/6
Mémoires d'un homme invisible
SAINT Harry F. 2945/8
Michigan Mélodie (Un mariage à la carte)
MONSIGNY Jacqueline 1289/2
1492
La conquête du paradis
THURSTON Robert 3403/3
Misery
KING Stephen 3112/6
Moi, Antoine de Tounens, roi de Patagonie
RASPAIL Jean 2595/4
9 semaines 1/2
McNEILL Elizabeth 2259/2
Les nuits fauves
COLLARD Cyril 2993/3
Les oiseaux se cachent pour mourir
McCULLOUGH Colleen 1021/4 & 1022/4
Oliver's story
SEGAL Erich 1059/2
Orphée
COCTEAU Jean 2172/1
Le palanquin des larmes
CHOW CHING LIE 859/4
Pavillons lointains
KAYE M.M. 1307/4 & 1308/4
Peter Pan
BARRIE James M. 3174/2
Peur Bleue
KING Stephen 1999/3
Priez pour nous
DUROY Lionel 3138/4 (Fév.)
Le Prince des marées
CONROY Pat 2641/5 & 2642/5
Pulsions
DePALMA Brian 1198/3
Racines
HALEY Alex 968/4 & 969/4
La reine Margot
DUMAS Alexandre 3279/8 (Mars 94)
Rencontres du troisième type
SPIELBERG Steven 947/3

Robocop 2
NAHA Ed 2931/3
Le rouge et le noir
STENDHAL 1927/4
Running Man
KING Stephen 2694/3
Sauvez Willy
HOROWITZ Jordan 3627/4 (Février 94)
Une extraordinaire histoire d'amitié entre un jeune garçon et une baleine, vedette d'un show aquatique, à laquelle l'enfant a décidé de rendre sa liberté.
Shining
KING Stephen 1197/5
Simetierre
KING Stephen 2266/6
Le sixième jour
CHEDID Andrée 2529/3
Star Trek
RODDENBERRY Gene 1071/3
Le temps de l'innocence
WHARTON Edith 3393/5
La tête en l'air
AGACINSKI Sophie 3046/5
The Player
TOLKEN Michael 3483/3
Tous les fleuves vont à la mer
PLAIN Belva 1479/4 & 1480/4
37°2 le matin
DJIAN Philippe 1951/4
Une équipe hors du commun
GILBERT Sarah 3355/3
La vengeance aux deux visages
MILES Rosalind 2723/5 & 2724/5
Une vie
de MAUPASSANT Guy 1952/2
Vingt mille lieues sous les mers
VERNE Jules 3654/5 (Avril 94)
Le voyage du père
CLAVEL Bernard 300/1
Le voyage fantastique
ASIMOV Isaac 1635/3

Bernard Clavel

Né dans le Jura en 1923, il exerce de nombreux métiers avant de se consacrer exclusivement à la littérature. Autodidacte, cet écrivain passionné nourrit son œuvre de la richesse de son vécu et de sa sensibilité. Sous sa plume naissent des personnages forts et vrais, des drames inoubliables.

Le tonnerre de Dieu
290/1
Le voyage du père
300/1
L'Espagnol
309/4
Malataverne
324/1
Dans un bourg du Jura où ils s'ennuient, trois adolescents font les quatre cents coups et entrent, sans le comprendre vraiment, dans la délinquance.

L'hercule sur la place
333/3
Le tambour du bief
457/2
Le massacre des innocents
474/1
L'espion aux yeux verts
499/2

La grande patience

1 - La maison des autres
522/4
2 - Celui qui voulait voir la mer
523/4
3 - Le cœur des vivants
524/4
4 - Les fruits de l'hiver
525/4
Dans une petite ville près de Lyon, les règlements de comptes sanglants de la Libération, sèment le trouble et la mort. Ce roman valut à Bernard Clavel le prix Goncourt en 1968.

Le Seigneur du Fleuve
590/3
Pirates du Rhône
658/1
Le silence des armes
742/3
Tiennot
1099/1

Les colonnes du ciel

1 - La saison des loups
1235/3
En 1636, un terrible hiver s'abat sur la Franche-Comté, déjà ravagée par la guerre et la peste. Parce que les hommes meurent par centaines, il faut des fossoyeurs pour enterrer ceux que la terrible épidémie a emportés. Des volontaires qui s'avancent vers la mort, au milieu des hurlements des loups.

2 - La lumière du lac
1306/4
3 - La femme de guerre
1356/3
4 - Marie Bon Pain
1422/3
5 - Compagnons du Nouveau-Monde
1503/3

Terres de mémoire
1729/2
Qui êtes-vous, B. Clavel ?
1895/2

Le Royaume du Nord

Tout semblait rejeter l'homme dans les espaces infinis et glacés du Grand Nord canadien. Pourtant, au début du XXe siècle, des pionniers s'engagent sur ce territoire hostile, pour tenter une utopique aventure : fonder un village sur les berges de la rivière Harricana. En six volumes, Bernard Clavel conte l'épopée de ces colons, jusqu'à nos jours.

- Harricana
2153/4
- L'Or de la terre
2328/4
- Miséréré
2540/4
- Amarok
2764/3
- L'angélus du soir
2982/3
- Maudits sauvages
3170/4

Quand j'étais capitaine
3423/3
Le capitaine, c'est Léa, veuve d'un officier de la Coloniale. Henri, conteur intarissable et veuf lui aussi, est son ennemi le plus cher. Léa va l'entraîner, avec toute la marmaille qui l'entoure, dans une guerre de tranchées imaginaire. Un jeu tendre et nostalgique.

Meurtre sur le Grandvaux
3605/3 (Février 94)
Les rouliers, c'étaient les ancêtres des camionneurs d'aujourd'hui. Pendant des siècles, ils ont parcouru toutes les routes d'Europe, de l'Espagne aux foires de Russie, avec leurs attelages chargés de marchandise. Mais pour Ambroise Grandvalliers, le voyage s'arrête le jour où il lui faut venger l'honneur de sa fille.

La bourrelle
3659/1 (Avril 94)
L'Iroquoise
3700/1 (Juin 94)

Henri Troyat

Né à Moscou en 1911, il est arrivé en France en 1920 et est devenu l'un des plus grands écrivains français. En 1959, il est élu à l'Académie française. Les éditions J'ai lu ont vendu plus de douze millions d'exemplaires de ses livres.

La neige en deuil
10/1

La lumière des justes

1 - Les compagnons du coquelicot
272/4

En arrivant à Paris en 1815, avec les troupes d'occupation russes, Nicolas Ozareff découvre avec enthousiasme les théories démocratiques et tombe amoureux de Sophie, la fille de ses hôtes. L'aventure malheureuse des «décembristes», conspirateurs libéraux, qui tentèrent d'instituer un régime libéral en Russie, en 1825.

2 - La barynia
274/4

3 - La gloire des vaincus
276/4

4 - Les dames de Sibérie
278/4

5 - Sophie ou la fin des combats
280/4

Le geste d'Eve
323/2

Les Eygletière

1 - Les Eygletière
344/4

Avocat parisien fortuné, Philippe Eygletière se remarie avec une femme ravissante, qui n'a que dix ans de plus que l'aîné de ses fils. Peu à peu, la façade de respectabilité bourgeoise de cette grande famille va se désagréger, minée par l'hypocrisie et les compromis.

2 - La faim des lionceaux
345/4

3 - La malandre
346/4

La pierre, la feuille et les ciseaux
559/3

Anne Prédaille
619/3

Grimbosq
801/3

Le Moscovite

1 - Le Moscovite
762/3

Moscou, 1812 : la Grande Armée arrive aux portes de la ville, qui s'embrase dans un gigantesque incendie. Armand de Croué, un jeune émigré français dont la famille s'est réfugiée en Russie à la Révolution voit alors, avec épouvante, les troupes napoléoniennes déferler sur sa terre d'adoption.

2 - Les désordres secrets
763/3

3 - Les feux du matin
764/2

Le front dans les nuages
950/2

Le pain de l'étranger
1577/2

La Dérision
1743/2

Marie Karpovna
1925/1

Viou

- Viou
1318/2

A huit ans, dans la grande maison du Puy qu'elle habite avec ses grands-parents, Viou rêve à son père mort au combat à la Libération et à sa mère qui l'a abandonnée.

- A demain, Sylvie
2295/2

- Le troisième bonheur
2523/2

Le bruit solitaire du cœur
2124/2

Un si long chemin
2457/3

Toute ma vie sera mensonge
2725/1

La gouvernante française
2964/3

La femme de David
3316/1

Aliocha
3409/1

A Paris, en 1924, un adolescent d'origine russe vit difficilement sa condition d'émigré. Il va pourtant retrouver peu à peu la fierté de ses origines, grâce à la littérature et à l'amitié d'un de ses compagnons de lycée.

Nicolas II
3481/5

Le destin tragique du dernier des tsars et de la famille impériale, dans la Russie tumultueuse du début du siècle, déchirée par la guerre, les grèves et l'agitation révolutionnaire. En évoquant la poussée des nationalismes, les affrontements idéologiques, les timides essais de parlementarisme, Henri Troyat éclaire les problèmes actuels de l'ex-URSS.

Youri
3634/1 (Mars 94)

1917. Youri est le fils des riches Samoïlov, Sonia la fille d'une servante. Emportés dans la tourmente de la révolution russe, les deux enfants découvrent le monde des adultes, sans comprendre que ce désordre qui leur semble de grandes vacances va changer irrémédiablement le cours de leur existence.

Guy des Cars

Né à Paris, il est d'abord journaliste. C'est avec L'officier sans nom *que débute une carrière prodigieuse qui fait de lui le romancier de langue française le plus lu dans le monde.*

La brute
47/3
Accusé de meurtre et traduit en justice, un homme sourd-muet et aveugle de naissance va être condamné. Comment pourrait-il se défendre, enfermé dans son drame ? Une analyse minutieuse et passionnante de la machine judiciaire.

Le château de la juive
97/4

La tricheuse
125/3

L'impure
173/4
Sur un paquebot faisant route vers l'Extrême-Orient, une femme, très belle, rencontre l'amour qu'elle a toujours cherché. Mais un destin atroce va l'ensevelir dans une île de l'archipel des Fidji, au milieu des morts vivants.

La corruptrice
229/3

La demoiselle d'Opéra
246/3

Les filles de joie
265/3

La dame du cirque
295/2

Cette étrange tendresse
303/3

La cathédrale de haine
322/4

L'officier sans nom
331/3

Les sept femmes
347/4

La maudite
361/3
Dans une ancienne famille de Haute-Provence, entre un père despotique et une redoutable gouvernante, une jeune fille reçoit une éducation rigide qui la pervertit. Elle n'aura que plus tard la révélation de sa dualité sexuelle.

L'habitude d'amour
376/3

La révoltée
492/4

Amour de ma vie
516/3

Le faussaire
548/4

La vipère
615/4

L'entremetteuse
639/4

Une certaine dame
696/5

L'insolence de sa beauté
736/3

L'amour s'en va-t-en guerre
765/2

Le donneur
809/3

J'ose
858/3

La justicière
1163/2

La vie secrète de Dorothée Gindt
1236/1

La femme qui en savait trop
1293/3

Le château du clown
1357/4

La femme sans frontières
1518/3

Le boulevard des illusions
1710/3

La coupable
1880/3

L'envoûteuse
2016/5

Le faiseur de morts
2063/3

La vengeresse
2253/3

Sang d'Afrique
2291/5

Le crime de Mathilde
2375/4
L'histoire d'une étonnante captation d'héritage et d'une femme qui ne vécut que pour un seul amour. Emportée par une passion démesurée, Mathilde ne parvient plus à reconnaître le bien du mal et, sans le comprendre, dérive vers le crime.

La voleuse
2660/4

Le grand monde
2840/8

La mère porteuse
2885/4

L'homme au double visage
2992/4

L'amoureuse
3192/4

Je t'aimerai éternellement
3462/4

La femme-objet
3517/3

L'amant imaginaire
3694/6 (Juin 94)
Hôtesse d'accueil dans un établissement très spécial, Solange se préserve en s'inventant un «protecteur». Un amant imaginaire qui fait rêver ses amies. Mais un soir survient un homme qui ressemble trait pour trait à celui qu'elle décrivait. Est-ce vraiment l'amour ? Solange, naïve, est prête à le croire, lorsque se referme sur elle le piège d'une passion funeste.

3675

Photocomposition Assistance 44-Bouguenais
Achevé d'imprimer en Europe (France)
par Brodard et Taupin à La Flèche (Sarthe)
le 11 avril 1994. 1492J-5
Dépôt légal avril 1994. ISBN 2-277-23675-6
Éditions J'ai lu
27, rue Cassette, 75006 Paris
Diffusion France et étranger : Flammarion